レベル0で最強の合気道家、いざ、異世界へ参る!

空地大乃
Daidai Sorachi

イラスト 多門結之
Ketuyuki Tanon

TOブックス

レベル0で最強の合気道家、いざ、異世界へ参る！

目次

イラスト：多門結之
デザイン：萩原栄一(big body)

プロローグ

神薙流《かみなぎながれ》は合気柔術の達人である。

彼は物心ついた時には既に流派の祖である曽祖父《そうそふ》を指一本で投げ飛ばし、小学生に上がる頃には世界中のあらゆる武道の天才と決闘し勝利を収めてきた。

彼の人生はまさに合気の為にあった。今年で齢八五を迎えるとはとても思えないその御体。

年齢を感じさせるのはその頭に宿した白き毛髪と薄《う》っすらと表情に宿る小皺《こじわ》ぐらいのものである。

勿論《もちろん》頭もはっきりしており身体能力に関して言えば、この年にしてもまだまだ息子達には負けない。

しかし――合気によりあらゆるものを受け、捌《さば》き、流し、倒していったナガレはここにきて一つ悩みを抱えていた。

「虚《むな》しい――」

早朝から日課である一万人組手を終わらせたばかりとは思えない、落ち着いた様子でナガレは呟《つぶや》いた。

今とてかれこれ一〇〇〇万通りの型を繰り返し続けているが、やはり心のどこかにはぽっかりと風穴が開いてしまっている。

ナガレは、これと同じ感情を過去にも抱いた事がある。

それはナガレが一三歳になった頃。毎日が合気道であり、日々鍛錬《たんれん》鍛錬、また鍛錬が繰り返される事に嫌気がさしていた。

その頃からナガレは強かった。だが、だからこそ普通の生活を送ることなど決してできなかった。僅《わず》か齢一三で神薙流の看板を背負う身になったナガレの元には、毎日のように彼に挑戦する武闘家達が後をたたなかった。

友達ができても突如挑まれる勝負に、皆ナガレを恐れて近づかなくなった。

だが、本当はナガレとて学校でできた友達と帰りに買い食いをしてふざけ合ったり、対戦ゲームに熱くなったり、グラウンドでサッカーをして熱い友情を築き上げたりしたかった。

しかし神薙流合気柔術を続ける限り、ナガレに安息の日々はない。

それがいい加減嫌になり、ある日ナガレは思い切って父親に己の気持ちを打ち明けたのだが。

「何？　合気道が嫌になっただと？　何を言っているのだ！　お前などまだ合気道のあの字も知らぬ小童《こわっぱ》に過ぎぬくせに生いいおって！　いいだろう。この私がお前のその甘ったれた根性を叩きなおしてやる！　もしも私を倒す事が出来たなら、どこぞなりと好きな道に進むが良いわ！」

その後、ナガレはものの数秒で父親を投げ飛ばし失神させ約束通り道場を後にした。

転校の手続きなどは母がやってくれた。屋敷を離れ一時的に母方の親戚の家に厄介になることになった。

それからナガレは普通の中学生として、そしてその後は高校生、大学生と順調に進学した。

型だけはなんとなく続けていたが、突然看板を寄越せなどと宣《のたま》ってくる連中に襲われることもなくなり友達もできた。

だが、それでも心に何か引っかかるものがあり、毎朝続ける型もやめることはなかったし、頼まれた先で護身術の講習などを引き受けたりもした。

合気道を捨てたかったのに何故捨てきれないのか？

そんな自問自答を繰り返す毎日——

しかし、そんな時であった、ナガレが彼女と出会ったのは——

それは本当に偶然であった。ナガレがたまたま預金を下ろしに来ていた時、銀行強盗が襲撃し、銀行内はパニックに陥った。

ただ、その時ナガレは比較的冷静であった。

別に己がなんとかしようなどと思っていたわけではない。

ただ、放っておいても警察がなんとかしてくれるだろう程度の事を考え、静観を決め込んでいた。

己は合気を捨てた身、ならばここでわざわざ出て行く必要もない。

下手に悪目立ちをしてはまた腕自慢や看板狙いの連中に狙われるかもしれない。

しかし、皆が皆ナガレのように達観していられるほど精神は強くない。

特に子どもとなれば殊更《ことさら》だ。一生懸命母親が宥めようとしても泣きやまない子供がいた。

強盗たちはそれに腹を立て、遂に、黙れ！　と銃口を母子に向けた。その時だった、一人の少女が飛び出し、その母と子を庇うように銃口の前に踊りでたのだ。

「貴方達最低よ！　自分の欲を満たすためにこんなことして！　どうせあんたらなんて銃がなきゃ何も出来ない意気地なしの癖に！」

背の小さな少女だった。ナガレからすればまだ幼さの残る少女だ。

にもかかわらず小さな勇気を振り絞り銃口を前にして肩は震えていても、それでも彼女は負けなかった。

ナガレは今でもその時の彼女――当時の妻の姿が頭に焼き付いている。

あの時の彼女はナガレよりずっと強かった。

「ぐぇっ！」

「な、なんだテメェは⁉」

身体は勝手に動いていた。少女に銃口を向ける強盗に音もなく近づき、銃を掴《つか》み久しぶりの実戦の合気で力を振るいあっさりと床に叩きつけ意識を奪う。

そして強盗の仲間たちの誰何《すいか》にナガレはこう応えた。

「ただの通りすがりの合気道家だ」

一瞬にして強盗たちを伸してしまい、周囲が一様に驚く中、ナガレは何も告げず銀行を後にした。

路地に入り、己の手を見る。そして暫《しばら》く呆《ほう》けていると、ねぇ？　と声が掛かりナガレはその主を振り返った。

それは果敢《かかん》に強盗の前に飛び出してみせたさっきの少女だった。

「さっきは凄かった。本当に助かりました、ありがとうございます」

恭《うやうや》しく頭を下げる少女に自虐的な笑みを浮かべる。そして――

「別に私は凄くなんかない。さっきだって、ギリギリまで無視を決め込んでいた」

「でも、結局助けてくれたじゃないですか」

「それは……結果論だ」

「……自分を卑下《ひげ》しすぎですよ。私には十分凄く、そして強く見えました」

「強くなんかないさ。それなら君のほうがよっぽど……いや、それよりどうしてあんな無茶をした？」

え？　と一瞬キョトンとした顔を見せた後、ははっ、と顎《あご》を掻《か》き。

「確かに今思えば結構無茶したかも……でも、それでもあの時はなんとかしなきゃって、そう思ったんです」

「……それで死んだら元も子もないだろ」

「確かに、そうかもしれませんね。でも、それでも、私はやらなくて後悔して生きるよりは後悔しない死を選びたい、そう思ってしまうんです。あの連中に言ってやらないと気がすまなかったという気持ちも強かったしね」

その時の彼女の笑顔がナガレにはとても眩しく見えた。

「でも、ふふっ、ちょっと面白かったです」

「え？　面白かった？」

「だって、通りすがりの合気道家って」

そこまで言って思い出したようにクスクスと笑う。ナガレはその時の事を脳裏に浮かべ気恥ずかしそうに頬を掻いた。

「でも、合気道やられているのですね。だから、あんなに強く」

「今はやってない」

言下《げんか》にナガレが返すと、え？　と彼女が目を丸くさせた。

「捨てたんだ……だからもうやってない」

「……そう、なんですか。でもそれでも十分凄かったです」

「……」

ナガレはそれに対しては何も答える事が出来なかった。

しかしそんなナガレの何かを察したのか。

「どうして……捨てたんですか？」

そんな事を聞いてくる。

「……私の家は合気道では割りと有名な流派でね。だから私も常に合気道を中心に生きてきた、でもそれが急に虚しくなった。大体こんな時代に強くなることに何の意味があるのか」

「あったじゃないですか」

「え？」

「貴方は今日、私を救ってくれました」

あっ、と細い声が思わず漏《も》れる。

「……捨てる必要なんてなかったんじゃないですか？　勘違いだったら申し訳ないですが、その事に後悔しているように思えます」

「ち、違う。それに私は、合気道に縛られるような生き方はしたくないんだ、だから捨てた……それなのに今更――」

「別にいいじゃないですか、縛られるような生き方を目指さなくたって」

彼女の声を耳にし、どこか間の抜けた声が飛び出す。するとニコリと彼女は微笑《ほほえ》んで。

「選ぶのは一つじゃないといけないなんてそんな決め付け良くないですよ。私もさっき言いましたが、後悔するような生き方は嫌じゃないですか。合気道だけじゃなく色々な事をしてみればいいんですよ。だって貴方の人生だもの。合気道でも誰よりも強くなって、他にもやりたい事があれば沢山して――」

路地から見える空を仰ぎながらそう言って、やはり太陽のような笑顔で彼女は続けた。

「そうやって自分が幸せになっていい笑顔でいれば、周りも幸せになりますし一石二鳥です」

彼女の話を耳にし、暫くナガレは呆けた後、そして、思わず吹き出し、そして久しぶりによく笑った。

胸の中で渦巻いていた濁流が濾《こ》され清流に変わっていくような、そんな晴れやかな気持ちになっていた。

そしてそれから間もなくしてナガレは道場に戻り、そして合気道の道に復活を遂《と》げた。

強くなる事そのものに意味なんてないかもしれない。

だが、それでも合気を極め力をつければ、助けになれる人は増えるだろう。

それに何より己は合気が好きである事に彼女は改めて気付かせてくれた。

そして何より、可能性を彼女は提示してくれた。

それからのナガレは迷わなかった。合気に縛られず興味あるものがあればとにかくやる。

だから――ナガレは改めて彼女にお礼を述べに行き、そして、告白したのだ。

それが、ナガレの愛した妻とのなれそめでもあるのだが。


紆余曲折《うよきょくせつ》がありながらも、ナガレが合気柔術を始めてから既に八〇年（一時期型しかやっていない期間もあったが）を超える。

愛する妻との出会いもあり、合気に磨きをかけ続けたナガレであったが、彼からしてみれば未だ極みには達していないし、今後この道を極めることなど出来ないであろうという思いもある。

限界というものを自分で決めてしまってはその瞬間に道は途絶《とだ》えてしまうからだ。

しかし、とはいえ――彼はやはり強くなりすぎた。

数多くの達人を相手にしてきた。人間だけにあきたらず熊や雪男（勿論これは国家機密だが）を相手にもした。

そして強くなる毎に最初は少女の危機を救った程度であった彼の守るべき対象は段々と大きくなってもいった。

地球の危機を救ったことだって数知れず、ある時は要人の救出のためにテロリストの本部に単身乗り込み大立ち回りを演じ、戦車や戦闘ヘリをも己の合気で破壊したことがある。

地球存続の危機とさえ言われた隕石とて彼の合気によって軌道を変え、富士山の噴火を止め、誤って飛んできた核ミサイルさえも宇宙へと放り投げた。

だからこそ――そう、だからこそ、だからこそ虚しい。

どれだけ技を磨き、強くなり、多くの人々を救っても……病気の妻を救ってやる事は出来なかった。

ナガレの愛した妻はナガレに看取られ彼より先にこの世を去った。

仕方がないと、それも運命と、割りきったつもりだが――やはりそこには空虚があったのだ。

（……いかんな鍛錬中に雑念を抱いてしまうなど）

神薙流は頭を振り、意識を己の根底に戻した。

合気にとって大事なのは心、何事にも動じない精神。

だからこそ流は再び一から型をやり直す。

無心に続けるその数、更に一万余り、だが、その内の型の一つに些細《ささい》なズレが生じている事にナガレは気がついた。

何千何万何億何兆何京とそれこそ数えきれないほど繰り返してきた筈《はず》の型に僅かな歪《ゆが》み、些細な軋《きし》み、だが――ふとナガレの脳裏に老いという言葉が浮かんでは消えた。

そして思う、妻との思い出に浸ってしまったのも、やはり老い故か、と。

尤《もっと》も、本来この程度のことは気にするようなものではない。多少衰《おとろ》えを感じたところで、現在この地球上において彼が最強の合気道家であることに変わりはないのだから。

だが、それでもふと手を止め、若かりし頃の己を思い出してしまう。

（ふっ、いくらなんでも見苦しすぎるな）

だがナガレは、気持ちを切り替え、再度一から型をやり直そうと構えをとった。

その時である――彼はそれに気がついた。

違和感……一〇〇万坪を超える日本家屋、その中庭、中心部。

それがナガレの鍛錬を続けている場。その場に何か奇妙な気が漏洩している。

これは一体なんなのか？　いや、考えるまでもない。

これまで有機物から無機物に至るまであらゆる物を掴み、流してきた彼だからこそ、それが本来この地球にはない気、いや気とも少し違う未知の力。

それを知ることが出来た。そしてナガレは年甲斐もなく心が踊っている事に気がついた。

ナガレの合気は完璧だ。どんなものでも瞬時に力の流れを把握し、それに己の力を乗せ無限の力を引き出す。

（これを掴めば私は新たな何かを見つけられるかもしれない。だが、いいのか？）

一瞬の迷い、だがそんなナガレの脳裏に愛した妻の言葉が過る。


好きな事をやればいい、だって貴方の人生なのだから――


それを思い出した時、ナガレの決心は固まった。己の意識を集中させる。力の波動を感じ取る。

どんな力にも必ずそれを為す核が存在する。

神薙流合気柔術はその核を見極めることが先ず基本にあり同時に最も重要でもある。

そしてそれを八〇年以上続けてきたナガレにとって、この力の核を見極めるなど赤子の手をひねるより簡単な事であった。

「神薙流合気柔術最高師範——神薙流、いざ、参る！」

刹那——裂帛《れっぱく》の気合と共にナガレはソレを掴み受け流し、そして、時空の門を開いた。

後はただ川に満ちる清水の如く、その流れに身を任せ、時空の波に揺られ、そして……気がついた時、ナガレは異世界にたどり着いていた——

第一章　異世界に降り立つ合気道家

（はて？　ここは？）

周りの景色が一瞬にして切り替わり、目の前に広がるのはどこかの森であった。

見る限り広葉樹であり、一見するとナガレのいた日本にも思えそうなものだが、所々には違いが見られる。花も妙に毒々しいものもあれば、銀色に輝く草花まである。

その見慣れない風景にナガレは瞬時に合気陣を展開する。

これは神薙流合気術の奥義の一つであり、本来は周囲に合気による陣を張り巡らせ、陣へ足を踏み入れた相手に刹那の内に返し技を叩き込む技法である。

しかしそれもナガレの域にまで達すると、陣内の地形を把握する地形探査から周囲に存在する生命体の捜索、更に敵の有無や位置まで探る索敵の全てをこの奥義一つでこなすことが出来てしまう。まさに、軍事衛星も裸足で逃げ出すほどの代物なのである。

（どうやら私は異世界に来てしまったようですね）

ナガレは合気陣を展開後、それを瞬時にして理解した。ナガレは合気柔術の達人である。

合気柔術とは、いうなればどれだけの現象を理解できるかという事が重要であり、その達人たるナガレであれば自らの奥義に加え、感じられる空気や匂い、気配などで全てを推し量るなど造作も無い事であった。

ここが異世界だと気づけた事に関しては、日本にいた頃からかなりの読書家であった事も大きいだろう。

ちなみに全てを理解できるナガレはネットもメールもプログラミングからハッキングまでＩＴ系も万能だ。

さて、と時空を超えたナガレは顎を指で押さえ一考する。

これからどうしようかといったところだが、ナガレの決断は早かった。

「折角ですし残りの人生はここで過ごすことにしましょうか」

そこに迷いはなかった。当たり前である。合気柔術において大事なのは決断と思い切りの良さだ。

これが出来なければ合気柔術など極められるわけがない。

優柔不断では達人にはなれないのである。それにナガレには既に地球に未練はない。息子達は立派に育てあげた。世界を何度も救ったこともある。

せめて残りの人生ぐらいは自由に過ごしてもバチは当たらないだろう。

ナガレが愛した妻も草葉の陰から、笑顔で送り出してくれているような、そんな気がした。

幸い異世界に来る直前、置き手紙を庭に残してきている。いずれ異世界に来るようなことがあるかもしれないと、常日頃から懐に忍ばせておいたものだ。

そこには旅に出ること、道場は任せること、遺産相続についての遺書の在り処なども認《したた》めておいた。

ナガレは後顧《こうこ》の憂《うれ》いを残さない男である。これでもう、地球に残してきた家族に心配されることも失踪届を出されることもないだろう。

何より、ナガレがふらっと旅に出て何年も戻らない事など今に始まったことではない。

さて、というわけでナガレは改めて思考する。そして、ナガレの目が先ず動き、次に身体が動いた。

近くの木に触れ肌ざわりを確かめる。

さらに観察し枝の生え方、葉の形状、漂ってくる匂い、五感をフル活用し異世界の可能性を感じ取っていく。

（これは、やはり面白い――）

そのどれもが地球に群生するソレに似てるようで、やはりどこか異なっていた。

葉一つとっても、ぐるぐる巻きになりバネのような弾力のあるものから、空気を入れた風船のようにパンパンに膨《ふく》れたものまである。

伸びた枝が一筆書きのように複雑な形状をしているものや、高級なデザートのように甘ったるい匂いを放つ花や、花弁《かべん》が羽毛のようなものまで、ナガレはそこに確かに異世界を感じる事が出来た。

その情景に触感に匂いに、何故か子供のように心が踊った。

ナガレは自分でも信じられないほど、そうおとぎ話の世界に飛び込んだ少年のように――ワクワクした顔を自然と作りながら、もっとこの世界を知りたいと思ってしまっていた。

思い立ったが吉日――ナガレの頭にふとそんな言葉が過る。

なので、取り敢《あ》えず人の住んでいそうなところでも探そうかと異世界での第一歩を踏み出した。

その時である。

「πδβＸ━━━━━━━━！」

森の奥から若い女の悲鳴が耳朶《じだ》を打った。

勿論それを聞き逃すようなナガレではない。

そしてこの悲鳴とは別に奇妙な気配も感じられる。恐らくは人のものではない。となると異世界特有の、例えば魔物あたりに襲われている可能性だってある。

瞬時にしてそこまで察すると、ナガレは表情を引き締め声のする方へ急いだ。


「グッヒャ！」

「ギャーアギィ！」

「なんと、これはまた面妖《めんよう》な」

ナガレがやってきた先は森の中でも大きく開けた場所だった。

そこでは一人の少女がけったいな化け物に囲まれている。

緑色の肌を有し、身長はナガレの半分ほど、瞳が大きく、口から小さな牙がちょろりと出ている。

イメージ的には角のない子鬼といったところだ。

「ちょ、ちょっと貴方！　誰かわからないけど助けてよ！」

するとナガレに気がついた少女が助けを求めて叫んだ。

年齢は一五か一六といったところだろうか？

ピンク髪をツーサイドアップにした比較的小柄な少女だ。

少女は青系のローブを身に纏い、光沢のある銀色の杖を握りしめている。見る限り金属製である事は間違いなさそうだ。

見た目にはあどけなさの残る少女だが、ローブの上からでも判る胸部の膨らみは立派な大人のソレでもある。整った顔立ちをしており間違いなく美少女の類に入るだろう。

薄紅《うすべに》色のクリクリとした瞳も相まって、綺麗《きれい》というよりは可愛いといった言葉がしっくり来るタイプである。

ただナガレに対して第一声として発せられた言葉には気が強そうな性格もにじみ出ていた。

ちなみに、彼女の話している言語は立派な異世界語である。

しかしそれをなぜナガレが理解できているのか？

翻訳の力でも手に入れたのか？　否、そうではない。

ナガレはここに来る直前、既にこの少女の声を聞いている。

神薙流合気柔術は相手の核を見極め、力を受け流し、そこに別の力を乗せ叩きつけるのを基本とする流派だ。

その威力は錬の浅い者であれば精々一割上乗せ程度、ある程度修行をこなした師範代でも数倍程度が限界である。

しかし、神薙流において類を見ない天才と称されたナガレであれば、相手の力を受け流しそれを数万倍にして返すなど容易いことなのである。

そしてそれは当然武芸の道だけにとどまらない。あらゆるものを合気柔術に取り入れたナガレであれば、異世界での言語とて一言聞けばそれを受け流し、自らに返すことで数万語を理解することが可能だ。

つまりナガレは先程この少女の助けを呼ぶ声を耳にしたことで、異世界言語の全てを瞬時に理解してしまったのである。

このような事が出来るのは世界広しといえどナガレぐらいしかおるまい。

「ギョギョ！　オカシナノガ、ヤッテキタゾ！」

「イイ、ナエドコガ、テニハイルトオモッタノニ！」

「オスナンテ、ジャマダギャ！」

そして当然だが、それはゴブリンの言語にも同じことが言えた。

ナガレは同時にゴブリン語まで理解してしまったのである。

（なるほど、小奴らはゴブリンという魔物だな。他種族でもお構いなく子種を植え付け、子を宿すタイプか――）

ナガレは、特に彼女や魔物からそれがゴブリンであることを聞いたわけでもなかったが、そこは壱《いち》を知り満《まん》を知るナガレである。

更に言えば助けを呼ぶ少女やゴブリンを目にした瞬間、この世界にはレベルやステータスなどといった概念が存在することを察している。

そこまで判れば、一目見た瞬間に合気によって相手の名前や大体の能力を見抜く事など、ナガレにとっては算数の九九を覚えるよりも容易いことだ。

「オマエタチ、ソノ娘ヲオイテヒクキハナイノカ？」

ナガレは一応覚えたてのゴブリン語を用いて奴らに確認する。

すると少女が驚きに目を見開いた。

「ちょっと貴方！　ゴブリンの言葉が判るわけ？」

「えぇ、まぁ今さっき理解したばかりですが」

はぁ？　と少女の不可解といった印象の宿る声。

だが事実だ。何より異世界言語とてナガレは理解したばかりである。

「ギョギョ！　オレタチガ、ナンデニンゲンテイドニビビッテヒクヒツヨウガアル！」

「オマエバカカ？」

「タッタヒトリデ、ナニガデキルモノカ！　ギャ！」

（交渉決裂ですね……）

そう考えつつナガレは構えを取る。

だが、少々ゴブリンの数が多い。恐らく三〇〇はいるだろう。

普段のナガレならともかく、今のナガレではそれを全て片付けるのは多少の時間が必要だ。

慣れるまでに三〇秒程度はかかるかもしれない。

「お嬢ちゃん。どうやらゴブリンは引く気がないらしい」

「いや、お嬢ちゃんって……」

少女は怪訝《けげん》な顔でそう言った。

子供扱いされる事が気に入らないようである。

「だが、少々数が多い。私も出来るだけ急いで片付けたいと思うが、貴方も振りかかる火の粉ぐらいは払って貰えるとありがたい」

「はあ？　何馬鹿な事を言っているのよ！　それが出来るならとっくにやっているわ！」

「しかし、お嬢ちゃんとて、見たところある程度は戦える力を持っているのでは？」

ナガレがそう告げると、少女は困った顔で返す。

「そりゃ私だって魔術師の端くれよ。魔力さえ残っていればなんとでもするわ。でも今は魔力が殆ど残ってないのよ！　だから魔法が使えない！　だってこんなにゴブリンがいるなんて思わなかったんだもの！」

(やはり魔法使いでしたか)

ナガレは得心がいったように顎を引く。

魔法など、現代の日本で生きてきたナガレには馴染みのないものであったが、それでもここが異世界だという事を杖を持つ少女の姿からあっさり想像する事が出来た。

「しかし、貴方が手にしている杖があるではないですか。それで戦えばゴブリン程度なんとかなりますよ」

「はぁ？　あんた馬鹿！　杖で戦えるわけないじゃない！　杖は魔法を使う道具で武器じゃないのよ！」

怒鳴り返されたことでナガレは首を傾げた。

少女が武器ではないと言っているそれは明らかに金属製、しかも柄は長めで先端には丸い頑強《がんきょう》そうな水晶が付き、そこから両サイドに向けて鉤《かぎ》のような出っ張りが出ている。

ナガレの常識で考えれば、これは十分に武器として使えるものだ。

「お嬢ちゃん、それは武器として十分使えますよ」

「だからお嬢ちゃんって……てか、こんなものどうやって武器として使えというのよ！　杖よ杖！　殴ってもすぐに壊れるわよ！」

少女が杖をぶんぶんさせながら文句を垂れる。

その応対ぶりに一瞬思考を巡らせる。すぐに壊れる、彼女はそう言った。どうやらこの異世界において、杖は武器などでなく、あくまで魔法を使用するための補助道具という認識のようであり、材質的にも直接攻撃には向いていないと思われているようである。

ただ、ナガレが見る分にはその杖がそこまで脆いものには感じられなかった。

地球では趣味で古物商の免許も取得し、数多くの希少な品々を正確に鑑定してみせ、某番組の鑑定団も舌を巻いたほどである。

それだけに物を見る目には自信があった。

「とにかくやってみてください。その杖なら十分に実用に耐えうるはずです」

ナガレがそこまで言うと、わ、判ったわよ！　と声を張り上げ、とりあえず近くのゴブリンに向けて——彼女は杖で突っつき始めた。

思わずナガレは前のめりにズッコケそうになる。

「そ、そうじゃありません。まず柄を長めに持って下さい。そしてその先端に付いた出っ張った部分を相手に向けて振り下ろすのです。ゴブリン程度ならそれで事足りるでしょう」

全くゴブリンにダメージを与えられなかった事で不安そうな顔を見せる彼女へ、ナガレがそう教えていると——

「ギョギョ！　サッキカラナニヲベラベラト！　オマエラヤッテシマエ！」

ゴブリン達の鬨《とき》の声が森中に響き渡り、先ずナガレに向けて多くのゴブリンが同時に迫り来る。

ゴブリンはそれぞれ手にナイフやボロボロの剣、斧などを持っている。

しかしいくらボロボロとはいえこの数だ、それにナガレは道着の袴《はかま》姿であり、本来ならば一撃でも喰らえば命にかかわる。

しかし——一斉に飛びかかるゴブリン達、その身が突如軌道を変え、そして数百のゴブリンが何故かナガレではなく仲間同士で切りつけ合う。

仲間割れ？　いや違う。これぞ神薙流奥義【空蝉《うつせみ》・乱《らん》】、力を抜き完全なゼロの脱力。

相手が攻撃を仕掛ける時大気はわずかでも揺れる、それを肌で感じとり、相手も気づかないほどの極小の動きで攻撃の瞬間に受け流し、そして別の相手に向け返す。

集団戦において効果的なソレは、傍《はた》から見ればまるで仲間同士で斬り合っているような、そんな風にすら見えてしまう。

だが実際には、それらは全てナガレの合気柔術による軌道の変化がもたらした結果。

そう、この技はナガレの手を一切汚すことなく、勝手に仲間割れを引き起こす。

事実、既に何体かのゴブリンはナガレの所為《しょい》によって仲間が信じられなくなり、実際に仲間割れをしだす始末だ。

(全く愚《おろ》かな事ですね)

そう思考しつつ、ナガレは気になっていた少女の方に改めて目を向けるが――


ジリジリと迫ってくるゴブリンを視界に収めながらも、やはり少女は迷いを断ち切れないでいた。

先程は試しに戦い方を見たことがある槍のように相手を突いてみたが、ゴブリンに全く怯《ひる》む様子は感じられなかった。

やっぱり杖で攻撃なんて無理じゃない！　と思わず突如現れた彼に文句の一つでも言いたくなったものだが、しかし彼はそのやり方は違うと言った。

そして改めて彼は彼女にその杖を振って使うのだと教えてくれたのだが――

(杖を振れなんてそんな剣みたいな使い方――杖がもつわけない……)

どうしても信用が出来ない。何より柄を長く持つというのも良くわからない。

こんな事して何か意味があるのかしらと首を傾げたくなる。

それに――この杖は彼女にとって大切なものでもあった。

彼女の脳裏にこの杖を渡してくれた師匠の姿が思い浮かぶ。

大事な杖、だから壊したくはない。

だが――一瞬、そう、彼女が師匠の顔を浮かべたその一瞬の隙をついて、遂にゴブリンが狂ったような声を上げながら、少女へと飛びかかってきた。

思わず彼女の瞳が見開かれる。

このままだとやられる！　そう思った瞬間、彼女は無意識に蹶然《けつぜん》と××していた。

ただ黙ってやられる死より、一か八かでも行動して勝ち取る生を選んだのである。

「はぁあぁあぁあぁあ！」

気勢を上げ、彼女は彼から聞いた言葉を反芻しながら、柄を長く持った状態のソレをゴブリンに向けて振り下ろした。

下にした突起部がゴブリンの頭蓋《ずがい》を貫く。

「グギャ！」

その瞬間ゴブリンの短い悲鳴と、グシャッ！　と森の果実が潰れたような感触。

恐る恐る瞼《まぶた》を開くと、足元に転がるゴブリンの遺骸《いがい》。

（嘘……？　信じられない、本当にこれは私がやっているの？）

その事に大変少女は驚いた。何せ彼女は魔術師。魔法以外で魔物を倒すなどこれまでありえなかったことだ。

しかも倒すのに利用したのは己が手に持ちし杖である。

これまで数多くの偉大な魔術師や魔導師を目にしてきた彼女であったが、杖を武器にするなどといった突飛なことを考える者は一人もいなかった。

杖は魔法の威力を増大させたり魔力を蓄えたりするために必要な道具。

それが魔法使いの常識であり、それ以外の用途などあるはずもないというのが根幹にあったからだ。

何より杖に使われる材料は剣などのような丈夫な鋼などではない。

この杖の素材にしたって魔法使いの多くが好んで使用するマジシル《魔法銀》製である。魔鉱石の一つでもあるマジシルは、魔素含有量が高く、魔法の術式を施すことで、術者の魔法の威力を上げたりといった点では優れているが、金属として見た場合脆《もろ》く武器として見ればとても使い物にならない筈なのである。

しかし、今彼女はとても衝撃を受けている。

その後も近づいてくるゴブリンに向けて杖を振り下ろしていくが、尽く頭蓋を潰し、脳漿《のうしょう》を撒き散らし、ゴブリン共が息絶えていく。

まるで熟練した戦士にでもなった気分だ。しかも杖が破損する様子は全く感じられない。

だが、その事もそうだが、ただの杖でここまでの威力を発揮できることにもやはり驚きなのである。

「もしかしてこの柄を長く持つというのがポイントなのかしら？」

ふとそんな事を考える少女。

だが確信は持てない。何より柄を長くという言葉で思い描くのは衛兵などが持つ槍ぐらいである。

しかしそれももっぱら突くのが専門といったところなのだ。

恐らく彼らにその槍を振ってみては？　など言おうものなら鼻で笑われてしまうだろう。

しかし、実際に今彼女はそのやり方でゴブリン共を蹴散《けち》らしていっているのも確かなのである。

「これだけでこんなに非力な私でもゴブリンを倒せるようになるなんて……信じられないところだけど、もしかしてあいつ有名な冒険者か何か？」

そんな事をぶつぶつ言いながらも、嬉々としてゴブリンを鈎付き杖で叩きのめしていく少女。

緑色の血を全身に浴びるその姿は既に魔女の如しである。

そして、結局調子を取り戻したナガレの力もあってか、それから数分後にはふたりの周囲にはゴブリンの骸が散乱する事となるのだった——

「それにしてもお嬢ちゃんが無事でよかった」

ゴブリンの骸が積み重なる中、佇《たたず》むふたり。

そんな中、ナガレは彼女に向けて優しく微笑んだ。

だが、何故か少女は不機嫌を露《あら》わにし、左手を腰に当て右の人差し指をナガレに突きつける。

「ちょっと！　確かに助けてもらったのは感謝するけど、さっきからお嬢ちゃんお嬢ちゃんって……貴方私とそんなに年が変わらないじゃない！　ちょっと失礼じゃないの？」

プリプリと文句を言われる。その姿も中々可愛らしい少女であるが。

しかしナガレは顎に指を添え、やはりか、と一つ呟いた。

「そんなにというと、私は何歳ぐらいに見えるかな？」

「はぁ？　そんなのいいとこ一五か、一六ってところじゃないの？」

その答えに顎を引くナガレ。特に驚きはなかった。

何せ壱を知れば満を知るナガレである。

己がこの異世界にたどり着いた時、明らかにその身が若返っていたことは感覚からして明らかだったのである。

故に、ゴブリン戦ではこれまでの身体の構造との違いを理解し、修正するために多少の時間を要してしまった。

しかし何故こんなことが？　に関しても特に悩むことではない。

ナガレが日本で感じ掴んだそれは、恐らく時空の中を漂う紐のような物。

それをたどり異世界に引き込まれる際、時空の波に晒された事で、己が身の細胞が極端に活性化し、一気に若返ったのである。

少女から聞いてわかったが、恐らく七〇年は若返っている事であろう。

つまり今のナガレは一五歳――どうりで肌もツヤツヤしているはずであるし、身体のキレも増しているわけだ。

そしてナガレ自身気がつかない内に、好奇心も一〇代のソレに近づいていている。

「何一人で頷いていているの？」

「ふむ、まぁこちらの話です」

少女は、おかしなものでも見るような目を向け首を傾《かし》げたが、すぐに表情を戻し改めてお礼を述べる。

「何はともあれ助けて貰《もら》った事にはお礼を言うわ、本当にありがとう。でも驚いた。杖を武器にして戦え！　だなんて前代未聞よ。よくこんな事を思いついたわね？」

これにはナガレも少々言葉に詰まる。

この世界では杖で戦うなどとてもあり得ないといった様子だが、ナガレのいた日本では杖でも戦える杖術《じょうじゅつ》というものが存在するのである。

そう考えれば、杖を使って戦う程度のことでここまで言われるのにはやはり違和感を禁じ得ない。

ただ、同時に彼女の口にしていた言葉も気になっていた。

少なくとも彼女の持っている杖は武器としての性能を十分発揮できるものであったが、他の杖は違うのかもしれない。

「まぁいいわ。そういえば私、自己紹介がまだだったわね。私はピーチ、お嬢ちゃんはもうやめてね」

「ナガレです。よろしくお願いします」

少女が手を差し出してきたのでナガレもそれに応じる。

握手はこの世界でも挨拶として利用されているようである。

ピーチの手は小さく柔らかかったが、そもそもナガレの手も歳相応に小さくなっている。

しかし活力は全盛期に近いぐらいまで向上しているのを感じた。

「ナガレって変わった名前ね。ところで貴方、もしかして結構凄い冒険者だったりするの？」

「いえ、私は武闘家ですが冒険者ではありませんね」

「舞踏家？　何それ？　冗談？」

「いえ多分勘違いだと思いますが、素手で戦うのを得意としてまして」

「あぁ、拳闘士《けんとうし》って奴ね。ふ～ん、でも私初めて見たかも」

どうやらこの世界では武闘家とは言わず拳闘士として認識されているようである。

「それにしても、その格好といい貴方本当に変わっているわね。あまり見たことないわよ。一体どこから来たわけ？」

「そうですね。名前の通り私は特にあてのない流浪人《るろうにん》の身です。生まれ故郷などは忘れてしまいました」

「……そう、なんか悪いわね。あなた若いのに大変だったのね」

ピーチが同情の篭《こも》った目を向けそんな事を言ってくる。何か妙な勘違いをされているようだ。

だが、若いと言っても実年齢で言えば、ナガレは彼女よりは遥《はる》かに上である。

この見た目で八五と言ったところで信じてはくれないだろうが。

「でも、そんなに強いのにちょっともったいないわね。そうだ！　貴方、冒険者になりなさいよ！」

「冒険者ですか？　ふむ――」

地球では既に相手になる者がいなかったナガレにとって、ピーチの提案は一考の価値があるものだったが、とりあえず即答はせずナガレから彼女に質問をぶつける。

「ところで、ピーチさんは冒険者としての依頼でここに？」

「ピーチでいいわよ。同世代の相手にさんとかなんかむず痒いし。てか、貴方の口調堅苦しいわね」

「判りました。では私もナガレでいいですので。それと口調は元来こういったものですのでお気になさらず」

ナガレがニコリと微笑むと、ピーチの頬《ほほ》が桃色に染まった。

それも仕方ないかもしれない。ナガレには頓着《とんちゃく》がないが、若いころは美丈夫と噂され、女性の熱い眼差《まなざ》しを一手に受けてきたような男だ。

当然若返った彼もまた、見た目には美少年そのものであり、まさに眉目秀麗《びもくしゅうれい》といった容姿である。

身長こそ一六〇センチメートルそこそこと男としては小さな方だが、引き締《し》まった筋肉を有し、それでいて男性とは思えない長くサラサラの黒髪を靡《なび》かせる。

そんな彼に微笑みかけられては、たとえ異世界の女性といえど、俗にいうニコポっ状態になっても不思議ではない。

「え〜、と、それで、あ！　そうだ！　私が来た理由だったわね！　そうよ！　本当は私ここに魔草を採りにきたのよ！」

「魔草ですか？」

「そう、魔力回復のためのポーションになる材料ね。これをやると依頼料の他にマジックポーションがもらえるからお得なのよ」

なるほど、と頷くナガレ。

「でも、そしたら魔草採取中にゴブリンの大群を見かけてね。驚いちゃって街に戻って報告しようと思ったんだけど見つかっちゃって……」

「その結果がこれというわけですね」

「そうそう。でも流石に私も駄目かと思って自害も考えたわよ……魔力も残ってなかったしあのまだったら……」

そう言って小さな肩を震わせる。確かに、もしナガレがあと一歩遅ければ、今頃彼女はゴブリン達の子種をその身一杯に植え付けられていたかもしれない。

「ですがこれで安心ですね。ゴブリンは倒しましたし」

「いや！　駄目よ！　だって普通に考えてこんなにゴブリンが溢れるなんておかしいでしょ？」

正直異世界にきて間もないナガレには、その辺の当たり前を知りえるわけがないのだが、そこは壱を知り満を知るナガレである。

確かに常識的に考えておかしいことに気がついた。

何せ、どう考えてもこの数は異常である。異世界だからで済む話ではないだろう。

「だからね、つまりこれは――あまり考えたくないけど変異種が出たのかもしれないわ」

「変異種ですか？」

「そうゴブリンの変異種！　普通は滅多なことでは現れないんだけどね。でもゴブリンの場合は変異種が現れると、同時に大量のゴブリンも湧いてくるって言うし……」

ピーチは自分でそこまで言っておきながらも、どこか不安そうな表情をその顔に宿した。

それだけ変異種という魔物が凶悪な存在であるという事だろう。

そしてナガレ自身はピーチの説明を受け、得心がいったように顎を引く。

「なるほど、それであれば先程から感じられる大きな気配にも納得できます」

「え？　ちょっと何それ！」

ピーチが驚いたように言う。

しかしナガレはその反応を他所にくるりと身体の向きを変え、森の奥に目を向けた。

「ちょっとこのままではマズイかもしれないですね。ここから北東へ一五〇〇メートル程先にいるのが恐らくその変異種でしょう。ふむ、これは中々ですね」

「!?　それが本当なら、きっとグレイトゴブリンよ！　てか！　貴方もしかして索敵系のスキルでも持っているの？」

「いえ、私はそういったスキルの類は持ちあわせておりませんが、なんとなく気配でわかるのですよ」

ナガレは既にこの世界にはスキルやステータスというものが存在しているのは理解している為、ピーチの発言に戸惑う事はなかった。ただ、なんとなく試してはみたがナガレにはそういった類は一切反応しないのだ。

だが、それにがっかりする様子はない。そもそもたとえスキルがあったとしても、ナガレはそれに頼らないだろうし、ステータスがあってもそれを信じることはなかっただろう。

武闘家にとっては己の身こそが全て、それを知るのもやはり己のみである。

どこの誰が用意したかも判らないようなステータスなど意味を成さないのだ。

「でもそんなに近いなんて……グレイトゴブリンってA級冒険者でなんとかかって程の魔物よ。私でさえCランクの3級だしとても敵う相手じゃないわ。早く街に戻ってギルドに知らせないと！」

「いえ、それでは間に合わないでしょう。ですので、ここは私がなんとかしましょう。ですが念のためピーチは街に戻っていて下さい」

「……は？　はぁ!?」

驚愕のピーチ。しかし頼みましたよ、とナガレは一人、件のグレイトゴブリンのいる場所まで向かおうとする。

しかし——

「ちょっと待ちなさいよ！」

それを止めるようにピーチが吠えた。

するとナガレは振り返り、なんですか？　という目を彼女に向ける。

「あんたねぇ！　冒険者でもない一般人に、ちょっとグレイトゴブリン倒しに行きます、とか言われて、はいそうですかってわけに行かないでしょう！　こっちだって一応Ｃ３級の冒険者よ！　あんたが行くなら私も行くわ！」

「はぁ、それは構いませんが、でも魔力が切れているのですよね？　戦えますか？」

正直、今度の相手はその辺に散乱しているゴブリンとはわけが違う。

杖を利用した戦い方を知ったとはいえ、とてもそれでどうにかなる相手ではないだろう。

「問題無いわ！　魔力なら少しぐらいは【瞑想《めいそう》】のスキルで回復できるしね！」

ふんっ！　と胸を張り得意気に語る。

「そうですか……判りました、では少し待ちましょう」

ナガレはそう言って彼女の魔力回復を待つことにする。あまり時間はないが、それでも相手の距離と移動速度から見て多少は待てると踏んだからだ、が。

「ぷはぁああぁぁああああぁぁあ！　ちょ、ちょっと待ってね。後二、三回やれば魔法数発分ぐらい溜まるから！」

「……一応訊くのですが、それが瞑想なのでしょうか？」

ナガレはピーチの言うところの瞑想の様子を見ていたが、少々、というか、かなり疑問に思うところがあったので訊いてみたが、

「そうよ、決まっているじゃない！　あ、さては瞑想を知らないのね？　そうよね。結構取得している人が少ないもの」

と中々自信あり気だ。

しかし、当然ナガレが瞑想を知らないなんて事はあり得ない。

寧ろ毎日の鍛錬の最後には必ず瞑想を行う程だ。

精神のあり方も大事と考える神薙流合気柔術を極めたナガレにとって、瞑想は既に身体の一部と言っても過言ではないだろう。

しかし——今ピーチのやっているものはナガレの知っている物とは似て非なるものだ。

取り敢えず直立で行うことはまぁいいとしよう。

どうしても必要に迫られた場合、ナガレとて直立不動で瞑想を行うことはよくある。

しかし問題は、ピーチはその後瞼を閉じ、なんと呼吸も完全に止めてしまったのである。

そして、かと思えば三〇秒程も息が続かず、可愛らしい顔を歪ませて息を思いっきり吐き出す始末。

そしてその後大きく息を吸い込み、また瞑想という名の何かを始めようとしているのだ。

勿論、異世界においてはこれが瞑想の正しいやり方なのだと考えることも出来る。

所変わればルールも変わるものだろう。

しかし、そこは壱を知り満を知るナガレである。

今のままの瞑想では明らかに無駄が多いことを瞬時に理解してしまった。

それを確認するために念のためピーチに気になったことを尋ねる。

「ちょっとお聞きしたいのですが、魔力を回復するに当たり、何かを取り込んでいたりしますか？」

「？　不思議な事を訊くわね。そんなの魔素に決まってるじゃない」

ピーチが怪訝そうに返答する。

なるほど、どうやら魔素というものがこの世界において常識的に存在するもののようだ。

「なるほど、つまり魔力とは魔素を人間に馴染む形に変換させたもの、といったところですね」

「……なんか小難しい言い回しね。でもそんな感じよ。ただ魔素は黙っていても自然に身体の中で魔力に変換して蓄《たくわ》えられていくけど、それだと減った魔力を回復させるのに時間がかかるの。その回復を早めるのが瞑想のスキルよ」

ピーチの説明に得心がいったようにナガレは顎を引く。

だが、そうなるとやはり彼女の瞑想方法には問題点が多い。

何せ折角魔素を魔力に変換していても途中で一回一回息継ぎをしなければいけない上に、ナガレの見立てでは明らかに折角変換された魔力の大部分が霧散《むさん》してしまっている。

それでもそれなりに魔力を回復させているのは感心できる点とも言えるが――

「ちょっといいでしょうか？」

「何よ？　時間ないんだから手短にね」

「はぁ、いや実は私が見る限り、その瞑想よりも、もっといい方法があると思うのですが、試してみませんか？」

はぁ？　と怪訝に眉を顰《ひそ》めるピーチ。唯でさえ取得している者が少ないというスキル【瞑想】が間違っていると聞き機嫌を悪くしたようだが――

「いいですか？　まず姿勢はこう、そして息は止めてはいけません」

「はぁ!?　何言っているのよ！　瞑想は息を止めてやるものでしょうが！」

「いえ、それだと息継ぎする時に明らかに溜まった魔素が逃げてしまっています。寧《むし》ろ呼吸法が大事ですので――」

そう言ってナガレはピーチに丁寧かつそれでいて手早く、已の知る呼吸法を伝授してあげた。

すると――

「な、何よこれ！　ちょっと瞑想しただけでこの方法だと魔力の溜りが段違いよ！　信じられない！」

驚くピーチに、ふむ、と顎を引くナガレ。

そして瞑想によって集められた魔力は明らかにナガレが教えてからのほうが多い。

どうやらナガレの踏んだ通り、息を止める瞑想は無駄が多かったようだ。

「本当信じられない。え～とこの呼吸、だったっけ？　なんて言うんだったかしら？」

「ラマーズ法ですね」

「そうそうそれ！　本当凄いわねこれ！」

喜んでくれて何よりとナガレも微笑む。

尤も、正確に言うならこれはナガレ式ラマーズ法と名づけられてる物でもある。

ラマーズ法と言えば本来は精神予防性無痛分娩《ぶんべん》法としてお産の為に利用されてきた呼吸法である。

だがナガレはラマーズ法における精神を安定させて出産の苦しみから解放させるという効用、そして理に適った呼吸法と弛緩法に着目した。

特に弛緩法は合気にとって大事な脱力にも通ずるものがあり、故にナガレ自身ラマーズ法を学びそしてそれを改良し、合気道に役立てる為ラマーズ法を取り入れた全く新しい呼吸法として見事確立させたのである。

このナガレ式ラマーズ法は合気道だけでなく数多くの武道家たちの琴線に触れ、更に妊婦たちの間でもこれまでのやり方より圧倒的に出産が楽になると称賛もされ多大な評価を受け、内閣総理大臣から表彰された程でもある。

とはいえ、呼吸法を知らなかった彼女がナガレが少し手解きをしただけであっさり物にしてしまったのはそれはそれで凄い事かもしれない。

そこに関しては素直に感心するナガレでもある。

これで満タンまでとはいかなくてもかなりの量の魔力が回復しただろう。

「よっし！　これだけ魔力が回復すればいけるわ！　さぁナガレ！　やってやろうじゃない！」

何故か突然ピーチが張り切り、先頭を切って歩き出した。

魔力が戻った途端現金なものである。

しかしナガレは特にそれについて何かを言うこともなく、彼女の小さな背中を追いかけた。

そしてそれから一〇数分ほど歩いた先に――それはいた。

「なるほど、これはなかなか壮観ですね――」

グレイトゴブリン――ピーチが変異種と言っていたそれは、確かに最初に目にしたゴブリンとは全く様相が違った。

まず全体的に体つきがゴツゴツとしていて、樽のような身体は隆起した筋肉の瘤《こぶ》に包まれているようでもあり、そして四肢は大木のごとく太い。

顔は顎が少し出ているあたり、原始人のようですらあるが、体色はやはりゴブリンの特色を残しており真緑、髪はなく耳の先が鋭角状だ。

そして何より上背が三メートル近くあり、そこがゴブリンとの決定的な違いだろう。

肩幅の広さもあって、対峙した時には更に大きく感じるかもしれない。

そんな変異種は腰蓑《こしみの》のようなものを穿《は》き、手には棍棒（というよりはほぼ丸太だが）を持ち、どこぞへ向けて進行を続けている。

見たところ、グレイトゴブリンの他には仲間はいそうにないが、ズシン、ズシンと大地を揺らしながら突き進んでいるような魔物だ。

傍にいては、踏み潰されて死んでしまう可能性が高いため、それを警戒して近くにはいないのかもしれない。

きっとあの三〇〇体のゴブリンのように、ボスより部下が前を行くのがゴブリン流なのだろう。

「や、やっぱり並のゴブリンとは迫力が違うわね……」

まさに圧巻と言えるその姿に、明らかな動揺を見せるピーチ。やはり彼女とてまだ若い娘、これだけの化け物に脚が竦《すく》むのもよく判る。

その一方でナガレも別な意味で興奮しているのを感じていた。まさに異世界といったその光景に少年のように心が踊っていた。とはいえそれに見入っている場合でもないであろう。

それに、ただ傍観しているわけにもいかない。そこはやはり武闘家としての性だろう。

ナガレが立ち上がり、軽く関節を解していると、今すぐにでも相手してやろうという気持ちが全身から溢れ出てくる。

「やはりここは私がいきましょう。ピーチはそこで見てい――」

なのでナガレはピーチにそう告げ、グレイトゴブリンの相手をしようと出ていこうとするが。

「な、何を馬鹿な事を言っているのよ！　あんなの正面切って戦ってなんとかなるわけないじゃない！　大丈夫よ、私に任せて。こう見えて私は魔導第一〇門までは開けられるんだから！」

ピーチは制止するようにそう言い、かと思えば何やら独特な言葉を呟き出す。

壱を知り満を知るナガレは彼女を視た時には既にその能力は看破している。

故に、彼女が魔術師であり、魔導門という属性の魔法も第一〇門まで開けられるということは判っていた。

ただ、それが実際どの程度の威力なのかは自分の目で確認しておく必要があるだろう。何より物語の中だけでしか語られることのなかった魔法を目の前で拝めるのだ。ナガレは年甲斐もなく、心が踊った。

正直いくら魔法が見れるとはいえ、何故ここまでまるで子供のように昂揚してしまうのか不思議でもあったのだが――

「――フェ・ベラ・リラ……開け魔道第一〇門の扉！　発動せよ炎術式【フレイムランス】！」

ピーチがしきりに呟いていたのが詠唱であったのはナガレも理解できた。

そして言葉の紡ぎ方から、詠唱を鍵とし門を開けるイメージで魔法を発動させているのも察する事が出来た。

そしてピーチが詠唱を終えるとほぼ同時にその胸のあたりに収束された魔力が燃焼し、すかさず胸の前に添えたピーチの両の手の間から炎が渦を描き、直後――長さ二メートル程の炎に包まれた槍がグレイトゴブリンに向けて射出される。

ナガレには魔法が発動するまでの一連の流れがしっかり視えていた、いや感じることが出来たのである。

更にピーチの魔法を見逃さぬよう観察し続けるナガレ。

その視界内で、轟々《ごうごう》という燃焼音を辺りに撒き散らしながら、灼熱《しゃくねつ》の槍は見事魔物の脇腹を捉え突き刺さった。

焔《ほむら》が形を変え槍と化しそれを放つ。

その魔法然とした様相に感銘を受ける。

そしてピーチが行使した魔法は炎術式という名称がついていた。

この式は恐らく多種多様な属性の内の一つであり、放たれた魔法を見る限り、その名の示す通り炎を操る術式である事は間違いがなさそうだ。

ただ――ピーチの魔術師としての力量がどの程度かまではこの段階では判断出来ないが、やはり相手が悪かったようだ。

もしこれが並のゴブリンであれば、今の魔法で恐らく二、三体纏めて貫通できるぐらいの威力があるだろう。

しかし――グレイトゴブリンは流石A級冒険者に相当すると称されるだけの魔物である。

ピーチの放ったフレイムランスは、当たりこそしたが化け物はそれを掴み引き抜き、なんとへし折ってしまった。

「そ、そんな、私の魔法が全然……一番強力なのを撃ち込んだのに――」

愕然となるピーチ。彼女は風の魔法も行使可能ではあるが、それは一一門までしか開けられない。

話を聞く限りは一一門より十門の方が効果は大きいようだ。

そしてグレイトゴブリンの顔がふたりに向けられる。

魔法の発動された方向からふたりの位置を察したのだろう。

どうやら少しは頭を働かせることが可能なようだ。

ピーチの放ったフレイムランスは、射程でいえば二〇メートルそこそこといったところである。

あれだけの巨体であれば、その距離はあっさり詰められてしまうことだろう。

「ど、どうしよう！　あれ、私の最大威力の魔法なのに！」

慌てふためくその姿を他所に、ナガレは仕方ないですね、と呟き。

「やはり私が出ましょう。ピーチはそこで見ていて下さい。危険ですから決して動かないように」

「え？　ちょ！　何言っているの！　無茶に決まっているでしょあんな化け物！」

吠えるように言う。

しかしそんなピーチを尻目に、ナガレはあっさりと言い放つ。

「いえ、大丈夫ですよ。寧ろ思ったより大したことなさそうで少し拍子抜けなぐらいですから――」

後ろからはピーチの制止の声が聞こえるが、ナガレは構わず歩みを始める。

その姿に――グレイトゴブリンの動きが止まった。

きっと、そのあまりのゆったりした動きに毒気を抜かれたのか、それともどういうつもりか？

と疑問に思ったのか。

恐らくは背中を見ていたピーチも、え？　と頭に疑問符を浮かべていたかもしれない。

ナガレの歩法はそれぐらい遅く感じられるものであった。

【神薙流合気歩法術・陽炎《かげろう》】――神薙流合気柔術に於《お》けるこの独特な足運びは、一見すると一歩一歩が非常にゆったりとしていて、まるで能を見ているかのようですらあり、しかしそれでいて姿勢もよく、一つ一つの所作の美しさは見る者を魅了する。

ピーチはナガレを舞踏家と勘違いしていたが、まさにその動きは舞踏にも似た空気を感じさせるものだ。

だが、それはあまりに戦いにはそぐわない——そう思えてならない程なのだが。

「——⁉」

グレイトゴブリンの顔が驚愕に染まった。

当然だろう。今の今まではっきりと視界に捉《とら》え、欠伸《あくび》が出そうなほどゆったりとした動きで、どう捻《ひね》り潰《つぶ》してやろうかとさえ思い始めていただろうに、しかし、気づいてみれば既に相手が目の前まで肉薄《にくはく》していたのである。

そう、ナガレの歩法は傍から見れば蝿《はえ》が止まりそうなほどゆったりしているものだが、その実、刹那を超えた超刹那と言えるほどの超高速の動きを顕現《けんげん》しているに過ぎない。

しかし、そのあまりの速さ故、見ている者には逆にゆったりとしているようなスローな動きに映るのだ。

あまりに速すぎるその所作は、眼球に一歩手前の動きを焼き付けているに過ぎない。

その遅れ故に来る差異、脳を揺らす誤差。

それを目の当たりした者は、あまりに現実離れした現象に理性を崩壊させる。

それは人間でもゴブリンでも変わらない——結果、異質なるものを受け入れられなくなったグレイトゴブリンは、本能の赴くまま、一抹の疑念をも抱くことなく、手に持つ丸太をナガレに向けて水平に振った。

しかし当然これはナガレにとって想定内。

ナガレは、一切避ける素振りも見せず、迫る丸太に片手を添え一切抗うことなく丸太にピタリと引っ付いたような形で流される。

キャッ！　というピーチの悲鳴。振りぬかれた丸太の風圧に仰がれ思わず上げてしまったのだろう。

だがそれだけの一撃を受けたにもかかわらず、ナガレは涼しい顔でするりと反転し、丸太の裏側に回った後で逆の手で軽く押してみせた。

すると、これだけの巨体を有したグレイトゴブリンが、まるで独楽のようにぐるぐると数回転した後、たたらを踏んだ。

目玉がぐるぐると動きまわり、軽い目眩を起こしてしまっているのがよく判る。

「え？　何これ？　何が起こってるの？」

少し離れた位置から様子を見ていたピーチだが、正直彼女には何が起きたのかイマイチ理解できていない。

気がついたらグレイトゴブリンが目を回していた程度の認識だろう。

「さぁ、どうしました？　こんなものですか？」

ナガレが挑発の言葉をぶつけると、グレイトゴブリンは額に手を添え軽く頭を振った後、今度は大口を開け咆哮《ほうこう》してみせた。

ビリビリと空気を裂くような叫声。威嚇《いかく》としては十分過ぎる程のものであり、耳にした瞬間身が竦《すく》み動けなくなるほどだろう。

だが、こんなものはナガレにとってみれば子犬の鳴き声と同じ。全く意に介す事なく、再び一見無防備なその歩法でグレイトゴブリンに接近すると、反射的に敵はナガレに向けて丸太を薙ぐが、今度はギリギリの間合いを掴み、二度、三度と受け流していった。

こうしてナガレはグレイトゴブリンの戦い方を直に感じるため、観察を続けていたわけだが――何度かそのやり取りを続けた後もう十分と次に迫る一撃を受け流し丸太を上に跳ね上げた。

どうやらこのグレイトゴブリンは、確かに膂力《りょりょく》こそゴブリンとは比べ物にならないほど優れているが、攻撃方法は単純そのもの。咆哮で威嚇するか、手に持った丸太を力任せに殴るしか芸がないようなのである。

少々残念そうに溜め息を吐き出すナガレ。すると今度は両手で丸太を振り上げた状態から、力任せにナガレの頭蓋を砕きに来た。

しかし、それはナガレの計算通りである。合気で攻撃を上に向けて受け流せば、思考が単純なこの魔物なら次は確実に振り下ろしてくる、と、そうナガレは踏んでいたのである。

その通りになった結果、ナガレは腕を振り上げ唸りを上げて迫る丸太を受け止めた。その瞬間ナガレの細身がまるでスポンジのように沈み込み、それに合わせて衝撃を全て大地に受け流していく。

当然、丸太のダメージの一切はナガレに残る事なく――大地に一度吸収された衝撃はナガレの足運びによって循環し、大地のパワーを上乗せしつつ足元から衝撃を跳ね返す。

ナガレはその衝撃を再び全身で受け止め、バネの如き勢いでグレイトゴブリンに向けて突き上げた。

この間、僅か一〇〇〇万分の一秒の出来事である。

「え？」

直後ピーチの疑問の声。当然だろう。何せ今まさにナガレに向けて丸太を振り下ろした魔物の姿が、突如視界から消え失せたのだ。

しかし、これとて実際は消えたのではない。神薙流合気柔術が奥義【地流天突《ちりゅうてんとつ》】――これにより、一旦地に逃がした衝撃が、数千倍になって攻撃を仕掛けたグレイトゴブリンに跳ね返ったのである。

その結果、人の認識できる速度を凌駕する勢いで、グレイトゴブリンの身は上空一万メートルまで上昇し――そして、錐揉《きりも》み回転をしながら地上に向けて落下を始めたのである。

しかし、恐らく体重千キロは軽くありそうな魔物である。そんなものが一万メートル上空から落下してきては、その衝撃たるや凄まじいものになることは想像するに容易《たやす》い。

だが、そこは天才合気道家たるナガレである。彼は戦いにおいて、余計なものまで巻き込むのは良しとしない男だ。それは勿論この美しい自然だって同じである。

故に、この回転。高速回転して落下するゴブリンの身体には、周囲の大気がまるで綿飴のごとく巻きつき、内側へ内側へと集束していく。

その為、落下するグレイトゴブリンの身体の周りには厚い大気の層が形成され、その結果――大地に着弾後、その衝撃は内側へと流れる層によって吸収され、圧縮された力の波によってグレイトゴブリンの巨体が爆散する。

が、しかし、その肉片すら竜巻のように発生した大気の層によって阻まれ内側に集まり、外に飛散する事なくグレイトゴブリンの立っていた位置に見事積み重なっていった。

ピーチが瞬きしている間の出来事である――

「ここまでくるともう意味がわからないわね」

はぁ～、と溜息まじりに述べる。

目を細め、これだけの偉業を成し遂げたナガレに何故か呆れ顔だ。

「いや、私としてはもう少し歯応えがあるかもと思っていたのですが――」

「もしかして貴方、この変異種より危険だったりしない？」

事もなげに語るナガレは彼女に危険生物として認定されてしまったらしい。

助けて貰っておいて酷い話だとも思えなくはないが、あまりにナガレの実力が規格外過ぎる為、一歩退いて見てしまうのは仕方のないことなのかもしれない。

「まぁ少なくとも、私はわけもなく暴れたりはしませんよ――ですが……」

一瞬どこか虚無を感じさせる表情を見せ、己の手を見やるナガレ。

異世界に来て初めて目にした魔物に戦う前は心も踊ったものだが、いざ終わってみると急に虚しさが深淵《しんえん》より湧き出てくる。

変異種と呼ばれる程の魔物でさえ、ナガレに遠く及ばなかった。やはり自分は強くなりすぎてしまったのかとギュッと拳を握りしめた。

するとその様子にピーチが小首を傾げ、

「どうしたの？」と問いかける。

「……いえ、先程も言った通り私は流れにまかせてこの地にたどり着いたような身の上。旅の目的の一つには強さを追い求める事もありますが、最近強さとは何か、意味はあるのか、一度は振り払った筈の疑念がまた——いえ、こんな事を初対面の貴方にお話しすべきではないですね」

ナガレは何故か心の内をピーチという名の少女に話してしまった。

それを後悔するようなことはないが、不思議にも思う。

「馬鹿ね。何を言ってるのよ。ちょっと贅沢《ぜいたく》よ。強いに越したことなんてないじゃない。貴方ね、冒険者の中にはいくら努力しても自分の壁を越えられない人も一杯いるのよ」

むっとした表情で叱咤される。

この世界の冒険者は常に死と隣り合わせ。だからこそ強さに対する憧れは、ナガレのいた世界よりもずっと強いのである。

「……確かに贅沢かもしれないですね」

「そうよ、第一強いことの何が悪いのよ、その強さのおかげで少なくとも私は救われたじゃない。ほら、それだけでも貴方の強さに意味はあったじゃないの」

その言葉に、え？　とナガレが改めて彼女を見た。

「それにあのグレイトゴブリンがそのままだったら街も危険だったし、うん、貴方のおかげで街も救われたわ。それも貴方の強さのおかげよ」

爛漫《らんまん》な笑顔を見せる彼女の姿に、ナガレは何かが重なった気がした。

「大体貴方、若いのに固く考え過ぎなのよ。強さの意味なんて後からついてくるものよ。そんな事で悩んでないで、強さも含めての自分なんだし。悪事に使われるのは困るけど、そうでないならその強さも受け入れて、もっと自由に生きればいいのよ。自分の人生なんだし」

ピーチの言葉にナガレは目を丸くさせる。

だが、その後、プッ、と吹き出し、更に愛する妻を失ってから久しぶりに、大声を上げて愉快そうに笑った。

「ちょ、ちょっと何なのよ突然？」

「いえ、すみません。ただ、少し昔の事を思い出しまして。でも、確かにピーチの言う通りですね。私も元々そのつもりだったのですし、貴方のおかげで吹っ切れました。ありがとうございます」

ニッコリと微笑んで返答する。

するとピーチの頬が熱を持ったように紅潮した。

「ま、まぁよくわからないけど、それならいいのよ」

そして軽く顔を背け、一人納得するように言う。

ナガレはそんなピーチを認めつつ、薄い笑みを浮かべながら改めてグレイトゴブリンの亡骸に目を向け考える。

このグレイトゴブリン自体はナガレにとって取るに足らない相手ではあった。それは確かなことである。

しかしそれでも異世界の一端は垣間見る《かいま》ことが出来たのも事実なのである。

そもそもこのグレイトゴブリンとてナガレからすれば大した事がないというだけであり、それでも地球で相手をした熊や獅子よりはずっと手強いのだ。

ましてや見た目も生態も地球の生物とは全く異なる魔物である。

こんなのがゴロゴロいるということは、魔物にしてもこれらを相手する冒険者にしても、まだ見ぬ強敵はこの世界にいるかもしれない。一度は虚しいとさえ思ったが、要は考え方である。

ナガレとしたことが壱を知り満を知るが悪い意味で出てしまっていたようだ。

まだ決めつけるには早いではないか。

そう、もしかしたらここでなら己の本気を試せる日も来るかもしれないのだから――何より折角若返ったこの身体、楽しまない手はないだろう。頭を切り替えそんな事を考えた瞬間、心の支えが取れ、逆に期待感で満たされていった。そんなナガレに――いつの間にかピーチが覗き込むような形で顔を近づけていた。

「……大丈夫？」

「え!?　あ、いや、え、ぇぇ大丈夫ですよ――」

思わずたじろぎつつ、慌てるナガレ。なんとか取り繕うように返すが、何故か頬が熱くなるのを感じていた。

合気を極めたナガレは常に冷静に、心を乱さないことを信条にしてきたのだが、それにしてはらしくない反応である。

「と、ところで、これはこの後どう致しましょうか？」

とにかく、気持ちを落ち着けるため話を変えようとナガレは、グレイトゴブリンの肉片を指さしピーチに尋ねた。

するると、あぁ、とピーチが短く発し。

「ギルドに報告にいかないといけないから、討伐部位は持っていかないとね。後は魔核も持って行きたいけど……残っているかしら？」

「魔核と討伐部位ですか？」

「そうよ。魔核は魔物の心臓のような部分で、魔導具を作るのに役立つからギルドで買い取ってくれるのよ。それと討伐部位というのは魔物を倒した事の証明ね。それも持って行くと報奨金が貰えるわ。大抵の魔物は片耳がそれね」

「なるほど。ですがそれならきっと大丈夫ですよ」

そう言いつつ、ナガレはバラバラになった中から、グレイトゴブリンの魔核と討伐部位である片耳を取り出した。

魔核に関しては相対した時にエネルギーの集中している箇所があったので、何かあるかもしれないと残しておいたのだ。それ以外でも一応各部位は形が残るような形で倒している。

「へ～、器用に残してるわね……」

感心したように呟くピーチだが、ナガレはふと耳の様子が変化していることに気がついた。

「これは……石化しているのですね」

「そうね。魔物は命を落とすと耳がまず最初に石化するのよ。そして魔核を抜いた後は全身が徐々に石化していって最後には粉々に砕け散るの」

「へぇ、面白いですね」

とナガレは一人頷いた。

「大体の人は魔物の耳なんてまず気にして見てないから初めて見る人は結構驚くわね。耳以外は魔核が残っていれば石化はしないんだけど、魔核を残したままだと魔物って周囲の魔素を蓄えて元通り復活しちゃうらしいのよ。しかも復活するとレベルも上がるおまけ付きだから魔物を倒したら魔核を抜き取るのが基本ね」

この世界にはステータスが存在し、そして強さの基準としてレベルというのも存在する。

それは人間だけではなく、この世界に生きるものなら動物でも魔物でも割り振られているものだ。

そして当然レベルが高いほど脅威度は増す。

レベル1のゴブリンよりはレベル10のゴブリンの方が遥かに手強いのだ。

「確かに強くなって復活するのなら厄介かもしれないですね」

「そうね。まぁ魔核を抜き取ってトドメを刺したからといっても、魔物は魔素のあるところでどんどん生まれてくるからいなくなることはないんだけどね」

なるほど、とナガレは顎を引く。魔素は魔術師にとっては魔法を行使する上で必要不可欠なものだが、それは魔物にとっても同じなようだ。

「でも、魔核は中に魔物特有の魔力を保有しているから、魔導具の素材として役立つの。それと魔核を砕き粉状にして塗布すると素材になる部分が石化しないで済むから、そういった効果から、魔核はギルドで買い取りを行ってるのよ。尤もこの魔核の処理は冒険者ギルドのみが可能な技術だから、魔核にしても魔物から採った素材であっても買い取りは冒険者ギルドでしか行ってないんだけどね」

そうナガレに説明すると、ピーチはくるりと身体を反転させ、先ほどゴブリンの大群を相手にした方へ目を向けた。

「じゃあ後は、ゴブリンの遺体からも魔核と耳を取って……と言いたいところだけど、流石に量が多いわね。とりあえず採れるだけ採っておくとしますか……」

そう言ってナガレと二人で元の場所に戻る。

そこの遺体もやはり耳が石化していた。また、バラバラになったグレイトゴブリンの状態では気がつかなかったが、耳はまるで貝殻が閉じるように顔の側面にへばりついた状態で石化していた。

本来はこの状態の耳をナイフなどで切り取っていくらしい。

「あ！　しまったわ！　私ナイフを持ってない！」

ゴブリンの耳を確認した後、ピーチが狼狽《うろた》えながら叫ぶ。

どうやら素材を回収する上で必要なナイフを忘れたようだ。

「こ、こうなったら――」

そして何を思ったのかピーチは杖であれやこれやと試し始めたが、流石に杖でそれは無理がある。

「ピーチ、杖でそれは無茶ですよ。ここは私に任せて下さい」

「え？　ナガレはナイフを持っているの？」

「いえ、ただ私には必要が無いので」

ナガレのセリフを聞き、わけがわからないとピーチの頭に疑問符が浮かぶ。

だが、ピーチが呆けてる間に、あっさりとナガレが解体作業を終わらせてしまった。

例の如く見た目にはゆったりとした動きなのだが、実際は一〇秒もかからずのことである。

「これで耳が三〇〇、魔核も三〇〇ですね」

「そうだけど……これ、一体どうやったの？」

「手でやりました。こういうのは結構得意なのですよ」

「手って――まぁいっか。なんか考えるだけ無駄な気がしてきたし、取り敢えずこれに入れていきましょう」

いちいち規格外なナガレに呆れ顔を見せながらも、ピーチが腰から巾着状の袋を取り外し、一箇所に集められた素材と部位に近づく。

「これに入れていくのですか？」

「そう。これは魔法の袋という魔導具でね。これなら一〇〇キログラムまでは物を入れておけるのよ」

ピーチの説明によると、魔法の袋は、まさに今手に入れようとしている魔物の核やその他魔法効果の付与しやすい素材などとを合成し作成された魔導具らしい。

こういった魔導具は、魔導具師と称される者達の手によって作成され大きな街などで販売されてるようだ。

この魔法の袋もそういった魔導具師の手によって作成された一品である。見た目は小さくても中々高性能だ。

しかも口を開けて念じると勝手に吸引してくれる優れものでもある。

「よっし、回収終わり。それじゃあ私は街に戻ろうと思うんだけどナガレはどうするつもりなの?」

「そうですね。冒険者に興味が出てまいりました。とりあえず私も同行して登録してみたいと思うので街に向かおうと思います」

「そう! そうね、ナガレならきっとぴったりよ。なら一緒に行こうか。どうせ冒険者になる気なら街に着いてからも案内できるし」

「はい、それは助かります。では街までご一緒させて下さい」

ナガレはそのままピーチの後について歩く。

ピーチの話では、これから向かうのはハンマの街という名称のようだ。

ちなみに今ナガレがいるのはバール王国。サウズ大陸の中央に位置する国のようである。

「ところでナガレ、ちょっと訊きたいんだけどいい?」

森を抜け、街道に出てからの道すがら、ピーチからの問いかけ。

それに、構いませんよ、と返すナガレだが——

「……もしかして、貴方どこかから召喚されたとかそんな感じだったりする?」

「いえ、召喚はされてないですね」

ナガレは迷うことなく返答する。嘘を言っているつもりは毛頭ないからだ。

「そ、そっか。そうだよね~この王国じゃとっくに禁忌扱いだし。それはないよね」

「でも、なぜ私がそうだと？」

「う〜ん黒髪黒目は珍しいからね」

なるほど、と頷くナガレ。確かに若返った影響で今のナガレは若々しい見事なまでの黒髪である。

「それに変な格好だしね。でも杞憂だったかも〜。黒髪黒目は珍しいけど過去の血筋で全くないわけじゃないからね」

「過去の血統というと、召喚された人間のという事ですか？」

「そう。実は今でも場合によっては認められているらしいんだけどね。ただ、今も行われてる召喚術は異世界からの死者の魂、それも死んだばかりの死者の魂に肉体を与えて召喚するという手のようね。時空門という特殊な系統の魔法を使って行われるみたい」

ナガレはその後に続くピーチの説明にも興味深く耳を傾けた。

どうやらこの世界では、過去に何度か異世界からの召喚を試みたことがあるようだ。ただ、過去は死者の魂ではなく、生きた人間をそのままの状態で召喚していたらしい。更にピーチの話を聞く分には、地球のしかも日本からの召喚が多かったようだ。どうやら地球から召喚された者は能力が高くかつては戦争の道具としても利用されてきたらしく、場合によっては隷属化し絶対に逆らえない戦争奴隷としても扱われていたようだ。

だが、近年は人道に反する行為だと問題視する声が上がり禁忌扱いになっている、と、そういう事らしい。

（もしかしたら、あの時感じたあれは、それが関係している可能性もあるかもしれないですね）

ナガレはそんな事を思いつつもピーチの後についていき、これから向かう街のことなども聞いてみたりした。

すると、途中でピーチが脚を止め、ナガレをそのクリクリっとした大きな瞳でじっと見つめてくる。

ナガレの心臓が思わずどきりと跳ねた。

「堅苦しい」

「え？」

「な～んかやっぱり堅苦しいのよね。私とか、です、とか」

「はぁ……ですが最初に言いましたが私もこういった口調が慣れてしまって――」

「だ・か・ら！　それが堅いのよ！　第一折角こうして知り合えたんだしこれも何かの縁だと思わない？」

「え？　いや、確かにそうですが」

「だけど」

「はい？」

「そう、だ・け・ど。それでいいのよ。大体そんな調子でやられたんじゃ、なんか偉そうな貴族と話してるみたいで落ち着かないのよ！」

ピーチの強引な要求に眉をハの字にして困り顔を見せるナガレ。

するとピーチの指がナガレの鼻に伸び。

「えいっ！」

「むぐっ！」

そしてむぎゅっと彼女の小さな指がナガレの鼻を摘んだ。

「もう！　そんな難しい顔しなくてもいいじゃない。もっと気楽でいいのよ。それに今のままだと一枚壁があるみたいで嫌だし……だから、敬語は禁止！　いいわね？」

「…………」

指を振りながら叱咤するように語りかけてくるピーチ。ふとナガレの脳裏に付き合い始めた頃の妻の姿が思い浮かんだ。

『もう！　折角のデートなのにそんな喋り方じゃ壁があるみたいで嫌。そうだ！　今から敬語禁止！　判った？』

一瞬そんな過去の思い出《ビジョン》とピーチの姿が重なり——自然と笑みがこぼれていた。

「ナガレ？」

「……うん、そうだね。判ったよピーチ。じゃあ、これでいいかな？」

ナガレが口調を崩し、ピーチへと問いかける。

すると彼女の顔がまるで花が開いたかのような笑顔に変化する。

「うん！　断然そっちの方がいいよ！　じゃあ、改めて宜しくねナガレ」

「うん、宜しくピーチ」

改めて握手を交すナガレとピーチ。

気のせいか小さくて柔らかい手に包まれるのが照れくさくもあったナガレであった。

そして互いの距離が少し近くなったところで、改めてふたりは街に向かい歩き出す。ふっきれたナガレの目の前に広がる景色は、若返った彼のワクワクを更に高めてくれた——

第二章　ナガレ冒険者になる

「あれよ、あれが目的のハンマの街ね」

「へぇ、あれがそうなんだ、ね」

ピーチの指差す方を眺めながら、ナガレが手をかざし返事をした。

街は、件の森から街道に出て東に向かい、ピーチの脚で三〇分程度かかる場所に存在していた。

ピーチの話ではこの街はレイオン伯家の管理する領地であり、一万人が暮らす中々の規模の大きな街らしい。街をぐるりと囲むように築かれた外壁と、その周囲に広がる幅二〇メートル程の堀は中々に壮観《そうかん》だ。勿論堀には橋が掛かっておりそれを渡って東、南、西のどちらかにある街門から街に入る事となる。

そして、西門に辿り着いたふたりであったが、衛兵が門の左右に一人ずつ立っていた。

その内ピーチが向かったのは向かって右側の方で、彼は中々厳《いか》つい顔をした壮年の男であった。

ナガレはなんとなく反対側の衛兵にも目を向けたが、彼に比べると若く、それなりにいい体をしているが目の前の男に比べればまだまだといったところか。

対応もどこか辿々《たどたど》しく、もしかしたらまだ兵士として日が浅いのかもしれない。だからこそピーチは慣れている右側の男を選んだのかもしれないが。

どちらにも共通しているのはその装備で、衛兵はふたりとも鎖を編み込んで作られた鎖帷子《チェインメイル》を着用し、その上から袖なしのタバードと呼ばれる上衣を羽織っていた。その胸の辺りには盾が二つ並んだ紋章が刺繍《ししゅう》されている。

そして頭には半球状の鉄兜《てつかぶと》、そして片手には槍を携えていた。ふたりとも全く同じ装備である事から国か領主から支給されているものである事が判る。胸の紋章が共通なのもその為であろう。

気になったのは槍で、柄の長さが九〇センチメートル程度で、穂先は針を太くしただけのような簡易的なもの。尖端状《せんたん》になっているため刺突は可能だが、刃は無いため切ったりは出来ない、まさに突き専用の槍といったところで、こういったところを警備している兵士にしては少々心もとない気がする。それに柄も細く、また木の質も決していいとは思えない。なんとも貧弱で、まるで使い捨ての投擲武器のようですらある。

そもそもこの長さだと、槍を交差させて相手を足止めしようとしても、門の幅を考えると短すぎる気もする。そういう文化がないだけかもしれないが、どちらにしてもこの槍だけではいざという時に不安な感じもするナガレである。

尤も槍が使い物にならなくなった時のためなのか、衛兵は腰にも剣を帯びてはいるが――

そんな衛兵が検問する中、やはり余所者には厳しいのか、街に入るには中々苦労したナガレであった。

しかしピーチが変異種を倒したことを衛兵に告げると顔色が変わり、それを理由になんとか通り抜ける事が出来た。ピーチが衛兵と顔なじみの冒険者であった事も大きかったのかもしれない。

そして、じゃあ急いでるから！　とピーチがナガレの手を取り、早足で街門を抜けたわけだが。

「あっ――」

門を抜けると同時にナガレの手を引っ張っていたピーチが急に慌てだし、頬をその髪の色と同じように紅潮させパッと手を放した。

「え、え～とね……」

そして視線を宙に彷徨わせながら一考する。そんな姿が可愛らしく思え、思わずクスっと笑みをこぼすナガレでもある。

「ぼ、冒険者ギルドはこっちよ！」

そして改めてピーチはこれから向かう方向を指さし、そして彼女に案内されるがまま、ナガレは一緒に街を歩いた。

「でも、やはりグレイトゴブリンが出現したとなると、衛兵の様子も違うんだね」

ナガレは砕けた口調にも大分慣れてきたようで、そのせいかピーチとも随分と打ち解けてきた感がある。

「そうね、グレイトゴブリンが現れるとやはりあぁなるわよね。変異種だけでも厄介なのにグレイトゴブリンはゴブリンを大量に従わせるし」

「もし倒してなかったとしたら大変だっただろうね」

「それはもう大騒ぎよ」

苦笑交じりにピーチが返す。この表情を見るに本当に洒落にならない事態に見舞われていたかもしれない。

その後もピーチと軽い雑談を交えながら往来を歩く。ピーチの話によると西の門を抜けた後はこのまま真っ直ぐ進むと、中央広場に出るようだ。

街は十字を切るような形で甃《いしだたみ》のメイン通りが突き抜けている形で、通りは幅も広く、馬車が四台ほど走れる幅と、端には歩行者がすれ違える程度の広さが確保されている。道沿いには石造りの建物が並び、三階建てや四階建てほどある箱型の建物も多い。

ピーチの話では平民の多くは、こういった建物の部屋を間借りして暮らしてるようだ。ナガレのいた世界でいう賃貸住宅と変わらないのだろう。

その管理は土地や建物を扱うのを専門とする商人が行っているようだ。

また、北側の区画は、貴族や羽振りの良い商人などが居を構えるいわゆる高級住宅地となっており、植樹によって完全に住み分けがなされているようである。

「そういえば商人らしき人が乗っている馬車も多いね」

甃の上を軽快に走る馬車を眺めながらナガレが言う。

ナガレのいた世界の自動車程ではないが、それでも往来を駆ける馬車は多く、乗り合い馬車や小洒落た外装の送迎馬車を除けば殆どが商いに関係する物である。

「この街から南に下って行くと自由商業都市があるからね。そこに運ぶ荷馬車もあれば逆に仕入れて戻ってくる馬車もあるわ。東側には商業地区や結構な規模の市場もあるしね。後はこの界隈には魔素の少ない森も多いからね。魔素が少ないと魔物が出現しにくくなるから樵夫《きこり》には丁度いいのよ。

だから毎日樵夫が山に篭って伐採して戻ってくるの。だから、ほら、あの大型の馬車なんかは屋根もないでしょ？」

確かにピーチの示した方向から走ってくる馬車は、長方形で屋根無しの荷車に丸太を何本も積み重ね太い荷縛り用の縄でしっかり結わえられている。荷車は二頭の馬で引いていた。

馬車と言っても荷台は簡易的なもので御者台もなく、恐らくはこの丸太の伐採主である樵夫が後ろから押している形だ。気になったのは丸太と一緒に括られている斧か。

やたら斧刃が大きいのだがそのわりに柄が短く、一見するととても使いにくそうだ。

「なんか変わった斧だね――」

思わずナガレが感想を呟くと、そう？　とピーチが短く答え。

「あぁ、でも斧なんか使うの樵夫か、ちょっと変わった冒険者ぐらいだしね。でも樵夫にとっては大事な商売道具よ。あの斧の大きさが樵夫のステータスだとも聞くわ。大きい方がその分早く伐採出来るんだってね。でもその分扱いは難しくなるから樵夫になるには相当な技術が必要だそうよ」

「え？　そ、そうなんだ――」

所変われば品変わるとは言うが、いや確かに樵夫の仕事が簡単などと思う気は毛頭ないが、使ってる道具も含めて随分と変化するものだな、とナガレはその様子を心に刻んだ。

ナガレはその後も軽く雑談を交えながら、ピーチとギルドを目指した。

中央広場を抜け東の通りへと出た。この通りは中々活気に溢れていた。東側は商業地区となっている影響も大きいらしい。ピーチの言っていた市場も東側の地区に存在する。

街の周辺に聳え立つ山々は水源が豊富で、水不足に悩むこともない比較的豊かな土地柄である。その為、農業や畜産に精を出す村が点在しており、そこで仕入れた品を商人が卸すというサイクルが出来上がっていて、それが日々市場に並ぶのだ。

「冒険者ギルドはここから更に東に行って、途中の路地を南に入ったところにあるわ」

中央広場で購入した串焼きをぱくつきながらピーチがナガレに説明してくる。

どうやら持ち合わせが一本分しかなかったようで、買うのを躊躇《ためら》っていたピーチだが、ナガレが気にしないで買ってきなよ、と告げた事で購入したものだ。

そんなピーチと話しながら街路を歩くナガレだが、どうやらギルドは商業地区の中でも少し外れたところにあるらしい。

狩りなどを終えて戻ってくる血なまぐさい冒険者が頻繁に出入りするようなギルドである、流石に商業地区のど真ん中に置くわけにもいかないのであろう。

「…………」

するとピーチが唐突に脚を止めた。そして串焼きをじっと見ている。串は丁度半分ぐらいピーチに食べられた後である。

「ピーチ、どうかしたの？」

「……ん、こ、これ！」

どうしたのかな？　とナガレが尋ねるとピーチが髪を翻《ひるがえ》し、振り返り、串を差し出してきた。

え？　と思わず目を丸くさせるナガレである。

「だ、だから、なんか私だけが食べてるの悪いし……だから、半分あげる！」

「え？　あ、でも――」

「いいから！　ほらっ！」

そう言ってグイグイと串を押し付けてくるので、ナガレも、それじゃあ、とそれを受け取り残った肉を咀嚼《そしゃく》した。モグモグと噛み締めると、いい感じに焼けていたようで閉じ込められていた肉汁がじゅわっと染み出してくる。塩だけの味付けだがその分、肉の旨味を十分に楽しむことが出来た。肉は豚肉に近いがあまりしつこくはない。どちらにせよ中々に良い味である。

「……」

全て食べ終えピーチにお礼を言おうとしたナガレだが、じっとナガレを見続けていたピーチの頬が何故か紅い。

「美味しかったよ。ありがとうピーチ、て、顔が紅いけど大丈夫？」

「え？　ば、馬鹿！　何言ってるのよ！　これは、べ、別に違うんだからね！」

ピーチに何故か怒鳴られ、何か機嫌を損ねる事でもしただろうか？　と首を傾げるナガレである。

壱を知り満を知るほどのナガレでも、女性の気持ちには存外疎いところがあるのであった。

「と、とにかくギルドに急がないとね」

そう言って脚を速めるピーチ。

彼女の話ではもう少し進んで南側の路地に入った先にギルドはあるようだ。

「冒険者ギルドを覚えておけば、その近くに冒険者がよく利用する宿もあるし、武器屋や防具屋も纏《まと》まっているからしっかり覚えておいてね」

念を押すように語ってきたピーチにナガレは一つ頷く。どうやら街の住人からは通称、冒険者通り、とも呼ばれているらしい。

しかし、その路地の場所をピーチが間違い、妙に入り組んだところに入ってしまったばかりに、泣きそうな顔で、あれ？　あれ？　などと口にしだした。ナガレは苦笑しながらも合気陣で周囲の様子を探る。

すると強い気配の集まる施設があることを察する事が出来た。恐らくそこが冒険者ギルドなのであろう。どうやらピーチは一本入る道を間違えてしまっていたようだ。なんとも可愛らしい間違いである。

「こ、ここが冒険者ギルドよ！」

結局その後はナガレの指摘で辿り着くことが出来たのだが、何故かピーチはドヤ顔である。

そんなピーチが紹介してくれたギルドは、赤煉瓦造りの三階建ての建物で、剣と盾の模様が刻まれた看板が扉の上に掛けられていた。

「流石に造りはしっかりとしていそうだね。でもそこまで物々しくはないかな」

マジマジと外観を眺めながらそんな感想を述べた。

華やかさはなくシンプルな作りではあるが、中々小綺麗であり、荒くれ者が集うようなイメージはあまり感じられない。

「そう見えるかもしれないけど、言っておくけど、ギルドは飢えた狼のような猛者が犇《ひし》めき合っている場所だからね。私みたいに可愛らしくて愛嬌のあるキュートな冒険者なんて珍しいんだから最初が肝心よ」

自分で可愛いと言っちゃうんだな、と微苦笑を浮かべるナガレである。実際可愛いのは確かなのだが、中々の自信家だ。

「いいナガレ？　確かに貴方は実力はあるけど、まだ若いし、見た目全く強そうに見えないんだから、せめて舐められないように十分に気をつけてね。キョロキョロとかしていたら初心者丸出し、たまに緊張しすぎてコケちゃう子とかもいるからね。まぁ私という先輩冒険者がいれば大丈夫だと思うけど、気をつけてよね」

「うん、判ったよピーチ」

ナガレはピーチの意見に素直に応じる。

実際の年齢は遥かにナガレの方が上なのだが、今の見た目は一五歳である。

尤もこの世界で一五といえばナガレのいた世界の成年と同じ扱いのようだが。やはりここは先輩冒険者に素直に従っておくほうが懸命だろう。

ギルドにはギルドのルールがあるだろうし、それにここはピーチの顔を立てて後ろからついていくぐらいのほうがスムーズに進みそうなので、ナガレは素直にピーチの後に続く。

ピーチは勢い良くギルドの木製のドアを押し開け、堂々と建物の中に一歩目を刻み、ドシャッ！

――盛大にコケた。どうやら勢いをつけすぎたようだ。

ギルド内に微妙な空気が漂う。全員の視線が明らかにコケたピーチに注がれていたが、誰も声を掛けない。

「……あの、ピーチ大丈夫?」

なんとも気の毒になりナガレが後ろから声を掛けた。

すると、スクッとピーチが立ち上がり、パンパンっと着衣の埃《ほこり》を叩き落としてから振り返る。

「い、今のが駄目な例だからね！　気をつけないと思わぬ怪我をしちゃう事もあるんだから！」

どうやらあくまで失敗例を見せたという体を装いたいらしい。

「そう、だったんだね。うん、判った気をつけるよ」

鼻も赤く、明らかに強がりだがナガレはそこを突っ込むような無粋な真似はせず彼女の話を受け入れた。

しかし周りの冒険者からは憐れむような視線や、笑いを堪える様子も感じられる。

しかしピーチはそんな事を気にも、いや顔を真赤にさせながら、い、いくわよ！　と言って奥に見えるカウンターまで駆け足で向かった。

やはり恥ずかしかったようで、ナガレもヤレヤレ、と頬を掻きつつピーチの後を追う。

「プッ、ピーチあのコケかた、プッ――」

ピーチの姿を見ながら一人の受付嬢が笑いを堪えて……ではなく吹き出しながらピーチを見ていた。受付嬢とピーチは、カウンターを挟んで対面になる形。

カウンターは横にそこそこ長く、彼女を含めて五人の受付が各冒険者の対応に追われていた。

五人の内、男性が二人で女性は三人である。

ピーチはその中でタイミングよく空いた受付嬢の前に立ったわけだが、この様子を見るにふたりはそれなりに気心の知れた仲なのかもしれない。

「わ、笑うなマリーン！」

そしてそれを証明するように、ピーチが腕を振り上げ怒鳴る。

「そ、そう言われたってあれは無理よ。ププッ、本当どれだけ盛大にコケてるのよ」

堪えきれず終始吹きっぱなしの受付嬢を見やりながら、ピーチの頬がぷくぅっと膨らんだ。色々と残念なところもあるにはあるが、ピーチのころころ変わる表情は可愛らしい。そしてマリーンと呼ばれた受付嬢は、海のような蒼髪を湛えた美しい女性であった。

ウェーブの掛かった髪は背中まで達している。服装は男性と女性でそれぞれデザインが統一されていた。きっとギルドで指定された制服なのだろう。中々の膨らみを有す胸のあたりにもギルドのマークが刺繍されている。明るい感じのする制服だがスカートは程よく短く、マリーンの綺麗な脚が映える。

そんな彼女はピーチとは明らかにタイプが違い、大人の色気が感じられた。

「ふぅ、ところで彼は？」

すう、と一旦気持ちを落ち着かせるように息を吐き出し、その目をナガレに走らせ、マリーンがピーチに問う。

「彼はナガレと言って依頼の途中で出会って……て！　それどころじゃなかったわ！　あのね、魔草採取の依頼に向かったら西の森に大量のゴブリンが現れたのよ。それにグレイトゴブリンも」

ピーチはナガレを簡単に彼女に紹介したが、思い出したように続けられた言葉でマリーンの顔色が変わった。

「ちょ！　それヤバイじゃないの！　変異種のグレイトゴブリンに大量のゴブリンの発生って、災害級の緊急案件よ！　あんた呑気にコケてる場合じゃないわよ！」

表情を険しくさせ、怒鳴るようにまくし立てるマリーン。

しかし呑気にコケてるの一言に若干ピーチは傷付いてる様子。が、しかし――

「あ、うん、まぁ確かにそうなんだけどね。緊急案件とかそういうのは心配いらないっていうか」

頬をポリポリと掻きながらピーチが返答すると、はぁ？　とマリーンが眉を顰め、何を言っているのか理解が出来ないといった顔を見せた。

その表情を眺《なが》めながら、ピーチは再び口を開く。

「いや、だからグレイトゴブリンも大量に発生したゴブリンも、既に全滅させせちゃったからね」

「…………はい？」

口をポカーンとさせているマリーンは、状況がうまく飲み込めていないようだ。

変異種にゴブリンの大量発生という重大な話を持ち込んでおきながら、でも解決しましたというのだから、話の落差がありすぎて、脳の処理が追いつかないのだろう。

とはいえこのまま呆けさせておくわけにもいかない。

なのでピーチが彼女の眼前で手を振り、正気に戻した後、掻《か》い摘んで森での事を説明する。

「つまりこの少年が一人でゴブリンの大群と、グレイトゴブリンを倒してしまったって事？　俄《にわか》には信じられないわね……」

マリーンは声を潜めるようにしてピーチに告げる。

実はさっきのピーチの報告を聞いた時も驚きはしたが、周りに気取られないよう気を遣ってもいた。その対応を見る限り、受付嬢としては仕事の出来る方なのかもしれない。

そしてマジマジとピーチの傍に立つナガレを見回した。

ピーチより背は高いとはいえ、ナガレは男として見ると小柄な上、年も若返り、マリーンからしてみれば、まだあどけなさの残る少年としか思えない事だろう。

とはいえあまりジロジロ見られるのはナガレとしてもなんとも照れくさい。

「う～ん、やっぱり信用して貰えてないわねナガレ」

「まあ、仕方ないかなとは思うけどね」

苦笑しつつピーチに返答するが、ちょっと～、とマリーンが口を挟み。

「それだと、なんか私の意地が悪いみたいじゃない」

不機嫌そうに腕を組みながらマリーンがピーチに抗議する。

「じゃあ信用してるの？」

改めてピーチが問いかける。

だがマリーンは押し黙った。やはり信じてはもらえていないようだ。

「やっぱりね。でも証明出来るものはあるわよ。この魔法の袋に三〇〇体分のゴブリンの耳とグレイトゴブリンの耳、そして魔核が入っているからね。今出す？」

「はい？」

思わずといった調子でマリーンが間の抜けた声を発した。

「いや、だから討伐証明とかだけど」

「ちょっ！　駄目よ！　今ここでそんなの出したりしたら色々面倒だし、一旦うちの職員に預かってもらって別室で査定してもらうわ。それ借りてもいい？」

改めて話を聞き、ようやく理解が追いついたようでマリーンは慌てて両手を左右に振りつつ問いかけた。

「仕方ないわね～壊さないでよ？」

半眼で問いかけるピーチに、壊さないわよ！　と軽く腕を振り上げ応えた後、マリーンは別の男性職員に事情を話して魔法の袋を手渡した。

その職員の男もやはり驚いた様子を若干見せていたが、他の冒険者には悟られない程度だ。

「ふぅ、とりあえずこれで査定まで時間あるし、ナガレ君だったかな？　冒険者登録を済ませてしまおうと思うけど良い？」

「構いません。どうぞ宜しくお願いいたします」

ナガレは会釈し横に退けたピーチに変わって前に出る。

「あなた若いのに随分堅苦しい口調なのね……う～ん、で、でも素材は悪くないわね」

改めてナガレの姿をまじまじと見やり、マリーンがそんな感想を述べる。

ナガレもマリーンと目線を合わせると、彼女は魅入られたように暫し立ち尽くした。

ナガレもカウンターの前に近づいたことでマリーンとの距離も近くなり、その上こう見つめられるとなんとも気恥ずかしくなる。

「ちょっとマリーン、いつまでも見てないで仕事よ仕事」

脇で見ていたピーチが、不機嫌そうにジト目で突っ込むと、ハッとしたマリーンが、ご、ごめんなさいね、と言いつつ顔を逸した。

「あ、いえ。それに褒めて貰えたのは素直に嬉しいですので」

ナガレが軽く手を振り、そう答えると、

「ま、まあとにかく登録ね！」

と言いつつ、カウンターの中をガサゴソとあさりだした。

そして一枚の用紙を取り出しカウンターの上に載せ、一緒に羽ペンとインクも脇に添える。用紙は流石にナガレのいた世界とは違う素材のようである。

「これは羊皮紙？」

「違うわよ。最近は魔物の素材から作った方が安上がりみたいだから、特に冒険者ギルドで使われてるのは大体魔物の素材を利用して作られてるみたい」

「へぇ、そうなんだ」

と頷《うなず》くナガレ。やはり世界が変われば紙一つとっても色々違いがあるものだなと感心する。

「……貴方ピーチの前では普通に喋れるのね」

「え？　あ、はい」

するると、ナガレとピーチの会話を聞いていたマリーンがそんな事を述べ、つい申し訳無さそうな表情で応えるナガレ。

気のせいか女性に対して弱くなっている感覚を覚えた。

「最初は私の前でも随分と堅い口調だったんだけどね。なれてきたら砕けてきたわ」

「まあ、結構無理やり直された感じもあるけどね」

ぽりぽりと顎を掻きつつ呟くと、何よ！　文句あるの⁉　と何故か怒られてしまい、な、ないよ全然！　と尻に敷かれた亭主の如き対応をしてしまうナガレである。

「……だったらピーチだけでなくて、私にも同じでいいわよ」

え？　と目を丸くしたナガレが口にし、マリーンに顔を向け直す。

「冒険者ってそもそもそんな喋り方する人いないのよ？　なのにそんな口調で続けられたら調子狂っちゃうわ。だからピーチと同じように私にも接してくれたほうがこっちも楽でいいわ」

はぁ、と生返事しつつ、視線をピーチに移す。

するると腕を組み目を閉じて、

「べ、別にそんなの好きにすればいいじゃない！」

とツンっと顔を上げ答えた。

「わ、判った。マリーンさんにもそれで」

「嫌だ、マリーン、さん、とかいらないわよ。マリーンでいいわ」

「そうです、いや、うん判ったよ。じゃあ僕もナガレでいいから」

最初は戸惑いつつも、ピーチと同じように砕けた口調で会話を始めるナガレ。

マリーンも、じゃあ改めて宜しくねナガレ、と微笑を浮かべる。

そしてその後ろでは少々不愉快そうなピーチの姿。しかしこれには気がつかないナガレである。

「ところで文字は書ける？　もし無理なら代筆するけど……」

「いや、大丈夫だよ」

そう言ってナガレはスラスラと達筆で用紙を埋めていった。

「え～とナガレ・カミナギ、一五歳、特技は……ア、アイキ、ジュ、ジュウジュツ？」

「なんか素手で戦うのが得意みたい。拳闘士みたいなものね」

「なるほど……結構珍しいわね。でも、じゃあ体術には自信ありって事かしら？」

ピーチがナガレの代わりに横から説明し、マリーンが思案顔で口にする。

「うん、体術は個人的にはまぁまぁいけると思うかな」

ナガレがそう回答すると納得したようにマリーンが頷く。

ちなみに本来であればこの世界の職業はある程度はステータスというものに表示される称号に頼ってる部分もあるようだ。

そして壱を知り満を知るナガレは、ピーチを目にした時にはそのステータスからスキルまで看破出来てしまっており、その称号は見習い魔術師であった。

まだまだ魔術師としては駆け出しという事なのかもしれない。

「さて、それで書類だけど――うん、問題無いわね。さて、後はレベル判定ね」

「レベル判定ですか？」

ナガレが一応問い返すと、マリーンが一つ頷き。

「前は自己申告だったんだけどね。見栄を張って高いレベルで申請しちゃう人とかがいて、トラブルの元になったから今はこっちで判定しているの。あ、でも安心してね。あくまでレベルだけで細かいステータスまでは覗かないから」

この世界ではステータスという物が存在していたりするが、それを勝手に覗いたりすることはプライバシーの侵害とされているようだ。

「まあ、ここで覗かれなくても鑑定のスキルを持っていたり、その効果のある魔導具を使用されたら見られちゃうけどね」

「確かにそうね。でもそういったのは自衛してもらうしかないわね。戦闘の事も考えると鑑定そのものを禁止するわけにもいかないだろうし」

ふたりの話を聞く限り、あまり好ましくない行為とされてはいるが、それ自体に罰則があるわけでもないようだ。尤もその覗くという行為にしても、ふたりの言うように鑑定のスキルや魔導具を持っていないと不可能であるし、鑑定を防ぐアクセサリータイプの魔導具もしっかり存在しているようではある。

とはいえナガレには全く必要のない話ではある。万が一そういった覗き行為が行われそうになったとしても、ナガレであれば合気でどうにでもなるからだ。

「じゃあ見るわね」

ナガレに一つ断りを入れた後、マリーンは、おもむろに取り出した眼鏡を掛けた。元が綺麗なだけに、眼鏡を掛けた姿も美人女教師のように中々様になっている。

ピーチではちょっとこの色気は滲《にじ》み出てこないだろう。

そしてマリーンの掛けたこの眼鏡こそが相手のレベルを測る事のできる魔導具との事である。

じっとナガレを眼鏡で見るマリーン。

レンズの奥で光る碧眼《へきがん》は宝石のように美しく、少しだけ心臓の鼓動が早くなるのをナガレは感じた。どうにも感受性が豊かになったというか若々しくなったというかそんな気さえする。

ただ、ナガレはどちらかというと少年時代から落ち着いた性格であったせいか、この奇妙な変化に軽い戸惑いも覚えるが――

そして、そんなナガレの横でどことなくワクワクした様子で眺めるピーチ。

何せゴブリンを三〇〇、更にグレイトゴブリンさえも瞬殺したナガレである。ゴブリン自体は単独ではそれほど強くない相手ではあったが、グレイトゴブリンに関しては災害級と称されている程である。ピーチからしてみれば、ナガレのレベルは一体どれほどの物なのか興味津々といったところであろう。

ちなみにそんなピーチのレベルは9であることをナガレは理解している。

それがどの程度なのかといったところだが、今ギルド内に集っている冒険者の中ではレベル8～9程度が最も多い。

ピーチが自分の事をCランクの3級だと言っていた事を考えると、その辺りに位置する冒険者が大半なのかもしれない。

「………へ？」

少々間の抜けた声を発し、マリーンの眼鏡の奥の瞳がまん丸に変化する。何か不思議な物でも見たかのような様相だ。

ナガレは沈黙を保ちながら結果を待つが。

「どう？　これだけの事をしたんだからやっぱり凄いレベルだったりする？　40とか？　もしかして50超えとか？」

すると声を潜《ひそ》めてピーチが問いかけた。

だがマリーンは困った表情に変わり、う～ん、と唸りながら。

「ちょっと待って。なんかこれ壊れているみたい、ねぇ貴方の鑑定眼鏡借りていい？」

そう言ってマリーンは別の職員から眼鏡を借り、それをかけ直して改めてナガレを見た。

「…………」

だが、眼鏡を新しくしても、ナガレを見たその顔は、まるで鳩《はと》が豆鉄砲喰らったようでもあり──どうやら彼女にとって予想外の結果が出てしまったようである。

「ねぇ、どうなのよ？　勿体ぶらないで教えてよ」

「その前にちょっとピーチを確認。……レベル9──壊れているわけじゃないみたいね……」

「もう！　だからいくら高くてもほら、これだけの事をしたんだから」

「──0」

視線をナガレに戻し、その端正な顔を眺めながらマリーンが口にした言葉に、へ？　とピーチが目を丸くさせた。もしかして聞き間違えたかしら？　といった怪訝な顔で眉を顰め。

「……もう一度いい？」

そう問い返すように口にする。

「だから、ゼロ、なのよ彼。レベル０」

そして、今度は間違いないとはっきりとした口調で答えるマリーン。

それを聞いていたナガレだが――特に不審がるでも、疑問に思うでもなく、落ち着いてその結果を聞き、甘んじて受け入れてもいた。

合気を極めたナガレは、普段は自分の力をかなり抑えている。

しかも意図しているものではなく、ごくごく自然にこれを行っているのだ。

その為、ナガレはいざ合気を振るうギリギリの瞬間まで、戦闘力は皆無に近く、一見すると隙だらけに見えたり弱そうに見えたりするのもこれが要因としてある。

つまりいくら異世界の魔導具とはいえ、今のナガレのレベルを０と判断するのは、彼にとってみれば至極当然の事とも言えるのである。

ただ、これは当然周りの、そうピーチなどには与かり知らぬ事であり――

「……は？　はぁ!?　何それ！　あり得ないわよそん――」

「プッ、ぎゃっはははははっはははははぁ！」

思わずカウンターを叩き、身を乗り出して抗議するピーチであったが、その声は一人の男が発した馬鹿笑いによって掻き消された。

どうやらこの男、傍で彼らのやり取りを覗き見ていたようだ。

「おいおいどうしたんだよ突然笑い出して」

「いや、だってよ！　随分とちんたらやっているから何かと思って話聞いていたらよ、そこの若造、冒険者登録に来ているのに、レベル、レベル、ひひっ、レベル0だってよ～～～～！　ぎゃはは最低だ！　初めて聞いたぜ、0なんてよぉ！」

腹を抱えながらその場に蹲《うずくま》るような体勢で、床をバンバンと叩きながら笑い転げる失礼極まりない男。すると口々にレベル0という響きを口ずさみながら、その場の殆どの冒険者が嘲笑を始めた。

「おいおい確かに冒険者は誰でもウェルカムだけどよ～」

「それでも限度ってもんがあるだろ！　なんだよ、よりによってレベル0ってよ～～～～！」

「全く、そんなんじゃその辺のゴブリン一体にすら勝てないぜ！　指一本でのされてしまうんじゃねぇか～？」

ギルド中に広がる嘲りの声に、ピーチの頬が食べ物を口に溜め込んだハムスターが如く膨れ上がった。

「あ、あんたらね！　言っておくけどナガレは！」

「待ってピーチ！」

思わず全てをぶちまけそうになったピーチをマリーンが制する。

「その事は内密にして。まだあまり知られていい話じゃないし、それにナガレ君の事もあるわ」

「で、でもこのままじゃナガレが！」

「僕なら大丈夫だよ」

怒りの収まらないピーチの背後からナガレが納得する姿勢を示す。

「僕が、ここではまだ新人であることに間違いはないし、それに別に何を言われても気にしてないから。ピーチもありがとう、その気持ちだけでも嬉しいよ」

そう言ってナガレが微笑みかけると、ピーチの頬が熟した桃の如き色に染まる。

「コホン！　ま、ナガレもこう言っている事だし、良いかなピー……」

「てかさ、お前マジで冒険者になる気なの？」

マリーンがピーチに言いかけてる途中で、一人の冒険者がナガレの肩に手を置き、小馬鹿にしたような目で話しかけてきた。

「えぇ、そのつもりですよ」

それに対し、ナガレは敢えて形式張った口調で返す。

こういう輩を相手にする時は、とりあえず落ち着いて対応した方がよいと、これまでの経験からナガレは理解していた。

「おいおい、そりゃ冒険者ってのは命知らずの集まりだけどよ、レベルが0はねぇよ。んなんみすみす死に急ぐようなもんだぜ？」

そんな事を宣うこの男のレベルは8、ナガレからすれば箸にも棒にもかからない相手である。

だが、このような場所で揉め事に発展してもギルドに迷惑を掛けるだけだ。なのでナガレはその顔に笑みを湛《こら》え、男の言葉を助言と受け止め対処することとする。

「お気遣い頂きありがとうございます。先輩からのご忠告としてしっかり肝に銘じておきますね」

「いや、てかお前馬鹿か？　俺はいいからとっとと登録なんて諦めて出て行けって言ってんだよ」

しかし、小馬鹿にしたような表情から一転、威圧するように男は言ってくる。

ナガレとしてはここで下がってくれればよかったのだが、どうにもしつこそうな男である。

隣で聞いていたピーチも一言言ってやりたいといった様子で、マリーンも顔を顰めていた。これでは折角の美人と美少女が台なしである。

それに、こんな男の為にこれ以上空気を悪くしたくはない。

「それはそれは気がつきませんでした。ただ、僕は登録をやめる気はありませんので――」

「あ～ん？　おいテメェいい加減にしねぇと」

「ありませんので――」

最後の忠告。

その声にほんの少しだけ研ぎ澄ました気を紛れ込ませ、相手の五感に訴える。

その瞬間、絡んでいた男が、ひっ！　と短い悲鳴を上げ、尻もちをついた。

きっと男自身、なぜ自分がそんな事になっているのか理解できていないだろう。

「大丈夫ですか？」

一応心配する体を装いながらも、込めた気迫はそのままに――すると見下ろすナガレから目を逸らし、

「と、とにかく、せ、精々気をつけやがれ！」

と若干上擦《うわず》った声を残し、男は逃げるように離れていった。

「なんなのあいつ？　ほんっと！　ムカつく！」

「まぁ仕方がないよ。僕はまだまだ新参者だからね」

「…………」

にこやかに対応するナガレ。しかしその姿を見るマリーンの目はどことなく関心に満ちていた。

受付嬢として長く勤め続けたマリーンである。

男の対応をした時、ナガレが見せた微妙な変化に気がついてもおかしくはない。

「マリーン、奥で査定やってるみたいなんだが、これ凄いな……一体誰がやったんだ？」

「え？　あ、うん、一応あそこにいる新人冒険者がね……今日登録なのだけどね」

「は？　つまりルーキーって事か？　しかもまだ若造じゃねぇか。おいおいそんなの前代未聞だぞ」

マリーンと査定の件を聞きに来た男がヒソヒソと話す。そして更に会話のやり取りを終えた後、男は奥に引っ込んでいった。

「ふたりとももう少し査定には時間が掛かるみたい、あの量だしね」

「それも仕方ないですね」

「うん、でもちょっとバカのせいでゴタゴタして説明できていなかったから、続けて冒険者ギルドについて話すわね」

何気に毒を吐くマリーンであったが、あの男の場合そう言われても仕方のない事だろう。

「判りました。よろしくお願いします」

「まっ、簡単には私からも来る途中説明はしてるけどね」

「そう、でも一応規則だしね」

マリーンはコホンっと喉を鳴らし、ナガレに説明を始める。

「冒険者ギルドは個人や貴族、時には国から依頼を請け負い、それを登録している冒険者に斡旋している組織よ。報酬は成果報酬で依頼毎に異なり、仕事の内容は簡単な物でちょっとしたお使いから、魔物狩りに薬草採取、迷宮破壊、護衛など多岐にわたるわ。この辺細かいことは最後に渡す冊子の冒険者ガイドにも載ってるから目を通しておくことをおすすめするわ」

ナガレは気になる単語もいくつかあったが、取り敢えず判りましたと納得を示す。

「続きになるけど、ギルドにはランクがあり登録したては一番下のＤランクから始まるの。更に下からＣ、Ｂ、Ａ、Ｓと続き、ランクがＣ以上になると各ランクに級が付くようになるわ。級は１級～５級まであって一番下が５級ね」

この為、ランクはＣ５級やＢ２級などと略称で呼び合うことも多いらしい。

ナガレはピーチがＣ３級であった事を思い出す。

これら級も含めて考えると下から三番目程度の実力である。そう考えると実際のところはピーチもまだ冒険者になってからそれほどは経っていないのかもしれない。

「冒険者のランクは実績に応じて変化するわよ。ＤランクからＣランクの場合はギルドの判断で自動的に上がるけど、Ｂランクより上の場合は昇格試験を受けてもらうことになり、それに合格すればランクアップ出来るの」

「昇格試験はいつでも受けられるのですか？」

「いえ、昇格試験を受けられる実力があるかどうかはギルドで判断するわ。だから昇格試験が受けられるようになったらこちらから通知するけど、受ける受けないも自由よ。でもランクが上がれば冒険者としての箔《はく》がつくし、報酬の高い依頼も請けられるようになるから大体の場合は試験は受けるわね」

「確かにランクアップを断る理由はないわね。私も早くBランクになりたいし」

どうやらCランクとBランクでは請けられる仕事や評価に随分と差があるようだ。

そして冒険者にとって最初の壁でもあるらしい。

Bランクになるためには昇格試験を通る必要があるが、その試験というのは試験官と模擬戦を行い判定してもらうというもので、それで認められれば合格となる。

「ランクについてはこんなところね。あ、それと級に関しては依頼の達成率やどれだけの魔物を倒したかで総合的に判断し、決定されるわ」

マリーンの話によると、どうやら冒険者の実力を判定する職員などもいるようである。

「それと依頼に関してはそこに貼られているような依頼書から選んで請けてね。私たちに訊いてくれてもいいわ。色々条件もあったりするから依頼内容はしっかり確認するようにしてね」

判りましたとナガレ。

「最後に禁止事項ね。ギルドでは冒険者同士のいざこざや、ちょっとした揉め事ぐらいには関与しないけど、でも正当防衛を除いて殺しはご法度よ。後は依頼主への裏切り行為、依頼主の情報を勝手に漏らすなども厳禁。また犯罪行為も当然禁止で、これらを行った場合はギルドランクの降格や場合によっては資格剥奪《はくだつ》、犯罪行為などを犯した場合は手配書が回って他の冒険者に命を狙われる場合もあるわ。まあナガレならそこは心配いらないとは思うけどね。っと、これで大体の説明は済んだわ、何か質問なんかはあるかしら？」

一通りの説明を終え、尋ねられるナガレではあったが、う〜ん、と顎に手を添え。

「大体判ったけど……今回の魔物の件に関しては——」

ナガレはどういう扱いになるのか？　と問いかけるようにマリーンを見やる。

「それなら問題無いわ。魔物の駆除に関しては危険性の高い物以外はわざわざ依頼書を貼りだしてないし、常に討伐対象だから討伐部位さえ持ってきてもらえれば報酬は支払われるの。グレイトゴブリンは報告がくれば間違いなく緊急依頼として扱われていたけど倒しちゃったしね……尤も討伐報酬を受け取れるのは冒険者限定なんだけどね。でもナガレは今回登録してくれたからそれは問題無いわ、ただ——」

そこでマリーンが口篭り、ナガレは小首を傾げる。何か言いづらそうな雰囲気ではあるが。

「功績に関してなんだけど、ナガレはまだギルドに登録してなかったから今回の件は認められないのよ。だからゴブリンとグレイトゴブリンに関してはピーチだけが評価される形ね」

「え！　嘘！　そうなの⁉」

マリーンの説明にピーチが驚きの声を上げる。

するとマリーンは呆れたように嘆息し。

「なんで貴方が驚くのよ……冊子に規約と一緒に載ってるじゃない。もしかして目を通していないの？」

「え？　そ、そうだったかしら――」

目を逸らし誤魔化すように口にするピーチに、これは説明書などがあっても間違いなく読まないタイプだな、とナガレは思った。

「でもなんか悪いわね――」

「いやいや、大丈夫だよ。規則ならしょうがないし」

「まあでもこれだけの事が出来るなら、ナガレもすぐ評価されると思うけどね」

マリーンはお世辞などではなく本気でそう思っているようだ。グレイトゴブリンを倒したことに関しては既に疑っている様子はない。

「それではこれで説明は終わりね。じゃあ、はい、これが貴方が冒険者であることを証明するタグ。さっき言ったように最初はみんなDランクからのスタートだから、タグにもDと刻印がされているわ」ありがとうございます、とナガレはタグを受け取った。タグには小さな穴が穿たれ、そこに鎖が掛けられている。

「とりあえず目算で合わせておいたけど、細かい調整は自分でやってね。どこに掛けておくかは自由だけど、目立つところのほうが便利よ。そのタグさえあれば冒険者ギルドのある街ならどこも自由に出入りできるからね」マリーンにそう言われ、試しにナガレはそれを首に掛けてみたがサイズは問題なかった。

ちなみにピーチはこれを腕に嵌めているようだ。

どちらにしてもすぐに確認できるような位置につけておくのが基本なようである。

このタグ一つでフリーパス状態というのも凄い話だが、冒険者はその仕事柄、街から街への移動などが日常茶飯事であり、その都度一々確認を求められていては仕事に支障を来すこととなる為、このような制度が根付いているらしい。

「うん、特に調整は必要なさそうね。そのタグは紛失しないようにしっかり管理していてね。もし紛失してしまった場合は再発行に五千ジェリーかかるから」

「それは結構な金額だね。気をつけないと――」

ギルドは登録するのにお金はかからないようだが、再発行となると別なようである。

「でも、あれだけの働きをしてDランクからというのはやっぱり低く感じるわね」

「それは規則だし仕方ないよ。それにこれから実績を積めばいい話だしね。だからピーチ先輩も宜しくね」ナガレは煌《きら》めくようなスマイルをピーチに向けそう告げる。

するとピーチは照れたような顔で頬を掻きつつ。

「そ、そうね！　これも何かの縁だし暫くはナガレに付き合ってあげるわ！　それにほら、私こう見えてC3級の冒険者だし！」

自身満々に胸を叩くピーチ。ポヨンっと揺れる双丘に、思わず目が向いてしまうナガレである。

そして、何を見てるんだ僕は！　と密かに自己嫌悪にも陥る。

「いや、貴方そこまで威張れる程じゃないじゃない……大体魔法がメインなのにソロでばかり活動するから大きな仕事が出来ないのよ」

そんな気持ちのナガレを他所にマリーンが横から口を挟んだ。

「う、うるさいわね！　一言多いのよマリーンは！」

腕を振り上げて抗議するピーチ。だが元が可愛らしいせいかあまり迫力がない。

「まぁ取り敢えず査定が終わったら報酬の方は後でナガレとしっかり分け合うのね。あとこの件でピーチも昇級になると思うけど――」

「本当⁉」

マリーンの発した最後の一言に反応し、ピーチが身を乗り出した。よっぽど昇級が嬉しかったのだろう。

ちなみに昇級とは文字通り級が上がる事であり、昇格とは別である。

「落ち着いて。これだけの功績なんだしそりゃ上がるわよ。ただ、ナガレの事も考慮する必要あるから、流石に全てがピーチの力って話にはならないけど、それでもCランク1級になるのは確実かしら」それを聞いたピーチは両手を握りしめて、るんるん気分だ。

何せ2級を飛ばしての1級である。尤も殆どナガレの功績によるところが大きいのだが。

しかし、やったわナガレ～、などと音符が混じりそうな声で嬉しそうに言ってくる姿は微笑ましい。ナガレもピーチのおかげで冒険者として登録する気になれた部分もあるので、功績についてとやかく言うつもりも毛頭無い。

そして、一通りマリーンとの話も終わり、後は査定結果を待つだけとなったのだが、そこで先ほど彼女に声を掛けていた職員がやって来て彼女に耳打ちする。

「え？　何それどういう事？」

何かを言われマリーンが怪訝そうに眉を顰めた。

その時である――

「おらぁ！　このゴッフォ様がとんでもない奴らを退治してきてやったぜ！　刮目《かつもく》してよく見やがれお前ら！　このB級冒険者ゴッフォ御一行様が、なんと！　西の森で大量発生したゴブリン三〇〇体と変異種のグレイトゴブリンを駆除してやったんだからな！」

ナガレ達のすぐ隣で別の冒険者がそんな事を口走り始めたのである。

え？　とマリーンとピーチがその声の主に目を向けた。

その正面では男性の受付が戸惑った様子を見せている。

「ちょ！　ゴッフォさん。あまりおおっぴらには……」

「あん？　なんだ別にいいじゃねぇか！　冒険者としてこんな誇れることはないわけだしな！　何せ俺のおかげで、この街は救われたようなもんだ！」

ガッハッハ！　と大笑いを決め込むゴッフォ。そして助けを乞うような目をマリーンに向ける男性受付。

どうやら彼も、先にナガレ達がそれと同じ報告をしていた事を知っているようだ。

その様子にマリーンも額に手をやり、はぁ～と嘆息《たんそく》をし、

「もしかしてさっきの話ってこれ？」

と耳打ちして来た職員に告げる。

その様子に、なるほど、と得心が言ったナガレである。

どうやらこの様子を見るに、ナガレとこの男達が狩ってきた魔物が被ってしまっているのだろう。

「おいおいマジかよ……」

「あのゴッフォがグレイトゴブリンを？　確かあいつＢ５級に上がったばかりだったよな？」

「それだってどうして上がったのかイマイチ謎だってのに」

「ゴッフォ以外の仲間が凄いとか？」

「いや、あいつらだってよくゴッフォとつるんでやがるが似たようなもんだぜ」

「でもグレイトゴブリンとゴブリン三〇〇だぜ？　本当だとしたら確かに街はあいつのおかげで……」

そして、それを聞いていた冒険者達が口々に囁《ささや》き始め、ギルドはゴッフォの話題で持ちきりになった。するると、腰に手をやったマリーンが溜め息をつき頭を振る。

「もうここまできたらこっちも黙っていても仕方ないわね。事が事だけにあまり露見して欲しくない内容だったけど……」

マリーンは数歩ゴッフォの相手をしている男性受付に近寄り、その事実を彼に伝えた。

すると、ゴッフォという冒険者の表情が途端に緩《ゆる》んだ。この男がっちりとした体格でかなり顔も厳つい。顔相に沢山の古傷を宿し、その為か笑った顔も悪人のソレだ。少なくとも善人の面構えではない。勿論人は見た目で判断してはいけないという事を十分心得ているナガレではあるが。

「おっとマリーンちゃん。俺の話、もしかして聞いていたかい？　どうだ？　凄いだろ？　グレイトゴブリンとゴブリン三〇〇だぜ？　惚《ほ》れなおしちまったか？」

「……別に最初からあなたに惚れてなんていないわよ」

ゴッフォが発した妄言に顔を歪め、マリーンが剣呑とした言葉を返す。

だがこの男、明らかに嫌がられている事に気づきもしない。女心に疎いナガレでも明らかなほど、なのだが鈍い、いや違う、この男とにかく自分本位なのだ。

「またまた、知っているんだぜ。お前の熱い視線に気づかないほど俺は馬鹿じゃねぇ。きっと俺との事を妄想して毎晩ベッドを濡らしちまっているんだろ？　まぁ何で濡らしているかは聞かないでおくがな！　がっはっは！」

最低――と横で聞いていたピーチが呟いた。顔もそうだが言動も見た目に合った下品なものであり、ナガレからしても聞くに堪えないものがある。

「もう！　いい加減にしてよね！　第一あんた、さっきからグレイトゴブリンとゴブリンの大群をやったとか息巻いているけど、それと同じ報告を既に私が受けているんだから！」

すると、ゴッフォの身勝手な口ぶりで流石にマリーンも我慢の限界が来たのか、思わずギルド内に轟くほどの声音で叫んでしまう。

これで最早隠しておくどころの話では無くなってしまったが、この状況では黙っていたところでこの男を付け上がらせてしまうだけだろう。

「……は、はぁ？　おいおいふざけんなよ。そんな奴がいるわきゃねぇだろ。変異種が現れるなんて、ま、まれなんだからよ」

その時のゴッフォの口調の乱れをナガレは見逃さない。

そしてマリーンの発言で周囲の冒険者達も色めき立った。

「おいおいどういう事だ？」

「つまりグレイトゴブリンを退治したのが他にもいるって事か？」

「バカ言え、ギルドの掲示板にもまだ貼りだされていなかった話だぞ。おまけに変異種なんて被ることがそうあるかよ」

「てことは、どっちかが嘘をついているって事か？」

「てか、誰なんだ？　その先に報告に来たってのは？」

ナガレはそれらを耳にしながらどうしようかと考える。

実は何度か声を上げようかと思ってはいたのだが、途中マリーンが目で、ここは任せて、と訴えていたのでとりあえず口を挟まないでおいたのだが——。

「そ、そうだ！　誰だそんなふざけた嘘ぶっこいてるのは！　この俺を差し置いてふてぇ野郎だ！」

「全くだぜ！　おかげで俺達のリーダーが嘘つき呼ばわりじゃねぇか！」

「全くとんでもねぇ野郎だ！」

他の冒険者の声に合わせるようにゴッフォが怒声を上げ、その仲間のふたりも一緒になってわめき始める。類は友を呼ぶとは言うが、彼の仲間というふたりもモヒカンであったり、蜥蜴《とかげ》のような面構えだったりと見た目だけなら盗賊だと言われても違和感がない。そんな連中が自分たちの事を棚に上げて、魔女狩りの如く騒ぎ立てているのだ。

彼らのステータスはどう足掻《あが》いてもグレイトゴブリンに勝てるような強さではない。それなのによくここまで堂々と嘘をつけるものだな、と半ば呆れ返るナガレであるが。

「あんた達こそいい加減にしなさいよ！　言っておくけど西の森のグレイトゴブリンとゴブリンの大群は、この私とここにいるナガレがやっつけたんだからね！」

いよいよ耐え切れなくなったのか、遂にピーチが自ら名乗りを上げた。ちゃっかり自分も倒したのだとアピールするあたり中々したたかでもある。

だが……それを聞いていたマリーンが頭を抱えた。

彼女なりに話を進める道筋が出来ていたのかもしれないが、ピーチの一言でそれも瓦解《がかい》してしまったようである。

「……は？　あいつらがだって？」

「あいつピーチだろ？　こないだCランクの3級になったばかりの……」

「あぁ、無謀なソロ魔術師、ピンチなピーチだぜ」

「で、その相棒が……」

「ぷっ、ぎゃはははっははは！　おいおいマジかよ！　ありえねぇ！　そいつ、よりによってレベル0のルーキーじゃねぇか！」

「全くだ！　嘘をつくならもっとマシな嘘をつけってての！」

そして一瞬にしてギルド内が冷ややかな空気に包まれる。

その様子に、やっぱり――と今度は溜め息をつくマリーン。

どうやら彼女はこのことを危惧していたようだ。この世界はステータスの依存度が高く、レベルも個人の力を測る値といて信頼されている。

つまりレベルが低い者ほど見下されやすく、ナガレの鑑定結果であるレベル0は彼らが卑下するに値する格好の餌なのである。

故に、勿論グレイトゴブリンを倒したのも、ゴブリン三〇〇体を殲滅《せんめつ》したのもナガレの功績なのだが、レベル0という響きが独り歩きし、どうにも旗色が悪い状況だ。

「あん？　なんだよレベル0って？」

「おう！　聞いてくれよゴッフォの兄貴。俺はさっきまでそいつらの話を聞いていたんだがな、あの野郎、今日登録しに来たばかりのルーキーでレベル判定で史上最低のレベル0だったんすよ！」

ほう、とゴッフォの口元が歪む。そして、鬼の首でも取ったかのような様相をその顔に貼り付けた。

「おいおいマリーンちゃん、そんな連中の与太話をまさか信じているわけじゃないよな？　ありえねぇだろレベル0ってよぉ」

三人が揃ってニヤニヤと下品な笑いを浮かべながら、ナガレとピーチが嘘を言っていると決めつけて掛かった。

「何よ！　まるで私達が嘘を言っているみたいに！　大体私たちだってしっかりと討伐部位を持ってきているんだからね！　そうよねナガレ！」

怒り心頭に声を荒げピーチが同意を求めてくる。

「はい、確かに僕達がグレイトゴブリンやそれに付随して発生した大量のゴブリンを退治した事に間違いは無いですね。マリーンにも先ほど討伐部位や一緒に手に入れた魔核を渡していますから」

ここまで来たらナガレもしっかり説明する必要がある。なのでまるで自分たちが上げた功績のように宣っているゴッフォや回りの冒険者に向け、堂々と言い放った。

すると、え⁉　とギルド内に一斉に響く声。

どうやら殆どの冒険者は、ゴッフォ一味の言うように、ナガレとピーチが嘘を言っているものと思っていたようで、実際に討伐部位を持ってやってきたということに驚いているようだ。

「あん、なんだテメェは？」

「こいつがあのレベル0ですよ」

「あぁ、新人の小狡《こずる》い野郎か」

嘲《あざけ》るように口にし、馬鹿にしたような目を向ける三人。

「てかテメェ、さっき俺のマリーンを呼び捨てにしただろ！　レベル0のくせに嘘の報告までしやがって、身の程をわきまえやがれ！」

「ちょっと！　だれがあんたのなのよ！」

思わずマリーンが怒声を上げる。ゴッフォに俺の女扱いされたことが本気で嫌らしい。

「全く、そもそもふたりとも嘘の報告はしてないわよ。今丁度査定結果が届いたけれど、討伐部位に問題はなかったわ。間違いなく彼女とナガレはグレイトゴブリンもゴブリン三〇〇体も倒しているわよ。つまり貴方達のほうが嘘を言っている可能性が高いって事よ。討伐部位を持ち込んだらしいけど、ごまかそうとしても職員が査定すればすぐにわかるんだからね！」

そしてマリーンが凛とした佇まいで言い放つ。ナガレとピーチが持ち込んだ討伐部位が本物である以上、ゴッフォ達が何か不正を働いているのは間違いないと信じて疑っていない様子だが。

しかしゴッフォを担当していた受付は戸惑いの表情を見せ。

「おいおい、そんな事を言うなら俺達だって一緒だぜ。なぁ？」

ゴッフォが受付の男に問いかける。すると、どこかおどおどしながらも男が彼女に言った。

「マリーン、彼の言う通り、私の元にも今査定結果が届いたんだけど——全部本物だよ」

えぇ⁉　とマリーンが驚きの声を上げた。

まさか、そんな筈はないといった様相である。

だが、そんなマリーンの表情を見たゴッフォが唇を歪め。

「そういうことさマリーンちゃん。まぁどう思っているかは知らないが、こいつらが持ってきた部位こそ、どうせ何か卑怯な手でも使って集めてきたんだろうよ」

「きっとどっかで上手いこと部位だけを手に入れたりしたんだぜ」

「いるんだよな、こういう姑息な奴」

ゴッフォを代表とする三人の冒険者の発言に、ぐぎぎ、とピーチが悔しそうに歯噛みする。可愛らしい顔が台無しになる程だが、彼女もそれだけ悔しいということなのだろう。

だが、これに関しては実はナガレにも一つ疑問点があった。なので彼はマリーン達に向けて軽く手を上げ声をかける。

「あの、ちょっといいかな?」

「あん! なんだテメェ、レベル0の癖にまだ何かあんのかよ!」

威嚇するようにナガレを睨めつけてくるゴッフォ一行。

だが、何ナガレ? とマリーンが反応を見せた為、ゴッフォ一行には構わずナガレは続ける。

「さっきも言ったように、僕達がグレイトゴブリンとゴブリンの集団を倒した事は間違いのないことです。僕達も討伐部位は持ってきてるからそれは理解頂けると思うけど」

確かにその通りね、とマリーン。

「当然よ。私たちは嘘なんて言ってないもの」

毅然とした態度でピーチも言い放つ。

だがゴッフォ達は面白くなさそうに顔を顰める。

「いや、だからそれはテメェらがズルをして――」

「ですが、ギルドのこの仕組みには問題があるね」

そしてナガレは、変わらずナガレ達を卑怯者のように扱うゴッフォの言葉は無視し、マリーンに身体を向け直し告げた。

すると、まさかこの状況で、自分達に批判の言葉が投げかけられるとは思わなかったのか、マリーンの顔が不機嫌そうに歪む。

「ちょ、ちょっとナガレ! この状況でギルドを敵に回してどうするのよ!」

マリーンの表情の変化に、ピーチがナガレの言葉を阻止しようと声を張り上げる。

その様子を三人組はニヤニヤとした顔で眺めていた。

言いたいことが言えなかったゴッフォも、わざわざ受付嬢に喧嘩を売ってくれるならありがたいと、静観を決め込んでいるようだ。

「ちょっと聞き捨てならないわね。一応私は貴方達を支持しているつもりだったんだけど」

「ですが、事実です。それに僕は気になった事は放ってはおけない質なもので」

だからって、とピーチがなんとも不安そうな顔を見せた。そんな彼女に片目を閉じて見せ、任せて、と示唆《しさ》するナガレ。

ナガレとて、濡れ衣を着せられる形で終わるのは当然面白くはない。だからこの説明は、どうしても必要な事だったのである。

「随分な言い草ね。だったら私達のやり方の何が問題あるのか教えて頂けるかしら？」

そこまで言われてマリーンも黙っていられないと、瞳を尖らせてナガレを詰問する。

だがこれは想定内。ナガレは静かな口調で、それでいてその場の全員の耳にすっと入り込むようなハキハキとした物言いで理路整然と言い放つ。

「はい、そうですね。例えばこの討伐部位だけど、どうして片耳と定められているのかな？」

「どうしてって、それが一番無難だからよ。貴方も持ち帰ってきてるなら知ってると思うけど、魔物は倒されると先ず耳が直ちに石化するわ。しかも他の部位と違って耳だけは形を保ったまま残り続けるのよ。耳の無い魔物は滅多にいないし、それに大きさ的にも持ち帰るのに丁度いいしそれでいて素材としての価値はない。だから討伐部位としては打ってつけなのよ」

マリーンの説明は判りやすくそれ自体に特に文句をつけるところは感じられない。

だが、それでもナガレには得心のいかないことがあった。

「その理由は十分理解が出来るけど、僕が訊きたいのは何故片耳なのか？　ということなんだ。両耳では駄目なのかな？」

ナガレの言葉に、両耳？　とピーチが不思議そうに呟いた。

寧ろ何故両耳に拘るのか？　といった雰囲気も感じられる。

「けっ！　これだからトーシロー は。いいか！　俺達は常に命がけで魔物とやり合っているんだ！本来は耳だけ残せる保証だってねぇ！　片耳でもそうなんだ、もし両耳なんて事になったとしても、魔物の両耳だけきっちり残して持って帰るなんて事を意識して仕事が出来るか！」

すると、ここで偉そうにゴッフォが講釈をたれた。だが、これに関してはマリーンも同意のようで一つ頷を引く。

「こればっかりはその通りね。流石に必ず両耳を集めろとはこちらも求めづらいわ」

「なるほど。だけど、それだと例えば両耳が無事な場合、討伐した冒険者が片耳だけ持ち帰った後、別の冒険者が残った片耳を持って帰る可能性もありますよね？」

「……あ!?」

どうやらナガレの発言は、この仕組みの雑さを露わにするに十分な効果があったようだ。受付達はマリーンも含め、核心を突かれた事で完全に動揺してしまっている。

そして、その話を聞いていたゴッフォの表情にも戸惑いが見えた。

「マ、マリーンさん！　これは言われてみれば……」

「ちょ！　ちょっと待てよ！　そんな事がそうそう上手く行くわけがないだろうが！　片耳を持ち去っても核がなきゃ魔物はその内消え去る！」

「ですがそれはあくまで耳以外の部位の話ですよね？　マリーンの話では耳に関しては残り続けるようですし」

「いや、でもこんな耳、魔物の遺体がなきゃ見た目はただの石ころと変わらねぇ！　そんなものたとえ落ちてても判らねぇよ！」

「だけど、魔物は核がなくなってから消えるまでに時間が掛かる。例えば最初からそれが狙いで目をつけていたところを巡回しているような連中であったなら、まだ消えていない魔物の遺体から耳を回収するなんてそう難しい事ではないでしょう？」

ナガレは敢えて、連中の下りでゴッフォ達に目を合わせた。彼らには明らかな動揺が見える。

「え？　ちょっと待って。それだともしかして？」

そしてピーチが目を丸くさせ口にした後、ゴッフォ達三人に目を向ける。

それはこの場の多くの冒険者も同じであった。

「お、おいふざけんなよ！　てか、こんな事をすぐに思いつくその男のほうが普通に考えれば怪しいだろう！　今までそんな事を言い出した奴が一人でもいたか？」

だが、ゴッフォの発言に、確かに、といった様子を見せる冒険者も多くいるようだ。

やはり今のピーチのランク、そしてナガレのレベルが0であることを考慮すると、これだけの魔物を相手にするには圧倒的に力不足と思われてしまっているのだろう。

「ばっかじゃないの！　第一ナガレが犯人ならわざわざ自分でそんな事を教えるわけがないじゃない！」

「うぐ！　いや、だから、それは敢えてそれを言うことで自分の罪を誤魔化そうとしてんだよ！」

そしてゴッフォの反論は続く。だが、どこか余裕が感じられない。

実際この男が嘘を付いているのはナガレからすれば明白なので、動揺するのは当たり前と考える。

ただ、肝心のマリーンは何か考えあぐねている様子だ。

「……この件はかなり問題だけど、でも今はどっちが正しいかは判別がつかないわね」

腕を組みつつ難しい顔をしてそんな事を言った。

「いや、つきますよ」

しかし、それに関しては、なんてことはないようにナガレが言う。

自分が倒したのだから当然といった理由からの発言ではなく、確実に証明できるといった自信から発したものだ。

それにその場の全員が驚き、ゴッフォは、これ以上何を言う気だテメェ、という目で彼を睨んだ。

「その手って一体何ナガレ？」

しかしマリーンはゴッフォの事は無視してといった目をナガレに向けた後、その答えを求めてきた。

「魔核だよ」

「え？」

そこでナガレが答えを示す。するとマリーンが目を見張った。

「うん、だから魔核。確かにグレイトゴブリンやゴブリンの耳は二つだけど、その魔物から取れる魔核は一つしかない。だから、たとえ討伐部位を後からこっそり奪えても魔核までは無理でしょう？勿論ゴブリン程度なら、一つや二つなんとかなるかもしれないけど、三〇の魔核とグレイトゴブリンの魔核となるとそうはいかない」

「た、確かに。そしてピーチとナガレはしっかり魔核も持ってきている……ねぇ！　ゴッフォ達はどうなの？　魔核は持ってきた？」

「あ、いえ魔核は……」

マリーンが問うとゴッフォ担当の受付が口籠る。

すると即座にゴッフォから横槍が入った。

「ば、ばっきゃろう！　魔核なんて、し、しかもあんなに沢山すぐに持ってこられるかよ！　そ、それに俺達はあの魔核は別の街のギルドに売る約束しているんだ！　だからここには持ってきてねぇ！」

それはあまりに無理のある説明であった。流石に様子を見ていた冒険者達の目つきも変わり、ゴッフォを訝しむ者も増えている。

「な、なんだよてめぇら！　大体こいつはレベル0だぞ！　どっちが正しいかなんて火を見るより明らかだろうが！」

「だったら魔核を見せなさいよ！」

「だから持ってきてねぇと言ってんだろうが！　第一、討伐証明は耳だけ！　魔核を提供する義務なんてこっちにはないんだぞ！　文句を言われる筋合いはねぇ！」

ゴッフォが叫ぶが、マリーンの目は冷たい。だが——

「……でも、確かにゴッフォの言う通りね。一応、ギルド長に確認してもらっているけど、ギルドの規則では討伐部位だけあれば討伐したことが証明されるのは確かよ」

「ほら見ろ！」

ゴッフォが強気に言うがなんとも見苦しい。

「なら、その件は結果を待ちましょうか」

しかし、ナガレもここで文句を言っても仕方ないのは理解している。なのでここは素直に待つ方がいいだろうと判断した。

「むぅ、なんだか納得がいかないわね」

しかし、ピーチはやはり面白くないようで、眉を顰め不満を漏らす。

その様子に目を向けながら、仕方ないよ、とナガレは口にし。

「ただ、やはり討伐部位に関しては、早急に手を打ったほうがいいと思うけどね」

マリーンに向かって助言するように告げる。

すると彼女も頷く。

「ねぇナガレ、何かいい手はある？」

「お、おい！　なんでそんな奴に訊くんだよ！　しかもさっきから随分親しげじゃねぇか！」

「ちょっと参考までに聞いているだけよ。うるさいわね。それに私が誰とどう話そうが貴方に関係ないでしょう」

けんもほろろなマリーンの応対に、ゴッフォが唇を噛んだ。かなり悔しそうであり、ナガレを見やる顔つきがより険しい物になっている。尤もナガレは全く意に介さず、マリーンの相談に、そうだね、と顎に指を添える。

「例えば、ゴブリンの耳で言うなら右耳か左耳のどちらかに限定するというのはどうかな？」

ナガレがそう告げると、やはり、え？　と微妙な空気が流れ。

「ふん、アホか！　どうやって魔物の耳で右耳か左耳か区別を付けるんだよ。所詮テメェはその程度、流石レベル０だな」

「それはその通りですね。それを指定しても意味がない気がします」

ゴッフォの話に男性受付も同意を示す。

「そうよナガレ。それだと右耳を左耳って言って誤魔化すのもいるじゃない」

「…………」

そして一緒に採取したピーチでさえもこの反応。

だが、ナガレの脳裏にあの時のピーチの言葉が思い浮かぶ。

「ごめんマリーン、ちょっと証明に使いたいから、ゴブリンの討伐部位を僕達のと、ゴッフォが持参したのを一個ずつ持ってきてもらってもいいかな？」

なのでナガレはマリーンにそんなお願いをした。

え？　と不思議そうな顔をしていたが、この問題点を解決できるなら、と職員に頼んでくれた。

一個ずつお願いしたのはナガレは回収する時に左耳分しか採取してないからである。

つまり必然的にゴッフォの持ち込んできた分は右耳という事になるだろう。

そしてカウンターに置かれた部位を確認するが、ナガレの予想通り左と右が揃った。

「皆さん、ちょっと両方の耳を触ってみて貰ってもいいですか？」

次にナガレは全員にそう尋ねる。すると、え？　と全員が不思議そうな顔を見せるが、ナガレが自分の両耳を触る姿を目にし、こう？　とそれに倣う。

「はい、そうです。それで触ってみるとわかると思うけど、右耳と左耳の形は違いますよね？」

「それはそうよね。でもそれがどうしたの？」

ここまではナガレの予想通りの反応。

周りの冒険者達も、何を当たり前の事を言っているんだ？　と不思議そうにしている。

「えぇ、ですから――」

そう言ってナガレはカウンターの上の部位を持ち上げ、掌に載せる。

「このゴブリンの耳だって当然形が違うと思いませんか？」

「……いや、だから石化してたら違いなんて判らねぇだろうが！」

ゴッフォが吠え、それに他の冒険者も同意する。

だが、そうですか？　と問いかけるようにナガレは言った後。

「では――これで如何でしょうか？」

そう改めて問いかけるが――

「――ッ⁉」

「あぁ！」

「お、おい、確かに」

「これ！　右と左で形が違うよ！」

「これなら右耳と左耳の区別がつく！」

「な、なんて事なの！　これは全く気がついてなかったわ！　確かにこれなら右耳か左耳に指定すれば二重払いも発生しない！」

全員が驚きに満ちた目でナガレを見た。

だが、別にナガレは特別凄いことをやってのけたわけではない。ただ二つの耳をひっくり返し左右の耳を近づけただけなのである。

「で、でもなんでこんな簡単な事に気がつかなかったのかしら――」

そして、改めてマリーンがカウンターの上から部位を手に取り、マジマジと眺めつつ呟く。確かに判ってしまえばこんな簡単な事はない。だが、彼らにとってこれはコロンブスの卵だったのだろう、とナガレは考えつつ自分の意見を口にする。

「つまり、盲点だったのだと思うよ。魔物の耳は死んだ後、まるで貝のように閉じて石化する。だから冒険者は採取の時は常に表側しか見ていない。それにピーチも言っていたけど、普段は魔物の耳なんて誰も気にしてはいない。だから誰も敢えて裏返して見比べようなんて思わなかったんじゃないかな」ナガレの説明を聞き、感心したように頷くマリーン。

そして、でもそこに気がつくなんて凄いわナガレ！　と興奮気味に話すピーチである。

「確かに……俺も普段魔物の耳なんて気にして見てねぇなあ」

「俺なんてあれの事魔物の石って呼んでたぜ」

「あぁそれ俺もだわ」

「判ってしまえばなんてことはないのになぁ」

話を聞いていた冒険者達も口々にそんな事を言い始め、中にはナガレに見直したぜ！　と声を掛けてくる者もいたりしてなんともこそばゆい気持ちになる。

「くっ！　なるほど、どうやらテメェはレベル0だけに実力はカスみたいなもんなんだろうが、その分頭は大分切れるみたいだな」

するとゴッフォが皮肉交じりにナガレに言葉をぶつけてきた。顔を顰め明らかに面白くはない様子だ。

しかし、それはどうもありがとうございます、と敢えてナガレは余裕の表情で一揖《いちゆう》した。

それが逆に腹だたしいようで、ゴッフォは顔を真っ赤にして声を張り上げる。

「だがなぁ！　さっきも言ったようにその方法には欠点があるんだよ！　俺達は命がけで魔物を討伐しているんだ！　そんな中、一々右耳だ左耳だを残して戦おうなんて考えてられるか！」

「そうだ、ゴッフォの言う通り！　もしそれが左耳限定になったとして、うっかり相手の左耳を潰すこともあるだろ！　それだと報酬はもらえないって話になるのか？」

「冗談じゃねぇぜ！　なぁみんなもそう思うだろ？」

同意を求めるゴッフォ一行。すると陪観《ばいかん》していた中から、そうだ、そうだ！　という彼らを支持する声がカウンターに届いた。先程からゴッフォの味方をするのが一定数いて、しかもほぼおなじ顔ぶれなのが気になるところだ。

「そう言われると、そういう事もあるか……」

マリーンは片耳だけ残すという案には懐疑的でもある。

ナガレとしても耳を限定した時の問題点は考慮すべき必要があるなと思い、そこで別の案を提示した。

「それなら魔核にしてもらうというのはどうかな？」

魔核？　と復唱しマリーンがナガレを見やる。

「そう、魔核。基本的には倒した魔物から魔核を回収するわけだから、魔核を討伐部位としたほうが一番いいかなと思うんだけど」

「ば、馬鹿か！　魔核は俺達がギルドと取引するための材料なんだよ！　そんなものを討伐部位にするって正気かてめぇ！　第一受付の負担が増えるじゃねぇか！」

「それは逆だと思うよ。わざわざ討伐部位と魔核を分けて査定するよりはいっぺんにやってしまったほうが早いだろうしね。それとも魔核はギルドによって価値は変わるの？」

「それはないわね。そこは公平性を保つために少なくともこの王国では価値を統一してるわ」

「なんだ、それならナガレの言うように魔核の方がいいじゃない」

「む、むぎぎぎ！」

いよいよ反撃する緒《いとぐち》が見つからなくなったのか、ゴッフォは歯ぎしりするのが精一杯な様子だ。

それをピーチが、ざまーないわね、という目で眺めている。

「うん、ナガレの意見凄く参考になったわ。ギルド全体に関係する問題だから、それがすぐに採用されるか判らないけど提案してみる」

「お役に立てたようで何よりかな」

ナガレが微笑み返すと、ここで一旦話が落ち着きを見せるが、そこに一人の職員がやってきてカウンターのマリーンに耳打ちした。

「え？　そ、そう。それなら仕方ないわね……」

「何？　どうかしたの？」

すぐさまピーチが食いつき問いかける。するとマリーンが溜息混じりに答えた。

「ギルド長の決定で、今回に関してはピーチとナガレのふたり、それにゴッフォ達の両方に報酬を支払う形をとるって事になったわ。結局どっちも討伐部位を持ってきたのは確かだしね。現在の制度に乗っ取るならそれが一番という判断よ」

「へっ、ほら見たことか。まぁテメェらはラッキーだったな、ちゃっかり報酬が貰えてよ」

「それはこっちのセリフよ！」

ピーチが今にも噛《か》み付きそうな勢いで語気を荒げるが、ナガレが、まぁまぁ、と抑え。

「上が決定したのであれば従うしかないかな。それに僕が新人なのは確か。マリーンもさっきは出すぎた発言してごめん」

ナガレはマリーンに身体を向け深く頭を下げた。だがその態度を見たマリーンが慌てて手を振る。

「謝られるようなことじゃないわよ。こっちのほうが感謝したいぐらいだし」

それを聞いていたゴッフォが、チッ――と目つき鋭く舌打ちする。

結局その後は、それぞれの担当受付より報酬が支払われた。

「はい、これが内訳で、ゴブリン一体に付き一〇〇ジェリー、それが三〇〇体分で三〇〇〇〇ジェリーね、で、グレイトゴブリンが……二〇万ジェリー、魔核は買い取りでゴブリン一体につき一〇ジェリーの三〇〇体で三〇〇〇ジェリー、グレイトゴブリンは七〇〇〇ジェリーだから合計で二四万ジェリー……それにしても改めて見ると凄い金額ね」

内訳を眺めつつ、改めてマリーンが感心するように言った。

登録しに来たと同時に受け取る金額としてはかなり異例らしい。

「ふん、卑怯な真似しておいて大金稼ぐとは全くふてぇ野郎だぜ」

すると、横から相変わらずの失礼な物言いで連中が割り込んできた。ピーチとマリーンの表情が一瞬にして不機嫌なものに変わる。

だが、ゴッフォはそんな様子を気にもとめていない。

「おいマリーンちゃん、この俺様が稼いだ金でこのゴッフォ様が奢ってやるよ。早速今夜辺りどうだい？」

そして何を思ったかゴッフォがマリーンに誘いの言葉を掛ける。

だが彼女はどこか辟易《へきえき》とした表情である。先程から勝手に自分の女扱いされたりと自分勝手な発言が多いことが原因だろう。

普通ここまで露骨な態度に出れば気がつきそうなものだが、面の皮の千枚張りと言うべきか、この厚かましさだけはナガレでも勝てないと思ってしまう。勿論勝ちたくもないが。

「悪いけどお断り。冒険者の男とは付き合わない主義だから」

彼女はやはりつんけんとした態度でそう返す。勿論これは建前で、ゴッフォと行くのが嫌なのは雰囲気からナガレにも察することが出来た。

もっと言えば、マリーンは普段からしつこいゴッフォに辟易している様子でもある。

「ちっ、連れねぇなぁ。だが、またそこがいいぜ。でもまぁ仕方ねぇ。それに俺達も今日は色々と予定があるしなぁ」

ゴッフォが目つき鋭くナガレたちを一瞥するが、取り敢えず無視を決め込む。

「ふん！　そろそろ行くとするかな。じゃあな、レベル０のルーキーさん」

ナガレに言い残し、何が楽しいのか、ギャハハ、と下品な笑い声を上げながらゴッフォ達はギルドを後にする。後ろからついていく仲間たちもナガレ達を振り返り、何かを企んでそうな笑みをこぼしていた。

「ねぇナガレ、その、私からこんな事言うのもなんだけどあのゴッフォには気をつけてね」

彼らに何かあるの？　と一応ナガレはマリーンに尋ね返す。

「あいつ、悪い噂が絶えなくてね。気に入らない冒険者がいると、陰で躾という名目でかなりの無茶をしてるようなのよ。ギルドも命に関わるようなことじゃない限り、冒険者間のいざこざにはノータッチなんだけど、あいつのやり方はそれでも度を越してるというか……だから」

そこまで述べ、不安そうにナガレを覗き見る。

今日初めて会ったばかりなのにもかかわらず、随分と気にかけてもらっているようだ。尤も、その主な理由はさっきまでのちょっとした揉め事に起因しているのだろうし、連中の態度からある程度ナガレも予想がついている。

今、マリーンが言ったように、冒険者ギルドでは登録者同士のちょっとしたいざこざには関与しないというルールがあるが、それでも流石にギルド内で暴れでもしたら不問というわけにはいかないだろう。ならば、もし連中が何か行動に移すとしたらギルドの外な可能性が高い。ナガレはそう考えつつ、ピーチを一瞥《いちべつ》した。

正直ナガレ一人なら問題ない話だが、彼女が一人の時を狙われては厄介なことになる。

これは暫く離れられないな、と思いつつ注意を呼びかけてくれたマリーンにお礼する。

「心配してくれてありがとう。そうだね、折角こうやって知り合えたマリーンに心配をかけないよう気をつけるよ」

柔和な笑顔でナガレがそう伝えると、マリーンの頬がポッと染まった。少し照れくさそうでもある。

「何照れてるのよマリーン……」

「な、何よ別にいいでしょ！　それより報酬よ報酬！」

マリーンは何かを誤魔化すように声を上げ、そしてカウンターに先ほど言っていた金額を並べた。

「……へぇ、革の貨幣なんだ――」

思わず呟き、まじまじと並べられた貨幣に注目する。

ナガレのイメージでは、こういった世界の貨幣といえば金貨や銀貨が定番なのだが、この世界では鞣《なめ》した革を利用しているようだ。

大きさは地球でいえば銀行のキャッシュカードぐらい。裏面と表面にはそれぞれ神を模したようなデザインが施され、額面が刻印されている。

「……て、ナガレまさかお金を見たことがないの？」

ここで、しまった――とナガレは自分の失態に気づく。

いくらなんでもお金を知らないというのは常識がなさすぎるというものだろう。

「あ、いや実はこんなに沢山の金額を見たことがなかったから驚いちゃって」

「う〜ん、そういうことね。でも確かに判るわね、だって普通冒険者でもここまで稼ぐ人いないし」

「そ、そうだよね。だから僕も実はあまりお金について詳しくないんだよ」

「何だそうだったの。へぇ、ナガレってなんかしっかりしてそうに思えてそういう抜けたところもあるのね」

「抜け――あ、うん」

思わずマリーンに乗っかる形で話を進めたナガレであったが、抜けてる扱いには釈然としない思

いである。

そしてその後、ピーチから貨幣の種類について講義を受けた。

どうやら貨幣は単位がジェリーで、額面によって微妙に大きさや色、使用される革が異なるそうだ。

「ありがとうピーチ。凄くわかりやすかったよ」

「ま、まぁこれぐらいお安い御用よ！」

「言うほど大した事じゃないけどね」

胸を張るピーチに即座にマリーンが突っ込んだ。

そんなふたりを眺めながら、ナガレは気になった事を訊いてみる。

「ところで金貨や銀貨なんかはどうしてるのかな？」

しかし、ナガレのこの質問が、ふたりには理解できないようで不思議そうに首を傾げる。

「金や銀は高級品だし、こんな形にしても勿体無いじゃない」

「そうね、装飾品の材料に使用するなら判るけど――」

ピーチとマリーンの反応を見るに、金貨や銀貨は一切使われた事がなさそうである。これは銅についても一緒であった。青銅などは装備品の材料になる事はあっても、お金としては扱われたことがないらしい。

これは中々珍しい制度だな、とナガレはしっかり記憶に刻み込んだ。

「そういえばナガレってば財布とか持っているの？」

お金についての話も終わり、報酬を受け取ろうとした時、ピーチがそんな事を聞いてきた。

それでナガレも、そういえば、と頭を擦る。

「そういった類のものはまだ持ってなくて――とりあえずピーチ、お願いしていいかな？」

「え？　それって私に預かってという事？」

「うん、面倒かけてゴメンね」

ナガレに頼まれるピーチだが、目の前に並ぶ大金にゴクリと喉を鳴らした。

「ちょっと……大丈夫？　落としたりしないでよ」

「し、しないわよ！　そんなにおっちょこちょいじゃないもの！」

心外な！　と言わんばかりに声を大にするピーチだが、先ほど何もないところでコケたりと、あまり信用はないようだ。

「大丈夫だよ。僕は信じてるから」

「……そ、そこまで信用されるのもちょっと緊張するわね」

ナガレの発言にピーチの表情が固くなる。彼女自身こんな大金を扱うのは初めてなのだろう。

「でもナガレ、これだけあればお金をしまっておける財布とか、冒険者としてやっていくならピーチの持っているような魔法の袋や魔法のバッグなんかを買っておくといいかも。魔導具は少し値が張るけど買えないことはないと思うし」

「う〜ん、確かにそうかもしれないな」

「だったらナガレ、後で私の知ってる魔導具店とか案内してあげるわ！　それ以外にも必要なものがあったら言ってね。案内してあげる」

「ありがとう、助かるよ」

　ピーチの行為に素直に甘える事にしたナガレである。そして一旦ピーチが報酬を預かり、魔法の袋にしまい込んだ。

「さて、じゃあこれで終わりね。じゃあまだ間に合いそうだし、早速――」

「あ！　ごめんピーチ一つ忘れてたわ」

「え？　忘れてたって？」

　辞去の言葉を述べようとしたピーチだったが、そこでマリーンが思い出したように声を張り上げた。何事かとピーチが目を丸くさせる。

「もしかしてピーチが請けていた依頼の事じゃない？」

　そして、そういえば、とナガレも思い出した。

　あ！　とピーチが驚きの声を上げる。どうやら当の本人もすっかり忘れていたらしい。

「全く……私達もどうかしてるわね。グレイトゴブリンの印象が強すぎて本当にうっかりしてたわ」

　ははっ、とナガレも苦笑を浮かべる。ギルドからすると、ナガレが持ってきた案件のインパクトがあまりに大きすぎたのだろう。

　ただ、ピーチが預けた魔法の袋の中には魔草も入っていたので、査定自体は終わっていたようだ。

「はい、じゃあこれが魔草採取分の報酬五〇〇ジェリーとマジックポーション受け取り用の引き換え板ね」

　改めてマリーンが内訳を述べつつ、報酬分の貨幣と一緒に薄い長方形の板を差し出した。

この依頼は、報酬とは別にマジックポーションが貰えてお得とピーチが言っていたが、どうやら自らこの板を持って受け取りに行く形式のようだ。

報酬にはこのように、金銭だけではなく別の何かが付加されたり代用されたりする場合もあるらしい。

「帰りにエルミールの店にも寄らないといけないわね」

「ピーチ、彼女とも仲がいいものね」

そんな話を少し交えた後、ナガレは改めてマリーンにお礼を述べる。

「それにしても今日は色々とありがとうマリーン」

「う、うん、ま、まぁこれも仕事だしね」

すると、照れくさそうにマリーンがはにかみ答えた。

「貴方って結構油断ならないわね……」

その様子を見ていたピーチが半眼で訴える。

しかしその言葉の意味が理解できず疑問顔のナガレである。壱を知り満を知るナガレではあるが、やはり女性の気持ちに関しては存外鈍感なところがある。

ナガレは確かに前の世界でもよくモテたが、愛した女性は妻ただ一人であった。その為そういった事には少々鈍いのである。

「さてと、じゃあこれで依頼も達成したし、ポーションを受け取りに行ったり、ナガレの買い物もあるからそろそろ出ようか？」

「そうだね。それじゃあマリーン――」

とりあえずこれからの予定も決まり、ふたりは別れの言葉を彼女に告げる。

「そう、じゃあ本格的な活動は明日以降になりそうね。私もナガレには期待しているから、これからの活動頑張ってね」

そして帰り際、マリーンに労いの言葉を掛けられ、彼女に見送られながら、ふたりはギルドを後にするのだった――


ゴッフォ一行、それにナガレとピーチが出て行った後、冒険者達の話題は彼らのことで持ちきりだった。

ギルドは冒険者同士が作戦を話し合ったり、仲間を集めたりする為の寄り合い所のような役目も担っているため、何組かの円卓と椅子が設置されている。

だが、今はその席も件の事もあって、残っていた冒険者達による雑談の場にすっかり変わってしまっていた。

「でもマリーン、本当にあのナガレとかいう新人がグレイトゴブリンを倒すなんて出来るだろうか。第一、レベル0だろ?」

先程までのやり取りを見ていたギルドの男性職員が、怪訝そうに彼女に尋ねる。これはギルド内に残っている冒険者たちも不思議に思っていることだ。

中には、やはり新人とピーチのコンビが嘘を言っていて、ゴッフォの方が正しいのではないか?

と囁く声も聞こえてくる程である。

「……逆よ」

しかしマリーンは、彼を否定する一言を発した。

「逆？」

「そうよ。正直これがレベル100とか200なら、変異種を倒したという話に納得はしたし、私はここまで驚いていないわ。禁忌扱いだとはいえ、異世界からの召喚者がやってくる例が全く無いわけでもないし、能力が高いというだけなら、信じられないようなレベルで召喚されてきた例だってあるという話だしね。でも――」

そこまで言ってマリーンは受付の彼を見やり。

「貴方これまでにレベル0が出たなんて話聞いたことある？」

その問いに、そういえば、と彼は首を傾げた。

「あるわけないわよね。私だってないし、ちょっと記録を見てみたけどレベル0は流石に例がないわ。これって逆に凄いことよ……レベル0という数字だけで馬鹿にしている人が多いけど、もしかしたら……」

顎を押さえ考え込むマリーン。

そんな彼女を見ながら、なら、と職員の彼が発する。

「あのナガレという新人も、もしかして召喚者だったりするというのか？」

怪訝そうに尋ねる。だがマリーンは首を左右に振った。

「ピーチの話だと、彼はそれを否定したらしいわ。勿論嘘を言っている可能性だってないわけじゃないけど、なんか彼はあまり嘘とかつかないタイプに思えるのよね……」

そんな事を呟きつつ、再びマリーンはギルド内を見回す。

「ゴッフォが出たのとほぼ同時に出て行った冒険者達……なんか妙に気になるのよね――」

心配そうにそんなことを口にするのだった……。


ナガレとピーチはギルドを出た後、先ずはピーチの報酬を受け取りに行こうという話に落ち着き、依頼主である薬師の店に足を向けていた。

「ピーチ、気をつけて」

するとその途中、不穏な影に気がついたナガレが警告するように彼女に告げる。

「え？　何が？」

しかしピーチは、身に迫った危険に気がついていないようで呑気な言葉を返してきた。

「……さっきからつけられているんだ。ギルドを出てからずっとね」

なので、ナガレが耳元で囁くように告げると、どうやらやっとその事に気がついたようである。

今向かっている薬師の店は、大きな通りからは外れた道沿いにあるようで、路地というほど狭くはないが、それでもメインの通りに比べると細く、人通りもまばらだ。

ピーチに伝えたように、ギルドを出てからナガレはつけてくる何者かの存在に気がついていたが、この細い道に入ってからは更にその数が増えている。

「ちょ！　大変じゃない！」

すると、ピーチがきょろきょろと辺りを窺いながら言った。

だがこの行動は良くない。おかげでこちらが警戒心を抱いたことが相手にバレてしまった。

そして、そのピーチを見ていた連中が、今度は隠れるのをやめてふたりの下へずんずんと近づいてくる。

「嘘！　追ってきた？　まずいじゃない……」

ピーチが不安そうに述べる。

その顔を見やり、少しでも不安を取り除こうと、大丈夫だよ、と声を掛けようとするナガレであったが。

「だったらナガレ！　こっち！」

「え？　いや、ちょっと待――」

しかし、突如ピーチは脇の細い路地に飛び込み、早く！　とナガレを呼びつけ先に進んでしまう。

その姿に、参ったな――と思いながらもナガレは彼女を追いかけるようにその道に入っていった。

「この道を抜ければ撒《ま》けるわよ！」

路地に入りナガレがピーチに追いつくと、そんな事を彼女が言ってきた。

「とにかく撒くなら急いで出たほうがいいね」

ピーチの案にナガレは頷き、ふたり路地を突き進む。前方は十字路になっており、ピーチの話ではそこから先はかなり入り組んだ道に出ることが可能らしい。ピーチは、その道を上手く使って相手を撒こうと――そんな考えだったのだろうが。

「よぉおふたりさん。お揃いで」

だが、十字路になっている道の横側から、ゴッフォがニョキッと現れ、他の仲間と共に前方を塞いだ。しまった⁉　とピーチが緊張の声を発する。

「ナガレ！　戻るわよ！」

ナガレに訴え、踵《きびす》を返す、が――

「いや、それはもう無理みたいだね……」

ナガレの発言と、路地を進み追いついてくる集団を目にし、ピーチはその意味を理解したらしく顔色が変わる。背後からは六人の屈強な男が迫っていた。

そして前方には、例のゴッフォ達三人とその仲間なのか別の三人、合計一二人が前後からふたりの退路を断った。勿論これが偶然なわけもなく、後ろの六人もゴッフォの仲間なのであろう。

そしてその連中は全員冒険者ギルドで見た男達である。討伐部位の件でも終始ゴッフォを擁護していた連中であり、中にはあの場でナガレを嘲笑していた冒険者やゴッフォを兄貴と呼んでいた男も混じっていた。

「上手いこと誘い込まれてしまったようだね」

ナガレの発言で、更にピーチの顔色が悪くなる。肩も震えているようだ。いくら冒険者とはいえピーチは今のナガレの年齢とそう変わらない少女である。しかも相手はガラも悪く厳つい連中である。改めて見るとやはり冒険者というより盗賊といったほうが似合いそうな連中である。彼女が恐れを抱いてしまうのも仕方ないことだろう。

「それで？　こんなところで僕達に何かようかな？」

なのでナガレは、ピーチをこれ以上不安にさせないようにと、凛然《りんぜん》とした態度で連中と相対する。

ナガレまで不安な態度を取ってしまっては元も子もないからだ。

尤もナガレがこの程度の相手に後れを取ることなど、とても考えられないことだが。

「ケッ、とぼけやがってよ。んなもん聞くまでもねぇだろうが。テメェらにしっかり落とし前をつけてもらおうと思ってな」

「落とし前？　言っている意味が理解できないな」

「ふざけたことぬかしてんじゃねぇぞ！　テメェのせいで俺らの稼ぎが減ったんだ！　折角魔物一匹で二度美味しかったのによ！」

ゴッフォの発言に倣うように、そうだ！　ふざけるな！　と罵倒が降り注ぐ。

正直逆恨みでしかなく、ナガレは呆れる思いだが。

「なるほど。つまりここにいる全員が、ギルドの穴を利用して討伐数をごまかしていたというわけか。一人なら難しくてもグループになってやれば怪しまれないですむわけだし、そうやって気がついていない冒険者の倒した魔物の耳なんかも掠め取って我が物顔で報酬を受け取り、功績も上げてたというわけだ」

「な、何よそれ。そんなの、不正を働くあんたらが悪いんじゃない」

ピーチが震える声で言った。すると、うるせぇ！　とゴッフォが怒声を上げ、

「とにかくテメェらのせいでここにいる全員が被害を被った！　この怒り――本来ならこの場でボコってやらねぇと収まらねぇが、レベル0とC3級程度の連中をやっても何の自慢にもならねぇからな。俺達に慰謝料として二〇〇〇万！　それがすぐに無理だって言いやがるなら先ずはテメェが手にした報酬、それとピーチを置いていけ、それで二〇〇〇万は後からでも許してやるよ」

「ちょ、な、なんで私が……」

「んなもん決まってるだろが！　テメェは顔はち～とばかし幼いが、身体はいいもの持ってるからな。俺達のペットになってもらうのよ。当然、色々とサービスして貰う肉奴隷的な意味でな」

周囲からギャハハハっと下衆な笑い声が鳴り響いた。

こいつらは自分たちがどれだけ馬鹿な事を言っているのか判ってないのか？　と思わずナガレも眉を顰め、そしてピーチを貶める口ぶりにも腹が立った。

「おいおい、ピーチちゃんプルプル震えて可愛い～」

「本当は今すぐにでも味見したいぐらいだぜ！」

「黙れ――」

肩を小刻みに震わせ、涙目になっているピーチを見てナガレは頭が熱くなるのを感じていた。それは自分でも信じられない感情である。

少なくともこの世界に来るまでは、どんな状況でも落ち着いて対処できていた筈だ。勿論今とて、根本的な部分では冷静な自分もいて、この状況でもしっかりと敵の数や能力を計り続けている。無駄に熱くなって周囲に目が届いていないというような状況ではない。

ただ、それでも、ピーチを侮辱する男達に対して、言いようのない怒りを感じていた。

だから――

「お前ら、その薄汚い口を今すぐ閉じろ――」

ナガレの腕が自然と伸び、そして震えるピーチを袂へと抱き寄せる。

え？　とピーチが目を見開き、ナガレの横顔に顔を向けた。

「ピーチ――君は僕が守る。こんな薄汚い連中に何もさせやしないよ」

「……ナガレ、うん、信じるよ」

その袖をギュッと掴んで、縋《すが》るようにピーチが言った。

「テメエ！　この状況わかって言ってんのか！　レベル０のぶんざいで、ナイト気取りってか？笑えねぇぜ！」

「おいゴッフォ！　構わねぇ！　もうヤッちまおうぜ！」

相手の力量も計れない愚かな野良犬どもがキャンキャンと騒ぎ立てる。

「あぁそうだな。俺はいいこと思いついたぜ。テメェら！　先ずこの勘違い野郎を全員でボコり、その後はナイト気取りの野郎の前で、愛しの姫さまを徹底的に犯してやろうぜ！　そうでもしねぇと、もう気が収まらねぇからな！」

己の欲望を満たすことしか頭にない、獣どもの下品な声がナガレの耳に届いた。しかしナガレは一切怯むことなく、その炯眼《けいがん》でゴッフォを射抜く。

「その眼、どこまでも気に食わねぇ野郎だ！　おいテメェら！　さっさとそいつをボコってピーチを引き剥がせ！　愉しいショーの始まりだぜ！」

「……小汚いお前らなんかに、指一本触れさせやしないさ――」

「レベル0の癖に！」

「生意気抜かしてんじゃねぇ！」

声を上げ、遂にゴロツキどもが動き出した。前後からの挟撃狙いなのは明らかである。

しかし、怒りを覚えていてもその頭は冷静であり、ナガレは改めて相手の動向を探る。

人数は一二人、但しゴッフォ含む三人は最初の攻撃には加わらない。つまり挟撃してくるのは九人、ただこの路地は狭いため一度に攻撃を仕掛けてくるのは精々四人だ。そして壱を知り満を知るナガレであれば、連中の能力を看破するなど造作も無いことだ。迫る連中のレベルは7～9程度。

恐らくCランク程度の実力でしかない。

自己の筋肉量を増やし攻撃力を高めるアビリティ《常時発動能力》の【強筋（効果・微小）】や、通常より威力の高い攻撃を繰り出すスキル《任意発動能力》である【強打】を取得している者もいるが、ナガレからすれば全く問題のないレベルである。

横幅の狭いこの状況なら、ナガレ一人ならゴブリンを相手にした時に使用した空蝉・乱でもきっと問題はないだろう。

ただ、彼女に指一本触れさせたくないと誓ったナガレは、少しでもピーチに近づけさせる事は避けたい。

かといって、グレイトゴブリン相手に使用した地流天突は使用する条件が限られる。

（ならば、ここはあれでさっさと片付けるか――）

迎え撃つ算段が決まると、ナガレはピーチに顔を向け。

「ピーチすぐ終わらせるから、そのまま密着していて」

そう言って更に力強く、袴の裾《すそ》に抱きしめるような形で押し付けられ、ピーチの顔が真っ赤に染め上がった。

「てめぇ！　こうなった以上ただで帰れると思うなよ！　野郎どもやっちまえ！」

拳を握りしめ声を荒げ、息巻いた連中はナガレとの距離を一歩、また一歩と詰めてくる。

だが、その時――遂に彼の手が動いた。

「神薙流奥義――」

「あん？　なんだあのトロくせぇ動きは」

そしてナガレが一言呟いた瞬間、ゴッフォが目を丸くさせそんな事を言う。遠目から見ていたゴッフォには、ナガレの動きが滑稽《こっけい》に映っていたかもしれない。

そしてそれは、ふたりに襲いかかる冒険者達も同じ――ただ、ゴッフォが見ているものとは違う明白な差があった。

（な、なんだこれ？　俺達の動きが、遅くな――）

多くの冒険者共がそう思い込む。自分の動きが、突然遅くなったと――だがそれは違う、彼らの動きは決して遅くなどなっていない。

ただ、速すぎる故に逆にゆったりとしてるように感じられるナガレの所作が、視覚と脳の処理との間に齟齬《そご》を生み、自分たちの動きすら同時に遅くなってしまったかのように錯覚《さっかく》させたのだ。さらに言えば、この時点で既に連中はナガレの術中にハマってしまっている。

ナガレはその独特な超高速の動きで、奴らが動いた瞬間、同時に導かれる大気の流れを完全に掌握してしまっていた。そして、それを独特な円を描くような手の動きで受け流し、螺旋《らせん》状に循環させ、その威力を上げていく。

静かなる大気はナガレの所作により風に昇華し、さらに強風へと化し、最後には嵐となった。

神薙流合気柔術はナガレぐらいまで極めると、相手の攻撃だけではなく、万物さえも受け流し、何万、何百万と力を増幅させ武器と化す。

神薙流奥義――【旋風落《せんぷうらく》】、彼はそう言葉を繋いだ。

対象の動き、攻撃、その一挙手一投足によって生み出される僅かな力の流れを掴み、嵐のような旋風を巻き起こす事によって相手に叩きつける。

この技の特徴は単体の相手ではなく、複数の敵を同時に巻き込めること、そしてその有効範囲が広いこと。

故に――ナガレの奥義が炸裂したその瞬間、爆発的な風が広がると同時に一気に上昇し、迫り来る荒くれ冒険者達を空中高く巻き上げた。

そして連中は、ナガレの起こした風力と風圧に抗うことも出来ず、その勢いのまま為す術もなく地面へと叩きつけられる。

「……命には別状はないだろうけど、全身骨折ぐらい覚悟しておくんだね」

合気によって、完全に意識を刈り取られた愚か者どもを見下ろしながらナガレが言い、残った三人に目を向けた。

「ば、馬鹿な！　なんだこりゃ！　相手は、相手はレベル0だぞ！　それなのに！　それなのにこんな！」

「お前らの敗因は――」

顔を強張らせながら、ナガレに向けて信じられないといった様相で声を荒げるゴッフォに向け、ナガレは一拍置き。

「レベル0という数値だけに惑わされ、相手の本質を見抜けなかったことだ。レベル0が最弱などという勝手な思い込みが生んだ結果さ」

そう言ってナガレは、風の勢いに驚き、目を瞑《つむ》り必死にナガレの裾にしがみついていたピーチから優しく離れ、もう大丈夫、と、その薄紅色の髪を撫で更に続けた。

「奴らも片付けるから、ここで待ってて」

ナガレの言葉を受け、ピーチがコクリと頷いた。

既に震えは止まっている。殆どの連中が動けなくなった事で安堵したのだろう。ナガレはそんなピーチを認めた後、ゆったりとした足取りで残りの三人に向かって近づいていく。

「くっ、な、何をわけのわかんねぇことを！　レベル0はレベル0なんだよ！」

ゴッフォが怒りに任せて叫んだ。

だがそれはナガレに対しての怒りというよりは、やり場のない怒りをぶつけているだけのようでもある。彼の頭では、レベル0という鑑定結果が出ておきながら、ここまでの実力を秘めるナガレが理解できないのだ。戒めるように述べたナガレの言葉も、きっと微塵《みじん》もゴッフォの耳に届いていないだろう。

「畜生、認めねぇ！　俺は認めねぇぞ！　俺はBランク冒険者のゴッフォ様だ！　俺はあいつらと違う！　てめぇなんざが俺に勝てるわけがねぇんだ！」

ナガレはゴッフォとの距離を後数歩というところまで詰めると、軽く見上げ自身の顔に絶対の自信を宿らせ言った。

「お前では、僕の一パーセントにも届きはしない」

「――ぬ、抜かしやがれーーーーー！」

あ！　という他のふたりの驚きの声。

そしてゴッフォは、腰に吊るしていた湾曲した剣を抜き、ナガレに向けて突っかかる。当然だがこれでもう罪人と認定されるのは確定的となった。

街中での抜剣は厳しく禁止されており、その行為は処罰の対象となる。ましてや、明確な殺意の篭った攻撃など以ての外だ。

しかし完全に頭に血が昇ってしまったゴッフォは、既にそんな事も考えられなくなってしまったのだろう。

対してナガレの心は落ち着いている。どんな状況においても合気を使用する場合は平静さを忘れない。

ゴッフォのレベルは18。流石に他の仲間とは違うと自称するだけあって、最初に仕掛けてきた連中よりはレベルも高く、【威圧】や【脳震撃】といったスキルが増え、アビリティの強筋は効果が中々に上がってもいる。

だが、そんな事はナガレにとってみれば些細な事だ。近づいてゴッフォはがむしゃらに剣を振り回してくる。しかしナガレは悠々とそれを指一本で受け流していった。格の違いを見せつけるために、すぐには倒さず敢えてそうしたのだ。

それを目の当たりにし、当然ゴッフォの表情には焦りが浮かび始めているが、同時に苛々も募り始めている様子。

そして――

「テメェみたいなぽっと出のDランク野郎に――これ以上この俺が舐められてたまるかぁーーーー！」

ゴッフォがスキルを発動するのを、ナガレは決して見逃さなかった。

攻撃用スキルである脳震撃は、相手の頭を狙い攻撃することで脳震盪を引き起こす。これは頭近くであれば掠《かす》っただけでも効果を発揮することが可能だ。

この技で目眩《めまい》を引き起こし、隙を作ってから次の攻撃でトドメを刺すのがこの男の勝ちパターンなのだろう。

だが、降り注ぐ剣戟《けんげき》を見てもナガレは慌てもしない。いつも通り、普段通り、川のせせらぎのような澄んだ精神で――迫るゴッフォの刃に手を添え、後方へと受け流す。

「神薙流奥義――無限俥《むげんぐるま》」

そして、そう声にすると同時にゴッフォの脚部を跳ね上げ、残った手を頭に添え回転を加えた。

すると、ナガレよりはるかに大きいはずのゴッフォの身体がその場で何十、何百回と回転し続ける。悲鳴は最初の数回転の間だけ発せられていたが、直ぐに止み、汚らしい吐瀉物《としゃぶつ》を撒き散らした。恐らく彼の頭の中は、既に脳震盪《のうしんとう》どころの騒ぎではないだろう。

そんな愚か者の姿を見やり、ナガレは地面を脚で踏み鳴らした。その直後、頭から地面に叩きつけられるゴッフォの姿。

「まだやるつもりかい？」

そして、足下でピクピクと痙攣し、完全に意識を失っているゴッフォを他所に、ナガレが残りのふたりに問いかける。

だが、ヒッ！　と身じろぎする彼らの表情からは完全に戦意が消えてしまっていた。

すると――

「おい！　お前たち一体何を！　て、な、なんだこれは！」

駆けつけた衛兵が、その状況に驚き声を上げた。どうやら誰かが衛兵に知らせに行ってくれたようだ。

「ピーチ、これでもう大丈夫だよ」

振り返り、ナガレはピーチの傍まで駆け寄りそう告げる。

だが、大分落ち着きを取り戻したように思えるピーチだがまだ顔色は優れない。その様子に、密かにナガレは違和感を覚えていた。

確かに、女の子からすればこの状況に慄いても仕方がないのかもしれない。

しかし、ピーチはグレイトゴブリンを目の当たりにした時にも、ここまで畏怖する様子は感じられなかった。

勿論、相手が魔物と人間ではまた違うだろうが――

ただ、ピーチはこの連中に恐れを抱いたというよりは、この状況に恐怖していたようでもあった。

「これは君たちがやったのかね？　ちょっと事情を聞かせてほしいのだけどね」

そんな事を考えていると、衛兵がふたりに近づき説明を求めてきた。

なので取り敢えずは、この状況をなんとかしようと、ナガレはこれまでの経緯を衛兵に話して聞かせるのだった――

結局その後は、近隣の住人の証言もあってか、ナガレとピーチには正当防衛が認められ、彼らに暴行を働こうとし剰《あまつさ》え、街中で剣を抜き殺人さえも行いかけたということで、ゴッフォを含めた一二人の冒険者は衛兵達の詰め所まで連行される形となった。

といっても、最後に残ったふたり以外はとても自分で動ける状態ではなかった為、衛兵たちが総出で運び出す始末となっていた。これには流石にナガレも、やり過ぎてしまっただろうか？　と思ったりもしたが、それは特に問題視されることはなかった。何せ集団でふたりを囲み、ピーチも奴らのロクでもない逆恨みのため、拉致監禁にまで発展するところだったのである。連中の大声が響き渡っていたという事もあり、証人を名乗り出てくれた住民も多かったようだ。これでは連中も言い訳のしようがない。

彼らの職が冒険者という事もあり、事情を聞き終えた後はギルドに報告となるようだ。恐らくはこの件が問題となり、全員の資格は剥奪となるであろうとの事。そして、勿論罪人としても王国の法に則って処罰される事となるだろう。

だが、いくら被害者にあたるとはいえ、ふたりも詰め所で衛兵や衛兵長からの事情聴取を受ける事となった。

その結果、ご苦労様でした、と解放された頃には、既にかなりの時間が経ってしまっていた。本来ならとっくにマジックポーションを手に入れて、今晩泊まる宿でも探している頃であっただろう。

しかし空を見上げれば既に日は暮れ始め、辺りも薄暗くなり始めている。

この世界はナガレのいた世界と違い、酒場などといった店を除けば、多くの店は陽が落ちると同時に店を閉めてしまう。そう考えると、本来の予定を全てこなすのは厳しいであろう。

「ピーチこれからどうしよう？」

なのでナガレはピーチに予定について問いかける。

だが、ゴッフォの一件があるまでは、元気いっぱいにナガレを引っ張ってきたピーチであったが、今はナガレの後ろをトボトボと歩き俯き加減、意気消沈といった様相だ。

「……ピーチ、どうしたの？」

「……私、何も出来なかった」

え？　と脚を止めピーチに身体を向けるナガレ。

「結局、ナガレに助けられただけ。私だって冒険者なのに情けないよ……やっぱり私には冒険者は向いて、むぐぅ⁉」

弱気な発言をするピーチ。それを見かねたナガレが、いつかのお返しとばかりにその鼻を指で摘んだ。

「ひゃ、ひゃがれ？」

「この前のお返しだよピーチ。僕が迷ってた時もこうしたよね」

そう言ってから指を放すと、鼻に手を当てながらピーチが、え？　と目を丸くさせた。

「僕が冒険者になるよう背中を押してくれたのはピーチだよ。それなのにそんな弱気な事を言わないで。でも、もしピーチが今回の事を後悔してるんだったら――それを次に活かせばいい」

「……次、に？」

「そう。後悔しない人間はいないし失敗しない人間もいない。誰でもどこかで壁にはぶつかる。でもそこで立ち止まって何もしないのは愚かな事だけど、たとえ失敗しても、後悔しても、それをバネに乗り越えられる人は尊敬に値する。……そして僕はピーチは後者だと信じてるよ。だって、僕と出会った時、君はグレイトゴブリンを前にしても退こうとしなかったじゃないか。自分で気がついていないだけで、ピーチは十分冒険者としての資質を備えているよ――て、まだDランクの僕なんかが何を言ってるんだろうって思うかもだけどね」

そこまで話を聞き、ピーチは顔を上げ、ナガレ――と、一つ呟く。

「それに――」

直後、続くナガレの言葉を、それに？　とピーチが復唱し。

「ピーチにそんな顔は似合わないし、やっぱり僕はいつも元気で笑顔でいるピーチの方が好きだよ」

「――ふぁッ!?」

ピーチの表情が一変、ナガレの思いがけない発言に顔が真っ赤に染まり、声にならない声で口をパクパクと動かし始めた。尤も今のナガレの『好き』は、人間的にという意味合いが強い。

そういった言葉を自然に何気なく言えてしまうのはナガレのいいところでもあるのだろうが――ただ、ナガレがピーチの為に心から何かしてあげたいと思っているのも確かであり、それはかつての妻に対する感情とも通じるものがあった。

「ナ、ナガレ、そ、それって――」

「ところでさピーチ」

「え？　な、何!?」

ナガレの一挙手一投足に思わず反応し、しかし緊張からかどもりがちなピーチであるが。

「……実は道に迷っちゃったんだよね。どこに行っていいのやら――やっぱりピーチに案内してもらわないとまだ駄目みたい」

照れくさそうに後頭部を擦りながら、失敗失敗、と言わんばかりの表情で、ナガレが言う。

その様子に、キョトン、と立ち尽くすピーチだが、はぁ～、と溜《た》め息を吐き出し。

「全くしょうがないわね。やっぱり私がいないと駄目なんだから」

腕を組みいつもの調子で前を歩き始めた。

「ほら、ついてきて。予定通りこれから薬店に向かうわよ！」

薄暗くなった街なかでも映える太陽のような笑顔を眺め、つい口元が緩んでしまうナガレは、とりあえず良かった、と安堵しつつもピーチの後を追いかけた。


「おじゃましま〜す、エルミールいる〜？」

すっかり元気を取り戻したピーチと共に訪れた店は、東門の詰め所からピーチの足取りに合わせて大体二〇分程歩いた先にあった。

建物は、二階建ての石造りが多いこの街では珍しい木造家屋である。その為か、見た目には普通の建物のはずが逆に目立っているような感覚に陥る。

そんな木造の店舗に、ピーチはまるで近所の友だちにでも会いに来たような軽い空気で声を発した。このエルミールと呼ばれたのが店主なら、きっと普段からピーチと仲がいいのだろう。受付嬢のマリーンもそうだが、ピーチは中々この街では顔なじみが多いようである。

「あ！　ピーチさん」

そして、ナガレもピーチに続いて店に足を踏み入れると、奥から一人の少女が姿を見せた。

肩に掛かる程度の金髪に、黄金の虹彩《こうさい》を湛える双眸《そうぼう》を宿す、可憐な美少女である。その娘には、ある種族特有の先の尖った長い耳が生えていた。その為、ナガレは彼女がエルフである事をすぐ察することが出来た。

何より感じられるステータスの称号にそう書いてある。ただ、どうやら彼女はエルフといっても少々特殊なようではある。

しかしエルフと言えばファンタジーにおいては定番の種族。それを直に見る機会が訪れたという事もあり、思わず目を奪われてしまう。

「……ちょっとナガレ、何を見とれているのよ？」

「え？　あ！　いやゴメン。何せエルフの事を初めて目にしたから――」

あぁそういう事ね、と得心がいったように頷くピーチ。何故か少しホッとしたようでもある。

「確かに、他の国に比べればエルフと交流が盛んな方とはいえ、人の多い街で店まで開くのは珍しいものね」

そう言った後、改めてピーチが彼女の立つカウンターまで歩み寄った。

エルフは全体的に小柄と表現される事が多い種族だが、見る限りこの娘も身長は低い方である。

ただ、それでもピーチよりは数センチ程高いようだ。

その代わり、緑色のチュニックの上からでも判る絶壁の胸。そこがピーチとの違いだろう。

「やっほ～エルミール。依頼こなしたからマジックポーション頂戴」

カウンターを挟んで向こう側にいる彼女へ、音符が混じってそうな声を添えて右手を差し出すピーチ。もう片方の手にはギルドで受け取った引き換え用の板が掲げられている。

「わあ、いつもありがとうございますピーチさん」

「いつも固いわねエルミール。だいたいあなたの方が年も上なんだし呼び捨てでいいわよ」

「いえ、それでも大事なお客様ですから」

ピーチは遠慮なく思ったことを彼女に告げるが、エルフの彼女は接客というのをしっかりと意識しているようだ。お客様を大事にするという考えは日本のサービス業に通じるものがあるだろう。

「それでは、これがマジックポーションです」

そう言ってエルミールが戸棚から青色の液体の入った小瓶をピーチに手渡した。試験管ぐらいの大きさの瓶であり、口にはコルクで栓がしてある。

「これこれ、魔術師にはやっぱりこれが必須よね」

マジックポーションを受け取り、嬉しそうにはしゃぐピーチ。

その薬を目にしたナガレは、やはりすぐに効用が看破出来てしまう。どうやらこのマジックポーションは、飲んですぐに効果が現れある程度の魔力を回復できるようだ。中に入っている液体に、魔素から変換された魔力が蓄えられているようである。

魔力は、魔術師であれば呼吸をするように魔素を魔力に変換し徐々に回復させるアビリティを持っているのが当たり前であるし、ピーチの使用した瞑想などで回復を早める事も可能だ。

しかし、それでもやはり多少の時間は掛かってしまうものなので、戦闘中などであればこういった薬を使用したほうが便利なのだろう。

そんな事を思いつつも、他の品にも興味を抱き、ナガレは店内を見回した。

やはり薬師の店というだけあって、置いてあるのは透明な液体の入った瓶や、奇妙な生え方をした植物を植えた鉢植《はち》えなどが多い。

どんな効果があるのかの説明書きも一緒に添えられており、怪我の治療や止血剤、魔力回復薬などの治療系だけではなく、筋力増強による一時的な攻撃力アップ、皮膚を鉄のように固くさせ防御力を上げるなどの薬も存在する。

この辺りは、やはり魔法という概念のある異世界ならではといったところだろう。

「あの、ところでピーチさん、その方は？」

すると、ここでエルミールがピーチに問いかけた。

それに反応したピーチが首を巡らせ、あぁ、と一言。

「彼はナガレ。この魔草採取の依頼をこなしている途中で出会ってね。色々あって冒険者ギルドを案内してあげていたの」

「初めましてナガレです。宜しくお願いします」

「あ、はい、初めましてです。こちらこそ宜しくお願い致します」

ピーチから紹介されたことで、ナガレは自己紹介をし頭を下げる。

するとエルミールもそれに倣い、深々と頭を下げた。

「それにしても、まだお若そうなのに冒険者なんて凄いですね」

「いや、まだ駆け出しですし、そんな大したものではないんですよ」

ニコリと微笑みつつそう告げる。

「でもナガレは私より年下だけど、もう一五歳だから大人に一歩踏み込んではいるのよね」

「ははっ、確かにそうだね」

補足するピーチにナガレは合わせる。本来の年齢を言っても混乱させるだけだと思っているからだ。

「まっ、と言ってもエルフからしたら赤子みたいなものだろうけどね。何せエルミールの年は――」

「わわわわわっ！　ピーチさん年の話は～」

泣きそうな顔でピーチを制止するエルミール。どうやら本当の年は知られたくないようだ。

尤も彼女の年齢が相当なものであることをナガレは瞬時に見抜いてはいる。エルフという種族はとても寿命が長いようである。

なので、彼女も人間で言えばピーチとそれほど変わらないか少し上ぐらいなのかもしれないが、それでもやはり年を知られるのは恥ずかしいようだ。

「それにしても珍しい品物が多いですね。面白いです、これは全部貴方が？」

「いや、ナガレってばエルミールは私の友達だし、そんな余所余所しくしなくていいわよ」

「え？　そう？」

「はい、ピーチさんに接してくれてるように気軽に話しかけて貰えたほうが嬉しいです」

ナガレは頬を掻きつつ苦笑を浮かべた。

何せ今のしゃべり方の方が本来のナガレなのである。

ただ、ピーチに言われてからというもの、ナガレは砕けた口調の方がしっくり来はじめていたりするのだが。

「判ったよ。それじゃあこれでいいかな？」

「はい、あ、それでここに並べている物は調合に関しては全て私がやっています。ただ、魔物が出るようなところにしか群生していないものも多いので、採取は冒険者の方にご依頼する場合も多いですね」

「そうなんだ。でも、これだけ色々な効果のある薬を調合出来るなんて凄いと思うよ」

そんな、た、大したことないですよ、と、わたわたして照れだすエルミール。どうやら褒められるのは苦手なようだが、しかし実際彼女が凄いのは取得してるアビリティやスキルから理解できる。

豊富な植物の知識や、精霊の力を活用した薬の調合、植物の成長を促進させる能力など、どれもが薬師として役立つものばかりだ。しかもスキルだけに頼っているのではなく、技術の高さや勘の鋭さも陳列されている薬を見ることで推し量る事ができる。その事に心から感心しているナガレであったが、そんな折、店のドアが開き一人の男性が店内に足を踏み入れた。

「あ、スチールさん。いらっしゃいませ」

するとエルミールが笑顔で彼に挨拶する。

「ん……」

それに短く唸るような感じに返しただけで、スチールと呼ばれた男は店内の品を眺め始めた。

ここの常連の客なのだろうとナガレは判断する。

そして同時に、察したステータスから彼がドワーフである事も理解した。背は低く、恐らくピーチやエルミールより更に低い。

ずんぐりむっくりな体型で、上下一体になった麻製の服を着て、腰のあたりに帯のようなものを巻きつけ締め上げている。服の上からでも判る鍛え上げられた筋肉は見事なもので、腕も脚もエルミールの身体より太いほどだ。角ばった顔をしていて、もじゃもじゃした髪の色と髭の色は茶色、年齢的には中年以上老年以下といった見た目である。

ただナガレの知識ではドワーフは若い内から老け顔に見られやすい面相であり、もしナガレの知識通りの種族であるなら、彼はドワーフの中では若い方なのかもしれない。

そんなドワーフが、店内の薬を見て回る姿は——なんとも奇妙な光景でもある。

ドワーフは職人気質な種族で、常に工房にこもって鉄を打ってるようなイメージが強い。そして彼の持つアビリティやスキルがそれを顕著に表していた。どれもこれも鍛冶に関係するものばかりだったからである。

「たまに見るわね、あのスチールってドワーフ」

「えぇ、最近はよくお店に来てくれるんです。仕事柄火傷が多いと言って、傷に効く薬を買っていってくれるんですよ」

そういって微笑むエルミールに、へぇ、と興味あるのかないのかといった空返事をするピーチ。

そしてナガレは、ドワーフの身を一瞥するが——特に火傷のような痕は見られない。

確かにドワーフは仕事で火を多く使う。だが、その逞《たくま》しい肌とすっかり固くなった皮膚は多少の熱など物ともしないほどであり、ある程度手慣れたドワーフなら火傷に悩まされることはそうはなさそうである。そして、ドワーフは棚を物色するようにしながらも、合間にエルミールに視線を送っていたりもする。すると、彼はそんな事を暫く続けた後、店にあった塗り薬を片手にエルミールの下へ向かい。

「……頼む」

そう一言だけ告げカウンターに薬を置いた。男のドワーフは、偏屈《へんくつ》で無愛想な場合が多いというイメージがあるので特に不自然ではないのだが、このドワーフの場合はそれともまた違う何かを感じる。

「いつもありがとうございます。でも、薬の消費が激しいのですね。大変なお仕事だとは思いますが怪我には気をつけてくださいね？」

「……も、問題、ない。この薬はよく効く。助かっている」

ぷいっと顔を背けつつ照れくさそうにそんな事を言った。そして金額を支払い、彼女のありがとうございます、という言葉を背に受けながら店を出て行った。

「なんか変わった男ね」

「スチールさん腕は確かで、最近この街で鍛冶屋を営み始めたばかりみたいですが、作る品物の品質がいいからと人気が出てきているみたいですよ」

へ～そうなんだ、とピーチが腕を後ろに回しながら口にする。

「ピーチは知らなかったの？」

「だって私は魔法がメインだし。杖なんかは魔導具の店で買うしね。鍛冶師については詳しくないわよ」

「でもナガレさんはお世話になることもあるのでは？　冒険者を始められるのですよね？」

「う〜ん、でも僕はこれが正装だし、武器は使用しないからね」

え？　とエルミールが目を丸くさせる。

「武器を使用しない……という事はピーチさんと同じく魔法で？　ごめんなさい、その、体つきが結構、り、立派でしたのでてっきり」

何故か頬を染めて恥ずかしそうに言うエルミール。

「いや、僕は魔法を使えないけどね。文字通り素手で戦っているんだよ」

「ナガレは変わっているのよね。でも素手でも強いのよ」

「まぁ、素手で？　それはまた、珍しいですね」

どうやら拳闘士というのはいても、かなり珍しい部類なようだ。

「でも、参考のために武器を見ておくのもいいかな――」

自分では使わなくても、今後の冒険のヒントにはなるかもしれない。

「でしたらスチールさんのお店を覗いてみるといいかもしれないですよ。本当に凄く評判がいいみたいなんです」

お客様だから特別扱いしている、というわけでもなく、実際に評判がいいことは、彼女の裏表のない喋《しゃべ》り方から理解できた。こういったところにも好感を持ったナガレである。

「それじゃあ今日はもう難しいけど、今度機会があったらスチールの店に行ってみようか」

ナガレは、そうだね、とピーチに返し、その後は軽く言葉を交わしてエルミールの店を辞去した。

外は既にいい時刻とあってか、大分暗くなってきていた。この時間帯になると、大通りはまだ魔灯という魔導具によってある程度灯りは確保されるが、路地などはそうもいかない。流石にそろそろ宿を取ったほうがいいであろう。

「宿なら私も普段利用してるところがいいと思うわ。ギルドの近くに建ってる宿で、元冒険者の夫婦が経営してるのよ。共同ではあるけどお風呂がついてるし、部屋にはちゃんとお手洗いもあって、夕食もサービスでついてくるの」

「へぇ、それはいいかも」

「でしょ？　じゃあ決まりね！」

ナガレがピーチの提案に乗る姿勢を見せると、機嫌よくピーチが答えた。

そしてナガレはピーチの案内で今晩泊まる宿へと向かうのだった。


「うん？　なんだいピーチ、今日は彼氏と一緒とはやるねぇ」

「ち、違うわよママ！　そんなんじゃないってば！」

ピーチの薦めてきた宿は確かに冒険者ギルドからかなり近いところに建っていた。

他と同じ石造りな箱型の三階建てで、一階には受付と食堂、宿泊客用の浴場があり、宿泊部屋は二階と三階にあるらしい。

受付をしているのは三〇代そこそこといった感じの女性で、ここの宿主であり名をバーダンと言うらしい。格闘家のような逞しい肉体を誇り、どことなく大らかな雰囲気を感じさせる女性だった。炎のように赤い髪は、上の方で団子状に纏めており、身長は男性並みに高い。ナガレも若干見上げる形で彼女を見ることになる。

「それじゃあ部屋はダブルかい？」

「だから違うってば！　なんでそうなるのよ！」

そしてピーチはここでも随分とバーダンと仲良くしているようだ。

ピーチには何か人を惹きつける魅力があるのかもしれない。実際ナガレもいつの間にか彼女のペースにハマっている感じはあるが、悪い気はしていない。

「もう！　大体ナガレだってダブルなんて言われても困るわよねぇ」

「う～ん、僕は別にそれでも構わないよ」

「えぇええぇぇえぇええぇぇえぇ!?」

ぎょっとした表情で振り返り顔を真っ赤にさせるピーチに、ちょっとした冗談のつもりだったのでナガレもここまで驚くとは思わず、苦笑を浮かべ頬を掻く。

「冗談だよ、冗談」

「な、何よ！　驚かさないでよ全く！」

そう言いつつ、改めてシングルの部屋を二つ取る事にした。

料金はシングルだと一部屋三〇〇ジェリーである。来る途中で聞いたのだが、この宿以外だと素泊まりでも最低五〇〇〇ジェリーは取られるそうで、そう考えると確かに夕食付きでこの値段は安いだろう。更に夕食がいらないようならそこから幾《いく》らか値引きされるらしい。

中々気の利いた経営をしている。

お金はナガレはピーチに預けてあるため、取り敢えず彼女が纏めて支払った。

するとバーダンが眉を顰め、

「嫌だ、ピーチが支払うってもしかしてこの人ヒモ？」

そんな疑いをかけられてしまった。これはとんだ勘違いだが、ピーチが即座に否定してくれた。

「だからそう言うんじゃなくて、彼はお金を入れておけるものを持ってないから私が預かっているの」

「へぇ、何か変わっているわね。格好も随分と変わっているけど」

「僕の生まれた街ではこれが正装なもので」

微笑を浮かべつつナガレが彼女にそう告げる。実際には、彼の流派においての正装という意味だが。

「ふ〜ん、それにしても貴方、若いのにかたっ苦しい喋り方するわねぇ。もしかしてどっかの貴族の出とか？」

初対面の相手とあってナガレは元の口調で話したのだが、ここの客は殆どが冒険者である。だから逆に浮いてしまっているのだろう。

それにどこか落ち着いた雰囲気もあるナガレだ。バーダンがそう思ってしまうのも判らないでもない。尤もこれはあながち間違ってもなく、ナガレは前の世界では国から感謝状をもらうほどの存在であり、彼の屋敷は世界遺産にも登録されていた程だ。つまり育ちはかなり良い方なのである。

「いえ、そんな良いものでは――」

「もうナガレ、だからその口調はやっぱり浮いてるんだってば。相手がお偉いさんとかなら判るけど、普段はいつも通りでいいと思うわよ」

そして、結局ピーチに口調を戻される（？）ナガレである。

「ははっ、ピーチの言うようにちょっと固くなってしまってて。僕はそんないいものじゃありませんよ」

「……ふ～ん、なるほどね」

ナガレの変化を目にし、何故か悪戯っ子のような笑みを浮かべてきた。その意味が判らず首を傾げるナガレである。

「でもそっちのほうが全然いいわね。この宿に上品さなんて求めちゃいけないよ。でもその分気兼ねなく接して頂戴。ただし、宿泊者に冒険者の多いこの宿では詮索はタブーだからね」

そう言って豪快に笑ってみせる。まさに肝っ玉母ちゃんといった様相である。

「じゃあ、これが二人の鍵ね。部屋は二階を使っておくれ。お風呂は夜の11時までは入れるけど食堂は夜の9時までだよ。鍵についている番号札を見せればサービスの食事が出るからね」

説明を受けてナガレは、ピーチと一緒に二階の部屋に向かった。

部屋はシングルということでそこまで広くはなかったが、ベッドも用意され、事前にピーチから聞いていたように洗面所もしっかり設置されている。

洗面所はレバーの上げ下げで開閉出来る仕組みであり、水は街の周りの堀から引っ張ってきているようだ。

寝るためのベッドは少し硬いが休むには十分、壁に設置されたランタンは魔道具の一種らしく、火を使わなくても明かりは灯るようだ。

壁には時計も掛けられているし異世界だからと不便に感じることは特にない。

「ナガレ～お風呂行く？」

部屋の概要を大体掴んだところで、ピーチがナガレをお風呂に誘いに来た。

勿論一緒にと言っても浴場は男女別々であるが。

「そうだね、じゃあ、ご一緒させて貰おうかな」

「ご、ご一緒って！　べ、別々なんだからね！」

「さ、流石にそれは判るよ」

苦笑しつつ返事するナガレ。そんな事当然のように判っているのだが、ピーチの顔は紅い。思わずナガレも釣られて照れてしまう。

「の、覗いたりしたら承知しないんだからね！」

「しないしない！　大丈夫だってば」

何故か考えてもいなかった疑いを掛けられ戸惑うナガレである。

そんな事がありながらもふたりは一階に降り、浴場へと向かった。当然だが男性用と女性用でお風呂場は分かれており、異世界語で男性用、女性用と刻まれたプレートが入り口に掛けられている。

そこでナガレはピーチと一旦別れ、男性用のお風呂場に足を踏み入れた。

お風呂場は脱衣所と浴場が分かれているが、敷居があるわけではない。浴槽は大きめのが一つで、洗い場は別に用意されていた。ざっと見てみるが浴槽に一人浸かっている男性はいるが、それ以外には客がいなかった。

たまたま空いている時間に入る事が出来たようである。

浴槽に浸かる前に洗い場で腰を落とし身体を洗う。固形の石鹸はないが、瓶詰めされた液体は汚れを落とす成分を宿す植物の葉から採取されたものが利用されていて、それを使用する。

身体を洗う為に用意されていたものは、これも植物のヘチマのような果実を利用したものだ。色は濃緑色で柔らかく、洗浄液がよく馴染む。それを利用し身体を洗い、頭も洗ったあとナガレは浴槽に浸かった。

程よくいい湯加減でありとても気持ちが良い。身体にも良さそうである。

「あなた、良い身体してるわねぇ。可愛らしい顔してるのに」

すると浴槽《よくそう》にいた先客がナガレに声を掛けてきた。

その客は、妙に熱を持った視線でナガレの肉体をまじまじと見つめてくる。ナガレは、なぜ今この場に他の客の姿が見られないのか判った気がした。

「ところであなたん、あたしの事どう思うかしらん？」

「し、失礼しました！」

身の危険を感じ、浴槽から急いで出ようとするナガレ。異世界にも色々な性癖を持った人がいるのだろうが、この年（実年齢八五歳）になって新たな扉を開く気にはなれないのである。

「ちょっと待ちなさいってば」

しかし、妙にゴツゴツとした手がナガレの腕を掴み彼をお湯に引き摺り戻した。

これが明確な敵であったなら、合気であっさり反撃するところだが、まだ何もされていないうちから手出しするわけにもいかない。手出しされてからでは色々手遅れなのだが。

「もう落ち着きなさいよ。別に取って喰おうってわけじゃないわん。ただ、何故かあたしが入ってると誰も来ないから退屈してたのよん。いい男の裸を見て楽しみたいだけなのに酷い話よねん」

それが原因であることは明らかである。そして値踏みするように見てくる彼の視線にゾワゾワするものを感じるナガレである。

「わ、判ったから腕は取り敢えず放してもらってもいいかな？」

「あらん、そう？　残念ね」

何が残念なのか、といった思いではあるが、なんとか難（？）を逃れたナガレである。

その後は、男が妙に語りかけてくるので、ナガレは少し距離をおきながらも、なんとなく相槌《あいづち》を打ちながら彼の話を聞く。どうやら彼も冒険者らしい。そう言われ改めて見ると、なるほど中々逞しい体つきをしている。

ステータスの高さにも納得であり、妙な性癖を持っていないようなら（彼とは違い全く別の意味ではあるが）興味を持てたことだろう。

それにしてもこの男、妙に肌もテカテカしていて黒い。おまけに頭はスキンヘッドである。この容姿で迫られたら、それは誰も寄り付きたくないと思ってしまうだろう。

ちなみに彼の話では、ピーチの言うようにこの宿は値段的にもギルドに登録したばかりの初心者にも優しく、冒険者に人気、というより宿泊客の八割以上は冒険者なようだ。

「だ・か・ら。あたし好みの逞しい男が多くてちょくちょく通うようにしてるのよねん」

「は、はぁ……」

目的がお風呂より男という時点で中々の曲者であり、ナガレとしては空返事を返すぐらいしか手がない。

「うふっ、ちなみにあたしの名前はゲイ・マキシアムよん。宜しくねん。貴方もここに泊まっているぐらいならきっと冒険者なのよねん？」

そう言いながらゲイは首にかけたタグをナガレに見せてきた。

とりあえず話している分には無理やり何かをしてくる様子もないので、ナガレも自分のタグを相手に見せた。ナガレは当然Dランクだが、熱い視線を送ってくるゲイはBランクの1級であった。

「あらん、これだけのいい男、あたしが見たこと無いのもおかしいなと思ったけどどん。Dランクという事はまだ登録したばかりなのねん」

「は、はいそうです。今日登録したばかりで――」

「そう、なら最初はあまりいい仕事はないわね～。でも、どこかのパーティーに入って手助けしてもらっても成果にはなるわよん。良かったらあたしのパーティーに入る？　色々手ほどきしてあげるわん。貴方可愛らしいし、きっとうちのメンバーも可愛がってくれると思うわん」

手ほどきや、可愛がってのくだりが非常に不安になる。

なんとなくではあるが、雰囲気的にパーティーもそういったメンバーの集まりな気がして仕方ないのだ。

「せ、折角のお誘いですが、既に助けてくれている方がいるので、申し訳ないんですが……」

なので、ここはできるだけ失礼にならないよう、やんわりと否を示した。それに、現にピーチと今は行動を共にしているのだし嘘ではない。

「そう、残念ね。でも困ったことがあったら言ってねん。私のパーティー【聖なる男姫《おとめ》】は結構この街では有名な方だから」

そう言って中々厳ついウィンクを決めてくる。

「そ、そうですね。何かあった時はお願いします」

勿論これはあくまで社交辞令だったりするのだが。

「ふふっ、それにしても本当可愛いわねん。そうだ！　あたしが身体を洗ってあげるわん。前も後ろもしっぽりと――」

「い、いや！　もう洗ったので！　僕、そろそろ出ま――」

立ち上がり、慌てて湯船から出ようとするナガレ。

だが、その瞬間、ドンッ！　とゲイの腕がナガレの動きを止めるように伸ばされ壁にぶち当たった。

そう、俗に言う壁ドンである。しかし、よもやそれを男にされるとは思っておらず、少々戸惑うナガレである。

「あ、あの……何か？」

引きつった笑顔を浮かべながらも問うナガレ。ただ悪意があるわけではない。もしそういった要素が少しでも垣間見えたなら、ナガレとて容赦はしないからだ。

しかし、だからこそ厄介でもある。一体このゲイはナガレに何をしたいのか――

「……貴方、よく見ると面白いわねん」

「へ？」

「うふん、何となくだけど、またどこかで会える気がするわん。その時は宜しくねん」

ナガレが少々ぽかんっとした様子で見ていると、ゲイはそう言ってひらひらと手を振りながら、結局ナガレより先にお風呂を出て行ってしまった。そんな彼の逞しい背中を眺め、ナガレはゲイのステータスを思い出す。

彼は見た目通り戦士系の冒険者なようで、腕っ節は中々強そうであった。ナガレ的には、その趣味の問題は別として、本当に機会があるのであれば、その戦いぶりを見てみたいとも思ったほどであった、のだが。

――ピシッ。

「え？」

ふと、背中側から耳に届く異音。それは段々と大きくなり。

――ピシッ、ピシピシピシッ、とその亀裂《きれつ》は一気に広がり……ドォオオォオォオオォオオン！

突如、背中越しに感じられた壁の一部が轟音と共に瓦解し、背中を預けていたナガレが後ろへと倒れ込む。どうやらこの壁、先ほどのゲイの壁ドンっ！　に耐え切れなかったようだ。

それだけ彼の力が凄まじかったという事でもあるのだが――しかしそこは合気を極めしナガレである。身体を反転させ、目の前に見えた縁に手をかけ、見事に身体を支えてみせる。が――

「…………え？」

「……へ？」

ナガレの視界へ飛び込むは、湯の海に浮かぶ二つの島。中々柔らかそうで形の良い島である。

そして、顔を上げると、わなわなと震えるピーチの姿が――

どうやら、男湯の浴槽と女湯の浴槽は壁一枚を隔てて隣接されていたようで。当然その壁がなくなれば、そこに現れるのは女の花園なわけで。

「あれ――？」

そして、ナガレの鼻から滴るは、鮮やかな赤。それがポタポタと垂れていき、思わず鼻を塞《ふさ》ぐナガレであった。

「キ、キヤァアアァアアァアアァアア！」

その瞬間、耳をつんざくような悲鳴。

「ゴ、ゴメンナサイーーーーーーー！」

そして、ナガレは大声で謝り、逃げるようにその場を後にしたのだった……。

お風呂から出た後は中々に散々であった。とりあえず鼻血に関しては合気で血流を操作し止めたが、それにしてもあのようなみっともない姿を晒してしまうとは、少し自己嫌悪に陥《おちい》ってしまったナガレである。

それにしても女性の裸身を見ただけで興奮してしまうなんて——若返った影響の予想以上の大きさに自分自身驚きながら。

「全く！　他に入ってる人がいなかったからまだ良かったけど——」

「ほ、本当に悪かったたってば」

とりあえずプリプリと怒りの収まらないピーチに平謝り状態のナガレなのである。

「……それで、み、見えた？」

すると顔を真っ赤にさせたピーチが上目遣いにそんなことを訊いてきた。これはやっぱりかなり怒ってそうだな、とナガレはとにかく両手を振って否定した。

「み、見えてない！　湯に浸かってたから殆ど見えてないよ！　絶対！」

とにかくナガレは必死に弁解する。実際は多少は見えたし、しっかり記憶にも刻まれたのだが——。

「……そう」

しかし、軽く目を逸らしピーチは何故か少し残念そうでもある。

だが、あれ？　とピーチの反応を意外そうに見るナガレに気がつき、と、とにかく！　とピーチは声を上げ、バーダンに説明しましょう、と話を続けてきた。確かに既にゲイの姿もない以上、ナガレ達が説明する必要があるだろう。

「ん？　あぁなんだゲイちゃんね。全く困ったものね～あっはっは！」

しかし、思ったより話は早くついた。ナガレが説明すると彼女は豪快《ごうかい》に笑い、ふたりは特にそれ

に関して何か言われるような事もなかった。

どうやら以前も何度か似たような事があり、この宿では壁ドンのゲイと呼称されてもいるようだ。なんとも言えない二つ名だが、しっかり壁の修理費は弁償してくれるだろうから問題ないとのことだった。

「全く迷惑な冒険者もいたものよね。第一なんで壁をドンっ！　なんてするのよ？」

呆《あき》れたようにピーチが言う。ナガレは彼女には壁を壊した冒険者がいたとは伝えたが、その冒険者がそういった性癖の持ち主であることは伝えていない。余計な心配はかけたくないし、妙な誤解も生みたくなかったからだ。

「まぁそれだけナガレが気に入ったという事だろうね」

「気に入った？」

「ぼ、冒険者として興味を持ったという事だよ、ピーチ！」

すかさず補足するように述べるナガレである。

「まぁ、壁はとりあえず息子のスコムにでも簡単に補修させるよ。勿論後でしっかり職人呼んで修理も頼むしゲイちゃんにも請求するけどね」

どうやら宿内のそういった修繕なんかは彼女の息子の仕事なのだそうである。

「それにしても災難だったわねぇ。でも、ナガレにとっては眼福だったんじゃないかい？」

「そ、そんな事はないですよ！」

必死に弁解するナガレだが、じーーーーッ、と見てくるピーチの視線が痛い。

「まぁとにかく、お風呂が終わったなら食堂に行って食事を摂るといいさ。厨房係は亭主のビルがやってるんだけど、あれで中々腕がよくてね。良かったら味わってやってよ」

がっしりとした腕を正面で組み、バーダンから食堂に行くのを薦められる。

よく見ると壁時計の時刻は既に8時を回っていた。食堂は9時までなので急いだ方がいいだろう。

「そうだね、それじゃあ折角なので食事を楽しみたいと思います」

そう言ってピーチと一緒に食堂に向かうナガレである。

食堂には四人掛けのテーブル席が七セット設置されていた。間隔は十分に空いており、窮屈な感じは受けない。流石に時間が時間だけに、夕食を摂っているのは二組程であった。ただこれであればゆったりと食事を楽しめそうである。

「いらっしゃいませ、ご宿泊のお客様ですね。それではすぐにお食事をご用意致しますので」

ふたりが席に着くと、少女が水差しとコップをトレイに載せて運んできた。そこで部屋の鍵を見せると、彼女は頭を下げてふたりに挨拶し奥の厨房まで下がっていった。

ロングスカートに白いエプロン姿、三つ編みで元気のある可愛らしい少女だ。年齢は今のナガレよりも二、三歳若いだろう。

奥の厨房では、ハの字型の髭を生やした逞しい男が鍋を振るっている。

「奥の男性がバーダンの旦那さんで、水差しを持ってきたのがふたりの娘のキュートよ」

ピーチの説明にナガレは頷く。娘と聞かされた少女は、そう言われてみるとバーダンにどことなく似ている。勿論体格はぜんぜん違うが。

「バーダンもビルも元は冒険者なのよ。ねぇ、どっちのランクが上だったかナガレに判る？」

「奥さんの方だよね」

あっさりと答えたナガレに、ピーチは目を丸くし、そしてつまらなさそうに唇を尖らせた。

「もう、なんですぐわかっちゃうかな」

「ははっ、まぁ雰囲気でなんとなくだけどね」

壱を知り満を知るナガレであればこれぐらいは当然であり、バーダンがレベル26でビルがレベル14であることはすぐに知ることが出来たのである。

それから聞かされたピーチの話では、ビルは見た目とは裏腹に戦闘は苦手で料理のほうが得意だったらしい。だからか、引退後に宿の経営に乗り気だったのは寧ろビルの方だったようだ。

「お待たせ致しました～本日の分はこちらになります。どうぞごゆっくり～」

テーブルに食事の載せられた木製トレイが置かれた。

判っていたことだが、この世界での主食はパンである。

そこは米を愛する日本人のナガレとしては少々残念なところではあるが、贅沢を言っても仕方がない。郷に入っては郷に従えである。

とはいえ、パンが固いという事もなく、一緒に用意された豆類を煮詰めたスープも、兎の肉にタレを付けて焼いた料理も十分に美味しかった。

「うん、凄く美味しいね。栄養のバランスも考えられてるみたいだし」

「そうね。それがこの宿の人気の秘密みたい」

ナガレとピーチは他愛もない話をしながらも料理をしっかり平らげた。

ふとナガレが厨房に目を向けると口にこそ出していないが、ビルは嬉しそうに頬を緩めている。それだけ真剣に料理に取り組んでいるという事なのだろう。

こうして夕食を楽しんだ後は部屋に戻り、異世界での一日目の活動が終わりを告げた。

翌日はピーチの案内で魔法の袋を購入し、ギルドで初めての依頼をこなすことになるだろう。そんな事を考えつつナガレはふと思い出し冒険者ギルドで受け取った冊子に目を通す。そこには冒険者として中々有意義な事が記載されていた。

それを読み込んだ後、改めて明日から頑張ろうと決意し、ベッドに横になりナガレはすぐに意識を手放したのだった。

第三章　ナガレ冒険者としての活躍編

翌朝、朝食をピーチとふたり途中で簡単に済ませた後、前日に決めた予定通り魔導具店にナガレは案内してもらう。店は大通りを行き、広場手前から南側に入った先に存在した。

灰色がかった切り石を積み上げた三角屋根の建物で、窓が殆どない。だからか、足を踏み入れると店内は天気の良い朝にもかかわらず、酷く薄暗い。

そんないかにもといった雰囲気の店で、カウンターに座るは、やはりいかにもといった雰囲気が漂う三角帽子を被った女性であった。

「メルル、魔導具見に来たわよ～」

「ピーチ……いらっしゃい」

白く柔らかそうな肩を出し、丈の短い黒のドレスに身を包んだ彼女は、どこか妖艶《ようえん》な雰囲気が漂い、魔女という言葉がしっくりくる。紫がかった長めの蒼髪が、顔の半分を隠すように伸ばされているのもそう感じさせる要因かもしれない。胸元がやたら開いていたりと蠱惑《こわく》的な雰囲気も匂わす肉感的な女性だが、声は小さく、口数も少なそうである。

「あのね、実は彼、ナガレと言うんだけどね」

「ナガレです。宜しくお願いします」

ピーチに紹介され頭を下げる。

彼女は無言であったが、何かを探るような目でナガレを見た。その瞳もどことなくエロティックで、少しドキリとしてしまう。

「それでね、彼、今度一緒に冒険者として活動することになったんだけど、魔法の袋が欲しいみたいなのよ」

「……そう」

続けられたピーチの話を聞き、メルルは一つ頷きナガレに魔法の袋と、ついでに魔法のバッグも一緒に紹介してくれた。見た目と異なり、控えめな喋り方をする女性であったが、それでも商品説明はわかりやすい。

「ちょっと触って見てもいいかな？」

ピーチから聞いていた事もあり、ナガレは普段はこの喋り方で行くことに既に決めている。

メルルはナガレに尋ねられると、どうぞ、と言い、ごゆっくり、と言葉を添えカウンターへと戻っていった。そしてその後はピーチと色々と話し始めたので、ナガレはバッグを見比べ検証する。

「ところでメルル、これ知ってた？　実はね、杖って武器になるのよ！」

ナガレが袋とバッグを見比べていると、カウンター側から得意がるピーチの声が聞こえてきた。

「……杖は魔法の為の補助道具。武器には、ならない」

「そう思うでしょ？　でもね、これをこうやって振ると、ゴブリンだって魔法無しで倒せちゃうのよ！」

ナガレが横目で見ると、ピーチが杖を振り振り説明していた。なんとなく微笑ましい。

「……ふふっ」

「あ、何その笑い！　メルル信じてないでしょう！」

「……杖は杖、武器じゃ、ない」

「本当だってば！　ねぇナガレ！」

突如、矛先がナガレに向き、一旦バッグを持つ手を止め、ふたりを振り返る。

「材質にもよるのかもだけど、ピーチの持っているような杖なら十分武器になりますよ」

そう説明すると、訝《いぶか》しげに眉を顰め、かと思えば無言でメルルは奥に引っ込んでいった。

店の奥は分厚く黒いカーテンによって隔たれており、奥からはガサゴソと何かを探す音が聞こえてくる。少しの間をおいて、メルルがカーテンの奥から再び姿を見せた。

何やら両手に空き瓶を抱えている。

「……それが本当なら」

そう言ってメルルは床にその空き瓶を置いた。

「……これが杖で壊せるはず」

「何？　やってみろってこと？」

「…………」

メルルは黙ってコクコクと頷き応えた。

取り敢えずナガレは顎に手を添え、静かにその様子を眺める。

「判ったわ！　見ててよね！」

ピーチは張りきり勇んで、手持ちの杖を瓶の前で振り上げた。そしてスイカ割りのごとき勢いで、杖の尖った部分を瓶へと叩きつける。

――ガシャーーーーーン！

盛大な音を奏で、瓶は見事粉々に砕けた。

「……え？」

するとメルルは、驚いたように目を見開き、粉々に砕けた瓶を見やる。

「へへ～ん、どう？　本当だったでしょ？」

そんな彼女を横目にピーチが鼻を得意げに擦り言い放つ。

するとメルルはピーチに顔を向け、マジマジと彼女の持つ杖をみやり。

「……見てもいい？」

そう彼女に持ちかけた。

「この杖を？　う～ん、まぁメルルにならいいわね」

杖を手渡され、メルルはそれを指で触れ、そして上にも翳《かざ》し興味深そうに観察し続けた。

「……よく判った。ありがとう」

「どういたしまして。でも何か判った？」

「……とても丈夫」

「え？　ま、まぁそうね」

メルルの回答に戸惑いがちに応えるピーチ。

その様子を見ていたナガレだが――どうやら彼女は瓶を杖で壊せた事に驚いたのではなく、杖で躊躇いなく瓶を壊した事に驚いていることに気がついた。

ナガレは一旦、袋やバッグを見る手を止め、展示されている杖に視線を走らせ観察する。

（……これは、どれもピーチのに比べるとかなり脆い――）

そう、その場にある杖はどれも一見金属製のようであるのだが、頑強に作られてはいなかった。どうやら杖の作成に使用されている金属は魔法効果を高める事を重視されているが強度は考慮されていないらしい。しかし、その分凄く軽い。ただ、冷静に考えればこれはおかしな話ではない。

なぜなら魔術師は戦士などに比べれば身体面では遥かに劣る故に、重たい杖などを持っていては移動するにも疲れるうえ、魔法を行使するにも不具合が出てしまう。

そもそもからして魔術師に求められているのは魔法の行使であって、わざわざ近づいて杖で戦うなど無駄でしかないというのがこの世界の普通の考え方なのだろう。

だからこそ、メルルはピーチの行為に驚いたのだろう。

杖は脆いとはいえ魔法を行使するには欠かせない道具である。魔術師であれば杖を大事にするのも当たり前。にもかからずピーチは瓶を躊躇《ためら》いなく杖で割った。ヘタをしたら杖が傷物になるかもしれない事を考えればこれは魔術師としてみればとんでもない事と言える。

そう考えると、ナガレが最初にピーチと出会った時、彼女がゴブリン相手に杖を振るうのを躊躇っていたことにも合点がいく。

「……その杖は珍しい。丈夫なのに、魔術師の要求する要素もしっかり備えてる――大切にした方がいい」

「……うん、そうだね、ありがとう」

ピーチは、何かを思い出したように杖をギュッと抱きしめ彼女にお礼を言った。

あの杖には何かしら思い入れがあるようだな、とナガレは考える。きっと相当大事なものなのだろう。

そして――当然といえば当然だが、メルルはその後再び奥に行き、箒《ほうき》とちりとりのような物を持って戻ってきた。

「……なんかごめんね」

「……私が言った事、気にしない」

ガラスの破片を片付けながら、謝るピーチにそう返すメルルであった。

そして、そんなやり取りを眺めた後、ナガレは気に入った品を選びメルルに話しかける。

「とりあえずそうだね、これを購入したいと思うんだけど」

「やっぱり袋にしたんだ？」

「うん、バッグはどうしてもそれ自体が嵩張《かさば》ってしまうからね」

ピーチの質問に頷き答える。ナガレの戦闘スタイルで考えるとバッグは確かに持ち歩くのに不向きだ。腰に巻くタイプのポーチ一つでも動きが阻害されてしまう。

袋はその大きさも巾着《きんちゃく》程度、ちょっと吊《つ》るしておく程度で済む。それに、ナガレがこれと決めた魔法の袋であれば、小さくても五〇〇キログラムは物が入る。

値段は六万ジェリーと少々張るが、他にこれといった装備を必要としないナガレだ。こういったものにケチケチする必要もない。

「じゃあそろそろナガレには報酬を返しておいたほうがいいわね」

そしてピーチは自分の袋から預かっていた報酬を取り出しナガレに手渡してきた。

「……大金」

「ははっ――あ、でもこんなにはいらないよ。半分はピーチの分だからね」

そう言ってナガレは、そこから取り敢えず十二万ジェリーだけを受け取った。

するとピーチは驚き、とてもこんなには貰えないと返そうとしてくるが。

「でもピーチには色々とお世話になってるし、だからこれは受け取って欲しいんだ。だから、ね？」

「う、うぅ、そこまで言われたら――」

結局ナガレは引かず、ピーチは何度もお礼を述べながら受け取ってくれた。

そしてメルルに支払いを済ませるナガレだが、そこである魔導具に目が行く。

それは力を強め攻撃力を上げたりといった能力強化のアクセサリー魔導装身具《まどうそうしんぐ》であった。

ナガレはなんとなくではあったのだが、ピーチにこれを薦めてみた。いざという時杖をまた振るうような事があった場合役立つと思ったのである。

似合いそうというのも理由としたが、なぜ戦士系が好みそうな物をとピーチは不思議そうな顔をしていた。

「でもナガレのおかげで報酬も手に入ったしね！　判った！　信じて買ってみる」

こうして必要な買い物も終わりナガレはピーチとふたり、魔導具店を辞去《じきょ》しギルドに向かった。


「あ！　ナガレ！　それにピーチも！」

ギルドに着くと、それに気がついたマリーンが、両手を振り回し、明らかにふたりを呼んでいた。

カウンター前の冒険者の数はまばらである。

ナガレとピーチは買い物を終えてから来ているので、朝の依頼を求める受注ラッシュは既に過ぎてしまっていたようだ。

「ちょっと聞いたわよ！　貴方達、あのゴッフォ達のパーティーに襲われて返り討ちにしたんでしょう？」

ふたりがマリーンに近づくと、カウンターを挟んだ向こう側から、興奮した様子で昨日の件を話してきた。

ナガレは随分と話が伝わるのが早いなとも思ったが、存外この手の噂は広まるのが早いものである。とくに今回は、同じ冒険者の不祥事ということで受付嬢である彼女がいち早く耳にしていてもおかしくないなと思い直す。

「それに、ゴッフォのパーティー以外にも仲間がいて、全員ギルドの報酬を不正で受け取っていたって……それ以外にも協力を拒んだ冒険者を再起不能に陥れたり、余罪もかなりあるらしいけど……そんな連中に囲まれて無事だったなんて、なんかグレイトゴブリンの件といい驚かされっぱなしよ」

「ま、まぁ私は殆ど何もしてないんだけどね。寧ろナガレがいなかったら――その……」

そこでピーチが口ごもる。昨日の事を思い出し、少し沈んだ表情。

なのでナガレはピーチの肩に手を置き、目で大丈夫？　と訴えるが。

「う、うん大丈夫よもう！　とにかく最低な奴らでね！　私の事を奴隷にしてやるとか本当サイッテーー！　だったのよ！」

ピーチが吹っ切れたように声を張り上げた。

それにマリーンは眉を顰め、呆れたように口を開く。

「はぁ？　そんな馬鹿なことまで言ってたのあいつら？　本当どうしようもないわね」

腕を組み怒りを露わにするマリーン。だが、実は彼女も危なかった事をなんとなくナガレは感じ取っていた。もし、あのまま連中を放置していたならその毒牙はこの美しい受付嬢にも間違いなく忍び寄っていただろう。そう考えればあそこで、特にゴッフォを返り討ちにしておいたのは正解だったと言えるだろう。

「でも、おかげでギルドは朝からてんやわんやよ。ギルド長も事情確認のため朝から出ちゃってるしね。まぁ馬鹿な冒険者が減ったのはいいことだけど」

マリーンが肩を竦めつつ話す。

「ところで連中はあの後どうなったのかな？　事情聴取を受けた時は、衛兵長は間違いなく罪人として裁かれることになるとは言っていたけど」

ナガレは気になった事をマリーンに尋ねる。

衛兵に連れて行かれた後は、王国の法に則って裁かれるようではあるのだが――

「多分ゴッフォは死刑よ。それだけの事をしてきたんだもの。その仲間も強制労働送りは間違いないでしょうね。重ければ一生出てこれないわよ」

「……良かった」と胸を撫で下ろすピーチ。

ナガレもその結果に安堵した。中途半端に出てこられて仕返しにでもこられても厄介である。尤もたとえそのような事になったとしても、またナガレが返り討ちにあわせるだけだが。

「でも、ナガレは本当凄いわね。ギルドに登録して間もないのにこんな功績あげちゃうんだから」

「功績？」

ナガレはマリーンの言葉を復唱し首を傾げる。

「そうよ。ゴッフォみたいな不正を犯した男、しかもその仲間ごと全て片付けるのに一役買ったのだから、グレイトゴブリンの件では登録前ということで残念だったけど、これは間違いなく功績になるし、ギルドから報奨金も支払われると思う。ただ、今日はギルド長もバタバタしているから反映されるのは明日以降だと思うけどね」

「凄い！　良かったじゃないナガレ！　報奨金よ！　きっと凄く多いわよ！　ランクもDからかなり上がるかも」

まるで自分の事のように喜ぶピーチにナガレも嬉しくなる。ただ――

「う～ん、でもあまり実感はわかないかな……」

そう、ギルドに登録してまだ間もなく、自分から依頼を請けたわけでもなく、やってきた障害を排除しただけ、ピーチを守れた事は良かったと思うが、冒険者としてそこまで讃えられることだろうかと少々疑問に思えてしまうのだった。

「嫌だ、ちょっとナガレ嬉しくないの？」

そんなナガレの態度にマリーンが怪訝な様子で尋ねる。

彼女もこれまで数多くの冒険者を目にしてきただろうが、功績や報奨金という言葉を耳にして喜ばない者はそうはいないのだろう。

「いやいや、勿論嬉しいよ。ただ本当に実感がなくて」

「う～ん、そっか……でも、確かに登録したばかりなのに急すぎたかもね」

マリーンは表情を戻し、くすりと笑う。

「でも、やっぱり凄いことだと思うわよ、だから、ナガレも素直に喜んでもっと威張ってもいいと思うわよ」

満面の笑みでナガレを称えるピーチである。助けた女の子からそういう風に言われるのはナガレとしても悪い気はしない。

「そうだね、でも、流石に威張ったりはしないけど」

ナガレの言葉でマリーンとピーチもクスクスと笑い、空気も大分和やかになってきた。

とはいえ、ギルドに来た目的は別にある。折角こうやって冒険者として登録したのだから、依頼を請け仕事をこなしお金を稼がなければいけない。

「それで、今日は仕事を請けに来たのだけど」

なので、功績についての話は一旦置いておき、ナガレはマリーンに今日来た目的を話した。すると彼女は目をパチクリさせた。

「あ、依頼ね。そっか……でも、ごめんね。今も言ったけどギルド長もバタバタしていて、まだナガレのランクはDなの。明日になったらランクの話も来ると思うのだけど――」

「それならDランクでも構わないよ。それにこれが初めて請ける依頼だしね」

「そうは言うけどナガレ。Dランクは他のランクと違って条件フリーの依頼でさえ、単独じゃ請けられないのよ。だから基本的にはDランク限定になるの。まぁ私が協力すればCランクも請けられるけどね」

ピーチが得意げに胸を張った。ローブの上からでも揺れているのがよく判る。

「あ！　そうそうピーチ、タグを貸して。ピーチはあのグレイトゴブリンの件があったから、Cランクの1級に格上げよ」

「え？　本当！　1級ならもうすぐBランクじゃない！　やったわ！」

「おめでとうピーチ、良かったね」

両手を突き上げ喜びを身体で表現するピーチに、ナガレも微笑む。

「じゃあはい。これでCランクの1級に書き換えておいたから」

「う～ん、確かにCランク1級の刻印！」

タグを胸の前で抱きしめるように握りしめ、感慨深い表情を見せる。きっとこのレベルに行き着くまでに彼女なりの苦労があったのだろう。

「よっし！　じゃあナガレ！　ここは私に任せて大船に乗ったつもりでいていいわよ」

急に自信を露わにするピーチである。ただ、昇級するという事はそれだけ危険な目にあう可能性が上がるという事でもある。

ただでさえ昨日はゴブリンにゴッフォと妙にトラブルに巻き込まれてしまっているのだ。

昨日囁かれていたピンチのピーチという言葉がナガレの脳裏に浮かぶ。なので、できるだけ無茶はしないようにしっかり見守ってあげないとな――と心に決めるナガレでもあった。

「でも、実際ピーチと組んで請けるというなら、その分選択肢の幅は広がるけどどうする？」

喜ぶピーチを尻目に、マリーンはそうナガレに尋ねてくるが、顎に指を置き一考し、

「取り敢えず、Dランクの依頼も見ていいかな？　今の自分で請けられるものがどんなものか見ておきたくて」

「う〜ん、でもね。実はDランク専門の依頼ってそんなに多くないのよ。基本的には危険のないものって条件がつくから仕事も冒険者らしくないしね。お使いとか掃除とか小間使いみたいのが多い感じよ」

「それでも、もし何かあるなら」

マリーンはナガレの実力をなんとなく感じ取っているので、Dランク程度の仕事は申し訳ないと思っている節がある。

しかしナガレとしては、そういった事情抜きで請けられる仕事が見てみたい。本来であれば掲示板から勝手に探せばいいのだろうが、実は見た限りでは今はあまり依頼書が貼られていないのであ

る。恐らくだが、目ぼしい依頼は朝のうちに取られてしまうのだろう。

「と、いっても今日のDランクの依頼は……あ、そうだ。結局誰も請けなくて、引き下げるしかないかなというのが一枚あったわね……」

マリーンはカウンターの中から一枚、その依頼書を取り出し台の上に置いた。

依頼内容
お弁当をマイル森林で仕事中の主人まで届けて欲しい。
条件
Dランクより可
報酬
依頼達成後二〇〇ジェリー

「…………これって」

ピーチがなんとも微妙な面持ちで呟く。

「ちょっと、報酬安すぎない？」

そう言葉を紡ぐ。

確かに二〇〇ジェリーでは、今宿泊している宿でも一泊もできない金額だ。

ただ——

「そうなのよね……だから、この依頼請ける人、誰もいなかったのよ……」

「う～ん、マイル森林ってマイル山地の麓だし、ここからだと歩いて二時間はかかるわよね――往復四時間だとそれだけで半日潰れるようなものだしね」

半日かけて報酬が二〇〇ジェリー、届ける事と依頼人の家に赴《おもむ》くことも考えると、確かに手間暇がかかるにしては割に合わない仕事と言えるだろう。

「確かにね……ここのご主人、ベアールさんというのだけど、生業は樵夫で、伐採した木材運搬のため馬車で毎日マイル森林に向かっているの。あそこは魔素も少ないし魔物もめったに現れないから樵夫の仕事には持ってこいだし」

魔素については以前ピーチからも話を聞いていたし、冒険者の冊子にも書かれていた。

魔素が濃い場所では魔素が変化し魔核を生み出しやすい。魔物はゴブリンなどの持つ悍ましいスキルによって生まれる事もあるが、基本的にはこの魔核が更に変化し魔物と化すのである。

そして魔物は、人間も動物も関係なく襲うので、常に討伐対象となっているわけだ。

ただ、これは逆に言えば魔素の少ないところでは魔物が殆ど現れないという事でもあるので危険性が少なく、Dランクの依頼としてあがっているのだろう。

「でも今日はうっかりして奥さんが手作りのお弁当忘れてしまったみたいでね、ベアールさんは毎日それを楽しみにしてたみたいだからなんとか届けてあげられないかなって話なのよ。だからどちらにしろお昼に間に合わないようなら引き下げるしかないのよね……この時間だと今からでもギリギリだし」

「そういう事なんだ……やっぱり人気がないのは魔素が少ない事が逆にネックになってる事が大きいのかな？」

「うん？　なんでそう思うの？」

マリーンの説明を聞き考察するナガレだが、ピーチが不思議そうに尋ね返してくる。

「だってほら、報酬が安くても途中で魔物が討伐出来るようなら、討伐金や素材とか魔核で補える部分があるかもしれないけど――」

「あ！　そっか、確かにね……」

この世界で魔物は一般人にとっては忌避の対象だ。問答無用で人間を襲ってくる事も多く、それは当然とも言える。

だが、こと冒険者にとっては別で、魔物を狩ることがそのまま稼ぎに繋がるので、魔物が全く出ることなく報酬が安い依頼というのは、危険は少ないがその分旨味も全くなくなってしまう。

「そうね、ナガレの言うように、仕事自体は簡単だからこそDランクの仕事でもあるんだけど、行って戻ってくるだけでも時間がかかるし、それから別の仕事を請けるのも難しいしね。立地的にも他の仕事も請けて一緒にというのも厳しいしで、だから今回はもう仕方ないかなって気持ちでもあったんだけどね……」

「う〜ん、確かにね。昼を一度ぐらい抜いても別に死ぬわけじゃないしね」

マリーンが諦める気持ちもピーチの意見も判る。

だが、ナガレはマリーンの言外に漂う微妙な感情が気になっていた。

「……う～ん、ねぇ？　ナガレ、ここはやっぱり別な依頼にした方が良くない？」

「いや、この依頼を請ける事にするよ。お弁当はこの奥さんのところに受け取りに行けばいいんだよね？」

「え！　えぇぇぇえ！　なんで？　なんでわざわざこれなの？」

ナガレの答えに仰天するピーチ。よっぽど信じられなかったのだろう。

「……それはね。取り敢えず僕がDランクなのは間違いないし、最初は分にあった仕事を請けたいと思ったのが一点。それに、マリーンも出来れば誰かに請けてもらいたかったんじゃない？」

ナガレがそう告げると、驚いたように彼女が目を見開いた。

「やだ、なんで……？」

「目は口ほどに物を言うと言うからね。それに――ちょっとマリーンが寂しそうだったから」

話している最中、確かにマリーンの目も表情もどことなく物憂げに感じられた。そんな些細な変化もナガレは見逃さなかったのである。

するとマリーンは、ふぅ、と一つ息を吐き、

「依頼者の奥さんが脚を痛めていてね。元気なら自分が行くのだけどって寂しそうに言っていたから……請ける人がいなかったというのはちょっと心苦しかったのよ。請けてくれるなら私としては嬉しいけど、でも本当にいいの？」

「勿論。それに女性にそんな顔させて断ったら男がすたるしね」

ナガレは請けたことがあまり重みに感じられないよう、若干戯《おど》けた感じも交えつつ応える。

それにくすりと笑みをこぼすマリーンだが、そこに、ありがとう、と言い添えた。請けて貰えるという事で肩の荷がおりたようでもある。

すると、うぅぅ、とピーチが唸り。

「なんか、そんな話を聞くと私も放ってはおけないよ。もう！　じゃあ私もナガレに付き合う！」

いいの？　とナガレが確認を取るも、いいから！　さぁ、さっさと行くわよ！　と何故か主導権を握られてしまうナガレである。

「じゃあお願いね。受注書はこれで、依頼を達成した後は、これにサインを貰ってくればギルドで報酬を支払うから」

了解しました、とナガレは頷き、そして依頼者の待つ家へと向かうのだった――。


「依頼を請けて頂き本当にありがとうございます」

ナガレとピーチが依頼者の家を訪れると、至極丁寧に頭を下げられ、依頼を請けたという事だけで随分と感謝されてしまった。

依頼者の家は街の南側にあり、彼女の年齢は三〇代後半ぐらいといったところか。中々器量の良さそうな女性だが、事前にあった情報の通り、脚を痛めており、出てくる時も右足を引き摺るようにしてお弁当の入った葦《あし》製の籠を持ってきた。

「右足、辛そうですね……」

「え？　あ、はい。実は前に主人の仕事している森へ私も立ち寄った際、狼に襲われてしまって。その時は主人が助けてくれたのですが、無傷とはいかなくて――」

ここで言われてる狼は魔物ではない野生の狼の事を言っているのだろう。魔素が薄い地域では魔物が少ない分、野生の獣が増える傾向にある事は、冊子でも軽く触れられていた。

「そうなんですか……」

彼女の脚を労るように、遠慮のある声音でピーチが言う。

確かにロングスカートの裾から見える足首には包帯が何重にも巻かれており中々に痛々しい。

「この様子だと治療魔法は受けられなかったのですか？」

「それが、主人がすぐに馬車で近くの教会まで連れて行ってくれたのですが、対応してくれた方はまだ治療魔法に不慣れであったようで、応急処置程度は出来たのですが」

彼女の説明にピーチが眉を顰めた。

「全く……教会はそういうところがあるのよね。大きい教会以外だと治療師の質もまちまちだし――」

ピーチがブツブツと文句を言った。話を聞く限り、魔法には治療魔法と呼ばれる類のものも存在するようだが、腕によって回復の程度に差があるらしい。

「……あ、でも今はエルフの女性が営んでいるお店で怪我によく効く薬を調合してもらっていて、それで大分楽にもなったんですよ」

「え？　エルフの女性ってエルミールの？」

ピーチの暗い表情を見て申し訳なく思ったのか、彼女が補足するように言葉を続けた。それに反応しピーチが声を上げる。エルミールといえば昨日ピーチがマジックポーションを受け取りに行った薬師の女性である。

「あら？　もしかしてお知り合いで？」

「はい。私もよくお世話になっておりますので。でも回復に向かっているなら良かったです。エルミールは優秀なエルフの薬師ですしね！　彼女の薬なら安心ですよ」

「そうだね。僕もピーチと一緒に行ったけど、信頼出来るお店でしたよ」

表情を明るくさせたピーチにナガレも相槌を打つ。

すると彼女も、何かそう言われると安心できます、と笑顔で答えた。

取り敢えず怪我が回復の方向に向かっているのは何よりである。そして場が和んできたところで、改めてナガレが口を開く。

「それにしても狼が人間を襲うのですね。樵夫が常時作業しているような山であれば、警戒していてもおかしくなさそうだけど」

基本的に野生動物は警戒心が強く、特に人間に対してそれが強い。それはナガレのいた世界でもこの世界でもそうは変わらないとナガレは思っている。

そうでなければ樵夫も安心して仕事が出来ないだろう。

「そういえば、あの辺りの森の樵路《しょうろ》は獣が嫌う匂いが出る仕掛けが施されているとも聞いた事があるわね……それなのに襲ってきたんだ」

ナガレが疑問を口にすると、ピーチも思い出したように話してくれた。

するとと依頼者の彼女も眉を落とし、

「はい。ですので運が悪かったのではと……飛び出してきたのも一匹だけでしたし」

と、そう答えた。

ただこれにはナガレも違和感があった。

ピーチが言っていたような仕掛けが施されるのは、獣避けというのも大きいが、同時にそこは人がよく通る場所だという事を覚え込ませる為でもある。

にもかかわらず、獣が群れをなして人間を襲うようならば、恐らく冒険者ギルドにも声が掛かり、山狩りなどの対処がなされていた事だろう。しかし今回は襲ってきたのが狼一匹だけであった。

勿論だからこそギルドにまで話が行くこともなく、運が悪かったのだという話で済んだのかもしれないが、ナガレとしてはなぜ一匹だけ？　という疑念が残る。過ぎた話ではあるし――勿論何事もなければそれに越したことはないのであろうが。

「そうですか――それは災難でしたね……とにかく薬を忘れず、完治するまではご無理はなさらずお大事にしてくださ い」

どちらにしろ、その話自体はここでしていても解決はしない。そろそろ出発しないとお昼時が過ぎてしまうという事もあったので、労るように彼女に告げ、そしてお弁当を預かり言葉を続けた。

「このお弁当は、僕達で責任持ってお届けしますのでお任せ下さい」

「ありがとうございます。どうぞ宜しくお願い致します」

そして、ふたりはその場を辞去し、ナガレとピーチはそのまま東門から街を出てベアールが作業中であるという、マイル森林に向かうのだった。

依頼の目的地となるマイル森林はそこまで木々の密度もなく、それなりに間隔をあけて太い幹の木々が立ち並んでいるような森である。だからこそ、樵夫にとってよい伐木場として重宝されているのだろう。

その森の中をふたり、ナガレとピーチが歩いているわけだが――

「うぅ、脚がパンパンだよぉ～」

ナガレの後ろをついて歩きながら、ピーチが疲れたような声を上げた。

最初こそ張り切って先頭を歩いていたピーチだが、森に向かう街道を一時間も歩くと、すぐくたくたになって動きが鈍くなったので、今はナガレが前を歩いて彼女を先導している。魔法職であるピーチは、やはり体力は低めなようだ。

「多分もうすぐだと思うよ。木を切る音が聞こえてきてるし」

杖を文字通り杖にして歩くピーチを振り返りナガレが告げた。

そんな音聞こえる？　と不思議そうな顔を見せるピーチだが、ナガレは当然耳も良い。地球では齢八〇を超えてなおモスキート音が認識出来ていた程だ。

「こっちだね」

そう言ってナガレが音の方へ向かうと、ピーチもえっちらおっちらと追いかけてきた。

これで二〇〇ジェリーはやっぱり割に合わない！　と心の中で叫んでいそうである。

「貴方がベアールさんですか？」

「うん？　あぁ確かに俺がベアールだが、誰だあんた？」

ナガレたちの辿り着いた先では、依頼者の夫と思われる男が伐採に精を出していた。

黒いドワーフを思わせるモジャ髭を生やした男だが、背は高い。体つきがよく、逞しいその姿はどことなく野生の熊を思わせる。

「僕は冒険者のナガレといいます。彼女は同業者のピーチ。実は奥様からお弁当を届ける依頼を請け負いまして――」

ナガレがそこまで説明すると、訝しげにジロジロと見ていた彼が目を眇《すが》め、あぁ、と一つ呟き。

「そうかそうか！　いや、今日は妻の弁当を忘れちまってちょっとテンション下がっていたんだがな。わざわざ届けてくれるとはありがてぇ！」

破顔し、その態度が一変する。見た目こそ厳ついが、元来人当たりは良いほうなのだろう、とナガレも表情を緩めた。

「じゃあ、ちょっとだけ待ってて貰っていいかい？　あの木がもう少しで倒せそうなんだ」

そう言って彼が指で示した位置には、彼の腰回りの倍ぐらいはありそうな幹の樹木に斧刃が突き刺さっていた。

見たところ半分ぐらいは終わっているようだが――

「うんじゃ、待たせても悪いからとっとと終わらせるか」

「……」

そう言ってベアールが作業に戻る。ナガレの後ろでは、はぁ、とピーチが息をつき草の絨毯の上に腰を落としていた。

「少しは休めそうね。てか、私もお弁当持ってくれば良かったかしら」

頬杖《ほおづえ》をつき愚痴のように零《こぼ》す。すると振り返り微笑混じりにピーチを眺めながら、ナガレは口を開く。

「それにしても——本当にみんなあんな斧刃の大きな斧で伐採してるんだね」

「え？　あぁ、確かにそうね。あれだけ大きな刃を持つ斧を使いこなしているのは、かなりの熟練した樵夫の証拠よ。普通はあんなの扱えないし」

ピーチの返答に、う〜ん、と疑問顔で漏らしながら、改めてナガレはベアールの所為に目を向ける。だが、やはりどうしても気になってしまう。

「ふぅ、中々頑丈な樹だぜ。ちょっと待ってな！　今すぐ——」

「あの……」

すると、一旦作業を止め袖で汗を拭うベアールに、遂にナガレが声を掛けた。

「その斧だと、柄が短すぎて不便じゃないですか？」

その質問に、ベアールが、はぁ？　と、何を言ってるんだこいつ？　みたいな目でナガレを見た。

しかしナガレの言っている事は尤もである。何せこのベアールの持つ斧は斧刃が異様にでかい。前に街で見かけた樵夫の斧より更に大きく、恐らく幅だけでピーチの上半身ぐらいあるだろう。

それだけに、柄が極端に短いその姿は至極アンバランスに思えるのである。

「いえ、斧の刃は凄く大きいのに柄が短いので扱いにくそうだなと」

「うん？　あぁ、なんだそうか。はっは、いや、やはり冒険者と言ってもこういった事には素人だな。いいか？　斧の刃がでかいのはその分、伐木が早くなるからだ」

はぁ……と、なんとも言えない表情で返事するナガレ。しかしベアールは得意満面で更に語る。

「だがな、勿論これだけ刃がでかいと扱うのが難しい。樵夫の仕事が一般的に難しいとされるのはこれが原因でもあるんだよ。素人がこんなでかい斧を扱ったら誤ってとんでもない怪我を負っちまう。自分で自分の首を刎《は》ねたなんて話もあるぐらいだ。それぐらい危険なのさ俺たちの仕事ってのは」

一旦斧から手を放し、力瘤《ちからこぶ》を見せつけながら、自分の腕を誇るベアール。

しかしナガレは顎に指を添え一考し。

「柄を長くしようとは思った事はないのでしょうか？」

そう、率直な疑問をぶつけた。

何せこの男、刃があまりに大きいものだから、木を切る際も腕をたたむようにして非常に不格好な姿で作業しているのだ。合気を極めたナガレとしては見るに耐えない所業である。

「は？　柄を長くって槍じゃあるまいし、そんな事してどうするんだよ？　まさか突いて木を倒せとでもいうのか？　がっはっは！」

ベアールがナガレの意見をあっさりと笑い飛ばした。

確かに、ハンマの街で衛兵が持っていた槍も刃がなく突き専用といった様相であったが。

「いや、突くのではなく、遠心力を生かして振ればもっと楽ではないかなと思った限りなんですが」

「え、えんしりょ、く?」

ナガレの言葉にベアールが目を丸くさせた。

どうやら遠心力という現象は認識していないようだ。ただ、ギルドの冒険者は剣などを携えているのが多かった上、スキルでも武器を振り回すような攻撃も見受けられたので、認識はしていないだけで、自然と活用はしてると思われる。

「判ったわ!」

ピーチが何かを閃いたのか杖を持ってベアールが作業していたのとは別の木の前に立った。

「どうする気なんだ嬢ちゃん?」

そして怪訝な顔で彼が言う。

ナガレもピーチを見ているが、すると彼女は杖を両手で構え、大きく振りかぶる。

「つまり! こういうことよ!」

気合を入れて、ブンッ! と一撃。杖が幹に命中し――腕が痺れたのかピーチが蹲った。

「……いや、何がしたかったんだよ」

半眼で呆れたようにベアールが言う。

「惜しかったよピーチ」

「惜しかったのかよ!」

だがナガレの発言に思わずベアールが突っ込んだ。

「ナガレ~木は倒れなかった……」

しょんぼりと肩を落としトボトボと戻ってくるピーチが愛らしい。思わず庇護欲が湧いてしまうほどだ。

「そりゃ、そんな杖で伐採出来るようなら俺達なんていらないしな……それに杖で殴るなんて魔術師は初めて見たぜ、大丈夫なのかそれ？」

大丈夫か？　というのはピーチの事ではなく、杖の事だろう。

やはり杖は殴ったりするのには向いてないと認知されているようだ。

「ピーチの杖は丈夫だから、あれぐらいでは壊れないんですよ。それで惜しいと言ったのはあのやり方です。杖を柄に見立てて貰えればわかりやすいと思うのだけど」

「つまり、あんな感じに柄を長めにして振れって事か？　しかし杖と違って、斧は先端にこの刃が付くんだぞ？　重いし扱いづらいし何より柄が持たねぇよ」

柄が持たない？　とその言葉を呟きつつナガレはハンマの街で衛兵が持っていた槍を思い出す。

「ちょっとその斧を見て見てもいいですか？」

「別にいいが重いぞ？　あんちゃんそれなりには鍛えてるかもだが、あんま強そうに見えないしな。腰が抜けちまうか、も⁉」

しかし前に置かれた斧をナガレは片手で持ち上げてしまった。

これに目を丸くさせて驚くベアール。

ただ、ナガレは全く力は使っていない。重心をしっかり把握し、合気で培ってきた軸移動や身体運びなどを活用し持ち上げているのだ。ナガレはやろうと思えば小さな城ぐらいならば力など入れなくても持ち上げる事が出来るので、いくら重いといってもこの程度の斧を持つことぐらい造作も無い。

（これは……確かに柄が弱すぎるな）

改めてナガレはベアールの使用していた斧を眺め回し、そんな感想を抱いた。

寧ろよくこの柄でこんな巨大な斧刃を支えてるなと不思議に思ったりもした。だが、だからこそ柄が短いのかと考えなおす。

何故なら柄が短い事で、握る手が補強の役割を果たしているからだ。

なるほど、確かにこれなら柄の長い物が使いものにならないと言い切るのも理解できなくはない。

ただ、本当にそれだけだろうか？　という考えも若干残ってはいるが。

しかし、柄のわりに斧刃の出来は良い。製鉄技術はかなり高そうでもある。尤もだからこそ余計チグハグな印象を受けたのだが。

「判りました、ありがとうございます」

ナガレは一人納得するとそれを一旦脇に置かしてもらう。

そして、近くに見えた丈夫な幹を選び、合気を応用しあっさりとへし折った。

「いっ!?」

その様子にベアールが驚愕する。何せ、今作業中の樹木ほどでないとはいえ、それなりの太さがある幹をいとも簡単にナガレがへし折ったのだ。

だが今重要なのはそこではない。

驚きで固まるベアールを他所に、ナガレは上手いことへし折った幹を素手で加工し、彼の持っている斧より長めの柄を作り上げた。

「お、おいあんた、そんなのどうするつもりだ？」

「そうですね。とりあえずこの柄は外します」

言ってスポンッとベアールの斧の柄を抜き取るナガレ。

それにもベアールは驚きを示す。普通ならば、そんな簡単に抜けるような柔い作りではないからだ。

ベアールとピーチ、ふたりが驚いて声も上げられない中、ナガレは出来上がった長柄に斧刃を嵌め直し、そしてベアールを振り返った。

「これで一応出来ました。さっきよりも使いやすくなってると思いますよ」

そう言ってナガレから手渡された斧を、ベアールは訝しげに眺めた。

何せ己の愛用の斧がナガレの手により、これまで見たこともないような姿に変貌したのだ。

「おいおい、あんたがどういうつもりか知らねぇが、俺はこれまであの形で伐採を続けてきたんだ。幼少の頃からこの仕事を続けもうすぐ三〇年だ。それだけの自信がある。いきなりやってきた素人さんにこれまでのやり方を否定され、こんなものを使ってみろと言われてもな」

ベアールはどこか呆れたように頭を擦りながら、ナガレに言い返す。

だがナガレは、人当たりの良さそうな笑みは崩すことなく彼に応えた。

「そう言わず試してみませんか？　もし気に入らないようなら依頼料もいらないので」

ちょ！　ナガレ！　と慌てたように口にするピーチだが、大丈夫安心してと彼は目で訴えた。

「……そこまで言われちゃ仕方ねぇな。試してはやるが、もし使いもんにならなくなっていたら、この斧もしっかり弁償して貰うからな」

「はい、勿論です」

にこやかに言葉を返すナガレに、ふんっ！　と鼻を鳴らし、そしてベアールは作業途中の大木の前まで足を進めた。

（全く、こんなもので簡単に切れるようになるなら苦労しねぇっての）

そんな事を思いながらもベアールは斧の柄を短く持ち扱おうとするが。

「ん？　おいこらっ！　やっぱこれは駄目だ！　不良品だ！　こんなんじゃ柄が邪魔で斧が触れねぇよ！」

「いやいや！　それは柄を長く持って使用してください。もっと下の方を握って使うんですよ」

下のほうだと？　と訝しげに呟き、ナガレの言うように握りを変えるが。

「本当に大丈夫か？　柄が壊れるんじゃねぇか？　それにこうも形を変えたら能力《アビリティ》も効果が出ねぇんじゃないかな」

片手で弱ったなと言わんばかりに顎を掻くベアール。

だが、その言葉にナガレは注目した。

「能力ですか？」

「おうよ。ある程度熟練した樵夫なら伐採に役立つ能力を持ってるもんさ。だがここまで変わるとそれがしっかり影響されるか不安になるぜ」

ナガレはそれで欠けていたピースが嵌ったようなそんな気分になった。

確かにベアールは【握斧】というアビリティを取得している。アビリティは常時発動型の能力なので条件さえ揃えば常にその効果は現れている事になる。

それは斧をまるで手足のように使いこなせるというもので、本体の耐久性も若干増す効果がある。

ナガレ自身は全く頼ることがない力なのでうっかりしていたが、この世界はこういったアビリティやスキルへの依存度が高い。平民でも調理術という名称のアビリティなどを持っている事がある程だ。

だからこそ柄などにそこまで拘らなくてもなんとかなっていた部分があったのかもしれない。

だが――

「ベアールさんはその能力を覚えるのにどれぐらいかかったのですか？」

「ん？　そうだな、俺で五年ぐらいか。それでも樵夫仲間では早いようだけどな。何せ十年かけても覚えない奴は覚えないからな」

ピーチもベアールも樵夫は難しい仕事と言っていた。

一人前になるために時間がかかるとも。勿論職人の世界ではそれが当たり前でもあるが、ただ木を切るのにそこまでかかるというのはやはり不自然な気がしていた。

だが、それであれば得心がいく。柄の材質が弱い事、だが製鉄技術は高いためその分を刃を大きくすることで補おうとしていること。

そしてアビリティやスキルといった能力の存在、それらが少しずつ影響して、このような単純なものにも気づかない、もしくは試みようとしなくなってしまっているのだろう。

「ベアールさん。アビリティの効果は意図的に消せるものですか？」

「意図的に？　出来なくはないが、そもそも効果が出るのか心配してるってのに――」

「ではベアールさん。最初はその効果を消して試してみてください。お願いします」

ナガレが頭を下げると、仕方ねぇなぁ、と後頭部を擦りながらもベアールは長く柄を握りしめ、伐採の途中だった樹木を見据える。

「振り方は先ほどのピーチの動きを参考にしてもらえれば」

「え⁉　私⁉」

ピーチが驚き自分を指差す。

「中々、様になってたと思うよ。とても魔術師に思えなかったし」

「ちょ！　からかわないでよ！　もう！」

冗談交じりに述べるナガレをぽかぽかと殴るピーチは中々愛らしい。

「……イチャイチャすんなら他所でやってくんねぇかな」

「い、イチャイチャな、なんて、してないんだから！」

ピーチは否定したが、傍から見ればそう見えるらしく、ナガレも少し気恥ずかしくなる。

「まあいいさ。取り敢えずずっと」

そう言ってベアールが腰を回し構えを取ってみせた。

長柄斧を扱うのは初めてなはずだが中々様になっている。やはり樵夫としての経験は大きいのだろう。

そして、ベアールが遂に、ふんっ！　と気勢を上げ、その斧を振りぬいた。

その瞬間、斧刃はこれまでより遥かに重い衝撃で幹を刳《えぐ》り、ドゴンッ！　という重低音を辺りに響かせる。

かと思えば――ミシミシミシミシッ、と鈍い音を鳴らしながら、巨木が見事に倒れた。

「な⁉　馬鹿な！　い、一撃だと！　こ、こんなことが――」

ベアールが長柄になった斧を振りぬいた姿勢のまま、唖然とした表情で固まった。何せ彼が今まで扱っていた斧は、あまりにバランスが悪く彼の膂力も存分に発揮出来なかった。

しかし、それがナガレの用意した長柄の効果で体全体を使って振れるようになり、更に先端が重いことによって遠心力を存分に活かす形となり、アビリティの効果がなくても、あのような重い一撃を叩き込めるようになったのである。

「す、す、すげえぇえぇえぇえぇえぇえ！　何だこれ！　何だこれ！　何だこれは――――！　きっもちいいいぃいぃいぃいぃいぃ！」

思わずベアールが天に向かって吠えた。作業途中であったとはいえ、あれだけの巨木の残りを一撃のもとに切り倒したのだ。その感動も一入なのだろう。

「あんたスゲェよ！　柄を長くしただけでこんなにも威力が上がるなんて、これが遠視力というもの効果なのか？」

「遠心力ですが、そうですね。それであれば本来の力を存分に発揮できると思います」

そう言ってニコリと微笑むと、ベアールはナガレの肩を、バンバンッと叩き。

「全くあんた、まだ若いってのに大したもんだ。こんなのを思いついちまうなんてな」

「いや、これはあくまで知識にあったもので、僕が思いついたという程のものじゃないですが」

「知識？　だとしてもすげぇさ。それで冒険者だっていうんだからな。しかし――」

ベアールはそこまで言うと別の木を指さし、今度はアビリティを解放してやってみていいか？　と訊きつつ、勿論です、と言うナガレの回答を聞き、再度斧を振るう――。

ズシィイイィイイン。

今度は最初の一撃で伐採を終えてしまった。それに再び感動するベアールである。

「いや驚いたぜ、全くこれは革命的だ！　こんなやり方誰も思いつきもしなかったからな！　本当にスゲェと思うよ」

「確かにね。それにさっきのより全然使いやすそうだし。もしかして樵夫の使う斧、これに統一されるんじゃやない？」

しきりにナガレを褒め称えるベアールを見ながら、ピーチがそんな事を言う。

だが――

「あぁ！　確かにこれは使いやすいし効果も高い。本当に凄い代物だが――残念だが嬢ちゃんの言っているような事にはならねぇな。これが斧として受け入れられる事はないだろう」

え？　とナガレが目を丸くさせる。

「ベアールさん、それはどう――」

「ベアールでいい。こんな凄い事思いついちまう冒険者にさんとかむず痒いぜ。それにそこの嬢ちゃんと接してるみたいに気軽に話してくれていいからよ」

「判りました。それじゃあベアール。これが受け入れられないのはどうしてかな？」

「あぁ、勘違いしてもらいたくないのは、この形状自体は素晴らしい事に間違いがないってことだ。これが使えるなら確かに誰もが目をつけるだろうさ」

ベアールの答えにピーチが眉を顰めた。だったらなんで？　といった感想なのだろう。

「問題はな、材料だ」

材料？　とナガレは疑問を口にした。

するとベアールはコクリと頷き。

「そうだ。あんた、さっきそこの木を利用して柄を作ってただろ？」

「はい。強度が丁度よかったので」

「だろうな。あれはカタクナの木と言って、本来は木造建築に利用されたり、あとは調度品なんかの材料として取引されてる。だから、武器の柄なんかには間違っても使われない」

「はい？　いや、それならこれから使えるようにすればいいんじゃないの？」

ベアールの発言にピーチが疑問の声を上げる。だが、ナガレは一考し。

「もしかして採取量が絡んでる？」

「鋭いな。その通りさ。確かにハンマの街周辺は魔素の少ない森も多くて樵夫も多いほうだが一人前の樵夫となるとまだまだ少ない。伐採量も需要に対して余裕があるって程でもないのさ」

ナガレはなるほどと思った。この世界では柄に対する拘りが薄い。

だからこういった物に使用する為、貴重な木材を利用する事が憚られるのだろう。

「普段はどんな木が柄に利用されてるのですか？」

「あれだな。ボロッカスの木と言って、薪にも利用されているものだ」

この世界には魔導具というものが存在するが、暖をとるためにはは薪《まき》を利用する事がまだまだ多いようである。そしてナガレはその木に近づき触れてみるが、なるほど確かに燃やす分にはいいかもしれないが、柄に使う材料となると強度が弱く心許《こころもと》ない。

「だからな、いいアイディアだとは思うんだがなぁ。これを樵夫の標準装備にするとなると難しいんだよな」

「鉄では駄目ですか？」

ナガレはベアールの話を聞いた後、自分の考えを述べる。

すると、鉄？　と復唱し。

「しかし鉄だと重くなるだろ？　それに滑ってスッポ抜けるかもしれない」

「重さは今僕がつけたのぐらいであれば寧ろ安定すると思いますよ。滑ることに関しては滑り止めとして皮などを巻いておけば問題にならないと」

「……滑り止めか、確かに鋳型で作った剣では巻いてるのがいた気がしたな――だったらあいつに頼めば……」

ナガレの提案を聞いたベアールは、ぶつぶつと呟きながら何かを考えている様子。

そして――

「いきなりは難しいかもしれないけど、これが浸透すれば樵夫を目指す敷居は大分低くなります。そうなれば樵夫の人数も増え自然と伐採数も増えていくと思います。勿論自然に悪影響が出ないようにする必要があると思うけど」

「……なるほどな。確かに言われてみればそうだ。こんないいアイディアを埋もれさせるわけにもいかねぇしな！　全く、あんたマジで凄いな。きっと歴史に名を残すぜ！」

流石にそれは大げさすぎだろうと思うナガレではある。

「それに鉄を扱うとなると俺の友人に優秀な鍛冶師がいてな。ちょっと偏屈なところがあるが、相談に乗ってくれるかもしれない。そこでだ、その説明の時にあんた達の事を話してもいいか？」

「えぇ、それは構いません」

「私も特に問題無いわね」

ナガレとピーチが快諾すると、笑顔満面で、よっしゃ！　何かやる気が出てきたぜ！　とベアールが張りきりだした。

そして、この斧はこのまま使わせてもらっていいか？　必要なら金を払うぞ、とまで言ってくれたが、それに関してはこのまま使用する事はともかく、お礼に関してはナガレも遠慮した。個人的に気になった事を試しただけであり、それで負担を負わせるわけにもいかない。

「それで、これが奥様から預かってきた弁当です。どうぞ」

そして、ベアールとの話も落ち着いたところでナガレは彼に昼食の入った籠を手渡した。

おう！　そうだったな、助かるぜ！　と喜色満面で口にするベアール。

すると、ぐぅうぅう、とピーチのお腹が鳴った。

ナガレが目をやると、恥ずかしそうに朱色に頬を染め、み、見ないでよ、と可愛らしい仕草で顔を背ける。

「なんだ腹が減ってんのか。よし！　だったら一緒に食ってけよ。結構量もあるし、あんたらが食える分ぐらいは余裕がありそうだからな」

いいのですか？　と尋ね返すナガレだが、いい事を教えてもらったお礼だ！　食ってけ食ってけ！　と豪快に誘われ、ふたりはご相伴に預かることとなった。ピーチはよっぽど嬉しかったのか、涎を滴らせながら、昼食の席につく。

その中身はサンドウィッチ。草の上で食べる昼食も中々おつなものだと、ナガレはその味を噛み締めた——

「ご馳走になってしまい本当にありがとうございます」

「いいってことよ。ところで聞き忘れてたが、あんたらはハンマの街で活動しているって事でいいんだよな？」

昼食も食べ終わり、ふたりがベアールに別れを告げると、そんな事を聞かれたので、ナガレが答える。

「はい、といってもまだまだ登録したての駆け出しではあるのだけど」

「駆け出し？　信じられないな。これだけ知識を持ってるあんたがな。でもきっとあんたならすぐにでもすげぇ冒険者になれると思うぜ。よく食うお嬢ちゃんも頑張ってな」

「はい、ありがとうございます」

「私もありがとう、て言いたいけどよく食うって……」

気恥ずかしそうに頬を染めるピーチを見ながら、ふたりは笑った。

「それじゃあ、この斧の件もあるしまたどこかで会うこともあると思うが、またな！」

別れの挨拶をし、声を大にしたベアールに見送られ、ふたりは帰路についた。

そして樵路にも利用されている林道を進む。

「ふぅ、でもお昼が食べられて良かった〜。このままご飯も食べずに街まで戻るとかちょっと考えられなかったし」

途中、ピーチがそんな事を零してきたので、ナガレも、良かったね、と返した。

ただ、森を歩きながらナガレは別な事も考えていた。やはりどうしてもあの狼の事が気になっていたのだ。

しかし――その疑問は更に暫く道を進んだ先で解消される事となる。尤もあまり良い意味ではないのだが。

「ごめんピーチ、この依頼、もうひと仕事必要かもしれない」

足を止め、真剣な目でナガレが言う。

それにピーチが、へ？　と不思議そうな顔を見せた。

「何を言ってるのナガレ？　仕事はもう終わったじゃない？」

「いや、どうやらこの森に、一匹魔物が紛れているようなんだ。しかも既にその場所はかなり近い。放っておいたらベアールさんの身も危険だ。だから、僕がちょっと行って見てくるよ。一匹だけみたいだしピーチはここで――」

「な、何を言ってるのよ！　だったら私も行くわよ！　行くに決まってるじゃない仲間なんだから！」

ナガレは、安全の為にとピーチに伝えたつもりだったが、叱咤するように返すピーチの言葉でハッと気がつく。いつの間にかピーチを守ってやりたいとも考え始めていたナガレだったが、ピーチとて冒険者なのである。

ここでナガレに置いて行かれるという事は、彼女の冒険者としてのプライドを深く傷つけてしまうかもしれないのだ。それに、全てのことをナガレが一人で解決していては、結果的に彼女の成長を阻害してしまう。

ピーチはナガレを仲間と言ってくれている。ならばナガレもそれに応える必要はあるだろう。

（僕は少々自惚《うぬぼ》れていたのかもな――）

「判ったよピーチ。ただ、どんな敵がいるか判らないし、十分に気をつけて」

ピーチに警告を前もってしておく。ある程度は警戒しておいて貰う必要があるからだ。

ピーチもそれに関しては素直に頷いてくれる。

少なくともナガレが近くにいる分には、万が一などありえないが、感じられる力の強さはグレイトゴブリンほどではないものの、ゴブリンよりは遥かに上であり念のためだ。

既に合気陣も展開し、魔物が一匹いることは判っている。生きているものはそれだけだ。

魔物がいる地点まで行くには林道からは少し外れる必要があり、狼などが通ったと思われる獣道を草木を掻き分けながら進む。

「でもナガレってば、よく魔物がいると判ったわね」

「奇妙な気配を感じたからね。それに依頼者である奥さんの話を聞いてから妙だなとは思ってたんだ」

「え？　あの時から？」

「そう。脚の怪我は狼が一匹襲ってきたからという話だったけど、ベアールがその狼から助けたとも言っていた。つまりその時ベアールはそこまで離れた位置にはいなかったという事になる。狼は鼻もいいしベアールに気がついていなかったとは考えにくい。それなのに一匹で飛び出してくるというのはやっぱり違和感がある」

「……そう言われてみると確かに。でもだったらどうして――？」

ピーチが頭を悩ます。

「例えばこう考える事は出来ないかな？　狼は何者かに襲われ一匹を除いて始末されてしまった。しかもその状況で人がいるかもしれない場所に飛び出してきている。つまり、その狼はそれほどまでに追い詰められていた――人間を恐れる狼がなりふり構わず逃げ出してくるような相手、それはかなり限られてくると思わない？」

ピーチがゴクリと喉を鳴らす。

するとナガレが、やっぱりか、と声を潜め藪の中からそれを覗き見た。

「あの奥さんの怪我は気の毒だけど、それでもまだ運が良かったのかもしれないな……」

ナガレがそう呟くように言い、後にピーチが続いてその魔物の姿を目にし息を呑んだ。

「嘘……あれ、ベアグリーじゃない……なんでこんなところにいるのよ――」

ベアグリー……ピーチがそう呟いた魔物は、ナガレの持つ知識で言うなら要は熊の化け物だ。

その大きさはツキノワグマより一回り大きい程で毛並みは黒。だが、熊との大きな違いはその目と腕であり、瞳は顔の三分の二を占めるほど巨大な眼球が一つのみ。いわゆる単眼である。そして、腕に関して言えば鋭い鉤型の爪を有したものが四本生えている。

そのあまりに不気味な様相の魔物が――恐らく今しがた仕留めたばかりなのであろう狼の屍肉を貪り食っていた。

「ちょっとまずいわよ……あの魔物ステータス自体はグレイトゴブリン程じゃないけど、フィアーアイズというスキルを持っていて厄介なのよ」

ひそひそとピーチが耳元で囁く。

「厄介なのはあの目という事か……」

既にベアグリーのステータスも能力も看破していたが、再認識するため敢えて目のことを口にした。

「そうよ。あの瞳に凝視されると恐怖で脚が竦んで動けなくなるの。そこをあの腕で切り裂いた後、ゆっくりと捕食するのよ」

「それは確かに厄介そうだね。ピーチは何か対策出来る方法知っているの？」

「う～ん……強化術式や補助術式があればいいんだけど、私は使えないし、恐怖に対抗するための魔導装備やアイテムもないしね……」

どうやらピーチの言う恐怖はステータス上でも状態異常と称される類のようだ。そういったものはピーチが言った方法で対策を取ることが出来る。

しかしピーチは対抗する術を持っていないようだ。それならば積極的に前に出てもらうのは危険だろう。

「ナガレ、やっぱり戦う気、よね？」

「はい。このまま放っておくと、次はベアールの身が危なくなるしね。いくら彼でも魔物までは相手にできないだろうし、そんな眼の力があるならなおさら放ってはおけないよ」

ナガレにはピーチと一緒に昼食をご馳走になったという恩もある。

受けた恩は必ず返す。それがナガレの流儀だ。

「……そうよね。それに私も偉そうな事言っておいてここで逃げるわけにもいかないし。判った！なんとか魔法でサポートするわ！」

ナガレとしては実際はサポートなどはいらないのだが、ピーチからは頑張ろうという決意が見られる。それにここでまたナガレが一人で倒してしまってはピーチの成長につながらないだろうから、なんとかピーチと共同作業で倒そうと頭を巡らす。

「サポートはフレイムランスかな？」

「ううん。残念だけどあれは魔素の薄い森だと引火する恐れがあるし危険なの。魔素ってね、魔力に変換するだけじゃなくて、魔法を発動後に魔法をある程度制御するのにも役立つんだよ。だから魔素がある程度濃い場所なら引火する前に消したり出来るんだけどね」

そう言われてみると、確かに以前も魔法発動後に魔素を利用して調整を試みていたように思える。

だが、それが出来ない以上、今使って万が一山火事にでもなったら大変、という事なのだろう。

確かにそんな事になればベアールに別な危険が迫るだけだ。

そして更に続けられたピーチの話によると、この場所は山側の山頂に近づくにつれ、魔素は段々と濃くなるが、中腹より上の方で殆どの魔素が循環してしまっているため、麓まで下りてくる魔素の量は少なくなっているらしい。

だからこそ、樵夫は魔物に襲われる心配もなく、安心して仕事が出来る、はずだったのだが――

（つまりこいつはたまたま上の方から下りてきてしまったはぐれ魔物ってとこか――）

ナガレはそんな事を思いながらも改めてピーチを見やる。

「なら、やっぱりとりあえず先に僕が出るよ。そして隙を作るから、その後ピーチがトドメを刺して。ただ、万が一僕に何かあったらベアールにこの事を告げて一緒に逃げて」

ナガレはそこまで告げ、宣言通り単身飛び出し、ベアグリーの視界に収まる位置に姿を晒した。

「グルぅ？」

すると、ベアグリーが妙な鳴き声を発しつつ、食事を中止しナガレを見やる。

その瞬間、ニヤリと口元が吊り上がったような、そんな面持ち。

バサッと立ち上がり、威嚇するような咆哮——ビリビリと大気が揺れ、ピーチの悲鳴がナガレの背中に届いた。だが、ナガレは構うことなく、その黒い毛並みに近づこうと、脚を進める。

それに一瞬だけ不思議そうに首を傾げるも、直ぐさまベアグリーの眼球がピカリと光った。

「ちょっ、ナガレ！　だからそいつの凝視《フィアーアイズ》を受けたらまずいんだってば！」

ピーチの悲鳴のような叫び。だが、時既に遅しナガレの動きがピタリと止まる。

ベアグリーは、己が放った眼の効果でナガレの動きが止まったと判断したのか、ドスドスッ、とナガレの正面に近づいた。

「う、うそ——くっ！　もうこうなったら火事とか気にしてる場合じゃない！」

ピーチが藪の中から詠唱を始める。

だが、既にベアグリーの四本の腕がナガレを仕留めに掛かっていた。

「——ッ⁉」

ピーチの声にならない叫び。鮮血が宙を舞う。

しかし——それがナガレの血ではないことを、ピーチも即座に理解したようだ。

「グ、グォ——？」

わけがわからないといった様子で、その単眼をパチクリさせるベアグリー。

そんな魔物の四本の腕の爪は、それぞれが反対側の腕の付け根にめり込んでいた。

そう、ナガレはベアグリーのスキルなど全く効いていなかった。

そもそも、これまで数多の達人を相手にし、死線を潜り抜けてきたナガレは、それだけ多くの殺気も当たり前のように浴び続けている。そんなナガレが、この程度の魔物が放つスキル程度で畏怖するわけがないのだ。

ナガレが脚を止めたのは、獲物を誘い出す為の手段に過ぎない。

そして、案の定それを勘違いした魔物は、不用意に正面からナガレに近づき、あまりに判りやすい攻撃を繰り出した。

こんなもの、ナガレからすればなんの問題にもならない。

最小限の動きで避けながら力を乗せ軌道を変え、自滅に追い込むことなど造作も無い事である。

しかも、本来ならばこの魔物の関節の可動域はそこまで大きくない。自分の腕が反対側の腕を傷つけるなどあり得ないのだ。

しかしそこは、ナガレの相手の力を数万倍にして跳ね返す合気で無理を通したのだ。

つまりその結果――

「グ、グォオォオオォオ！」

ようやく痛みに気がついた愚かな魔物が叫び声を上げ、そして足下をふらつかせた。

当然だ、本来無理な関節の動きを強制的に行使させたのだから、その分骨はぐしゃぐしゃに砕けてしまっている。爪で腕を傷つけた事よりも、その事のほうが感じる痛みは上だろう。

そしてナガレはその足下のふらつきも見逃さない。

瞬時にベアグリーの横に移動し、右足を後ろに払うようにして、ベアグリーの脚を刈った。すると、当然ベアグリーのバランスが崩れ前のめりに倒れることとなる。

これでお膳立ては整った。ベアグリーの弱点はその眼である。

だからこそピーチがトドメを刺しやすいよう前のめりに倒したのだ。

あとはその眼に向けピーチが攻撃をしかければ――

そこでナガレは、今だ――と、ピーチに合図を送ろうと思ったのだが。

「はぁあああぁあぁあぁあ！」

どうやらピーチはナガレの思惑に気がついたようだ。

気勢を上げ、ピーチはトドメを刺そうと魔法で……はなく、なんとピーチはベアグリーに向かって駆け寄り、そして、はぁああ！　と更に気合のこもった声を発し、杖でその眼球を叩き潰した。

「…………」

思わず口を半開きにさせて時を止めてしまうナガレ。その視界にはピーチに弱点を突かれ、前のめりに倒れるベアグリーの姿。

どうやら上手く仕留める事が出来たようである。が、ナガレからしたらこれに関しては予想外でもあった。

（てっきりウィンドカッター辺りで仕留めると思ったんだけど、まさか杖とはね）

壱を知り満を知るナガレでも時折こういう想定外な出来事に遭遇することはあるのだった。

とはいえ確かにあの杖は頑強だ。魔法以上に魔物の弱点を突くのに向いていたのは確かだろう。

「あ……やったナガレ！　レベルが上がったわ！」

「よかったねピーチ」

「うん、やった！　やったわ！　これでレベル12！　レベル二桁を達成よ！」

くるくると踊るように喜びを表現するピーチが微笑ましくもあるナガレである。

「う～ん、でも不思議なのよね。いつも攻撃力なんて殆ど上がらないのに、今回は結構上がったのよ」

（杖で殴り始めたからかな）

もしかしたらこのままいけば、魔法よりも杖で殴るほうが得意な魔術師になるのではないだろうか、などとも考えてしまうナガレである。

まぁ何はともあれ、これでベアールの身が危険に晒されることもないであろう――と、ナガレが考えた直後であった。

「――これは!?」

「え？　嘘……」

突如目を潰された筈のベアグリーが蹶然とその場に直立した。

ピーチの顔に動揺が走る。それも当然だ、何故ならベアグリーは眼球が弱点であり、目さえ潰してしまえば即死する。それ故ナガレは他を傷つけず、ピーチに目だけを潰させるやり方を取らせた。にもかかわらずベアグリーが再び起き上がり、しかも明らかに様子がおかしい。

「う、嘘、なんで変化してるの？」

「……変化って、もしかしてこれが変異種になる瞬間って奴なのか――」

ナガレの目の前で、ベアグリーの筋肉が膨張を繰り返し、その体躯は先程よりも更に巨大化し、体長は六メートルに達する勢いだ。

更に、にょきにょきと砕いた筈の腕が付け根から伸びてその数も八本に倍加している。

「何よこれ、私こんなの見たことない――」

声を震わせピーチの顔色が変わる。

元々ベアグリーはそれなりにレベルが高い。それが変異したのだ。ピーチが驚き慄くのも無理はないだろう。

「ピーチ、ちょっとごめん」

え？　とクエスチョンマークを浮かべる彼女だが、その小柄な身体を抱き寄せ、ナガレが後ろへと飛び退いた。一見そよ風に乗った綿毛のような緩やかさだが、実際の動きは目で追えないほどに速い。

「グゥウゥウオオオオォオオオオガアァアアァアァアアァアアグォオオォオオオオ！」

ナガレが距離を開けるのと変異種と化したベアグリーが吼えるのはほぼ同時であった。

ナガレはそのままピーチを庇うように後ろに回し、化物と相対する。

流石にこの化物相手では、ピーチを前に出すわけにはいかないし、何より彼女もかなり動揺している。

「ど、どうしよう……いくらなんでもこれはナガレでも――」

「大丈夫、僕を信じて。ピーチの事は、この僕が守るしあんな魔物に好き勝手なんてさせない」

不安がるピーチに、ナガレが男気あふれるセリフを返した。

それを耳にし、このような状況であるにもかかわらず、ピーチの顔は耳まで紅い。

だが、どことなく不安は解消された印象。

ナガレの昂然たるその姿は見ている者を安心させる。

が、しかし、その瞬間目の前の変異種の眼球がピカリと光る。

「え？」

ピーチが短い声を発したその直後、光の帯がナガレ達に向け突き進んだ。

その圧は凄まじく、まともに喰らおうものなら、たとえ腕利きの冒険者でもひとたまりもない。

その様子に、恐らくピーチも一瞬死を予感したであろうが――

「大丈夫だよこの程度――」

しかし、そこはやはりナガレであった。全く臆することなくピーチに言い置き、そして自ら前に出て、なんと光線に向けて手を翳し――そのまま舞うような動きを見せ始めたのである。

「――ナガレ、綺麗……」

思わずピーチがうっとりとした表情で呟く。

それほどまでにナガレの所作は美しかった。一度は武闘を舞踏と勘違いしたピーチではあるが、その様相はまさに舞踏会で華麗な踊りを披露する紳士の如く、一見ゆったりとした動きの中に優雅さすら漂う、洗練された合気。

それはたとえ光であろうと受け流す。しかも、ナガレは受け止めた光線を、円を描くように受け流し続け、まるで綿飴の如く己の身に巻きつけていく。

そして幾重にも光が重なり、ナガレの全身を包み込み、その威力も段々と膨れ上がり千倍、万倍と増大した光の束を、いつの間にか肉薄していたナガレが変異種の胴体に叩きつけた。

「グウウゥウオオォオオオォオオ！」

そして、断末魔の悲鳴を森に轟かせた直後、変異種の眼球が弾け飛び、ズシィイイン！　という重苦しい音を響かせ魔物は地に沈んだのだった――

（う～ん、それにしてもこいつは中々凄いな）

改めてその亡骸を見下ろしながらナガレはそんな事を思った。

当然だがナガレのいた世界の熊にこんな姿をしたものはいない。

「でも驚いたわね。変異種がこんなところに、しかも死んだ魔物が変異種になるなんて……」

急所が破壊され完全に息の根が止まった巨体を眺めながら怪訝そうにピーチが口にする。

「死んだ魔物は変異種にならないものなの？」

ナガレは顎に指を添えつつピーチへ問うように言った。

「うん、普通は変異種ってね、生きている魔物が突然変異して生まれる個体なのよ。それに本来変異種が生まれるには相当な魔素が必要なの。とくに元のレベルが高い魔物ほどより多くね。だから魔素が殆どないこの森で変異種になるなんて考えられないいんだけど――」

その後、再生なら魔核を残しておけば可能性はあるんだけどね、ともピーチは続けた。

ただ、そう考えるとそもそもベアグリーがいた事に関しても偶然だろうか？　という疑念が湧く。

それだけならたまたま山から降りてきただけかもしれないという見方も出来るが、本来あり得ない変異種になってしまったとなると――、

「……どちらにしても討伐部位と魔核を持って街に戻り、ギルドに報告した方がいいわね」

「確かにそうだね。この辺りにはもう魔物はいないみたいだから、ベアールはもう心配いらないだろうけど」

真剣な顔つきで述べるピーチに相槌を打ち同意するナガレ。

そして合気陣を展開する限り、魔物の気配も敵意のあるものも感じられない。一つ気になるのはあるが、それには今は触れないほうがいいだろう、と判断する。

「でもナガレ、私はよく判らなかったんだけど、どうしてこの魔物の眼だけが破裂したの？」

ピーチが不思議そうにナガレに尋ねてくる。何せこの魔物、その体長は六メートルに及ぶ。ナガレはピーチよりは上背は高いとはいえ、男としてみれば小柄な方である。どう考えても目まで届くわけがなく、戦闘中も飛んだり跳ねたりする様子は感じさせなかった。

「あれは相手の攻撃を利用し、直接内側に叩き込んで倒す技なんだ。力は気脈に沿って上に向かうからそれで眼球を破壊したんだよ」

ニッコリと微笑み、なんてことないように返答するナガレだが、やっていることはあまりに常識外れだ。

「え、え～と……とりあえず凄い攻撃をしたって事ね！」

そしてピーチはざっくりと理解し無理やり自分を納得させたようだ。

ちなみにナガレが使用したのは神薙流奥義の一つ【剛流戦舞《ごうりゅうせんぶ》】。舞うような動きを行いつつ、相手の攻撃を受け流しそして激流の如き反撃に転ずる――が、基本だが、ナガレぐらいのレベルになると炎でも雷でも、そして今のような光線であっても受け流すことが可能だ。

こうしてとりあえず魔物も倒し、ナガレとピーチは、変異種と化したベアグリーから魔核と両耳（念のため）を切り離し、更に素材として役に立つという毛皮も剥ぎ取り魔法の袋へ放り込んだ。

変異種になったことで毛皮に関してはより高価なものに昇華している為、見逃すわけにはいかない。魔物の素材は魔核を取ればいずれ消滅してしまうが、魔核の近くにさえあれば消え去ることはない。なので、採取した毛皮も持ち帰る事が可能である。

そしてナガレはピーチとふたり帰路についた。

「でも、変異種の事はちょっと焦ったけど、ナガレのおかげでレベル上がっちゃった～」

どうやらピーチはレベル12になった事が相当に嬉しいらしく、帰りは行きに比べると足取りが軽かった。その姿を見て、ピーチと協力して討伐して良かったと思うナガレである。

尤も流石に変異種はそうもいかなかったが、これに関してはかなりイレギュラーな事であるし仕方がないだろう。

どちらにせよ、喜ぶピーチを微笑ましく思いながら、街へと戻るナガレであった。

ピーチとナガレがその場を離れた後、木々の陰に潜んでいた人物が倒れている変異種の死体に近づいた。

そしてまじまじとその様子を眺めた後、口元に指を添え、ふふっ、と妖しげな笑みを零し呟く。

「……彼、面白い――」

そして腰から剣を抜き、転がっている巨体を一瞬にしてバラバラに切り刻み――その人物は森を後にした……。


「本当にありがとうございます」

街に戻り、先ずは依頼者であるベアールの妻のところに顔を出し弁当を届け終えたことを伝えた。

変異種の事はあったが、それでもメインの依頼主はベアールの奥さんであり、ないがしろにするわけにはいかない。

すると、何か報告に来たほうが申し訳なくなるぐらい感謝されたので、ナガレはナガレでベアールの好意でお弁当をご馳走になった事を告げる。

「凄く美味しかったです。奥様は料理がお上手ですね」

柔らかい笑みを浮かべつつ、ナガレが素直な感想を伝えると、ぽっ、と頬を染めながら喜んでくれた。

やだ、主人というものがありながら、などと一人呟く夫人に首を傾げるナガレでもある。

しかも何故かピーチの視線が冷たい。

「ではこれで。また何かありましたらギルドまでご気軽にご要望下さい――」

サインを受け取り、ナガレとピーチは辞去しギルドに向かった。

本来ならこれで稼ぎは二〇〇ジェリー程度。だが、今回はそれに加えてベアグリー討伐分の報酬がプラスされる筈だ。しかも変異種である。

「なんか報告した時のマリーンの困った顔が目に浮かぶわね」

そう言いつつも、悪戯っ子のような笑みを浮かべるピーチである。

魔物が変異種に変化した時は相当な狼狽ぶりであったが、喉元過ぎればといったところか。


「え!? ついでにベアグリーを倒したですって!? しかも死体が変異種に? はぁ!?」

例によってマリーンへと依頼達成の報告に向かうふたり。

そして事の顛末を話すと、マリーンに本日も驚かれた。

今回は随分と驚く声も大きいので、ギルドに戻ってきていた冒険者の間にも衝撃が走った。

「お、おい、あいつレベル0のルーキーだよな？」

「あぁ、昨日登録したばかりでまだDランクになったばかりのな」

「マジかよ。確か噂だとゴッフォの悪事を暴いたのもあいつらなんだろ？」

「なんだよそれ、だったらレベル0ってなんなんだよ、意味わかんねぇよ」

カウンターから少し離れた位置にある円卓にて冒険者達の囁く声が聞こえてくる。

それを耳にしたピーチが耳を小刻みに動かし、ふふんっ、とドヤ顔を披露した。

「これが討伐証明の部位だね。一応両耳を採取して持ってきたよ。それと魔核と素材に役立つ毛皮がこれ。魔核と素材は買い取りでお願いします」

「え？　あ、そうね。これはすぐに査定に回さないと。てか、なんであの森にそんな魔物が現れるのよ、しかも死体がなんて――」

若干呆けていたマリーンも、すぐに気を取り直しナガレの持ち込んだ一式を手に何人かの職員を連れて別室に向かった。

やはり驚きの事態なようである。昨日のグレイトゴブリンの事を考えれば、ベアグリーを倒す程度であれば不可能ではないことを彼女も理解しているだろうが、その変異種ともなれば話は別だ。しかも相当珍しいタイプらしく、過去の記録から変異種の素性を明らかにしなければいけないようだ。

「ふぅ、色々疲れたわよ。とりあえず変異種の詳細は判ったわ。この辺りでは勿論目撃例がなくて、王国ではかなり前に記録が残っていたタイプね。ププラウルススが名称よ。ベアグリーみたいに瞳絡みのスキルを持つけど、変異種の方は魔力を収束させた光線を放つらしいわ。小城ぐらいなら一撃で吹き飛ばすとか……ちょっとSランク相当の討伐対象となる変異種じゃない！　こんなのよく倒せたわね――」

マリーンが驚きと呆れの入り混じった表情を見せ言った。

当然であろう。普通であればSランク冒険者も含めた討伐隊を組み挑むような相手をナガレはピーチとふたり（事実上はナガレ一人）で退治してしまったわけなのだから。

「とにかく……ここまでくると私の理解の範疇《はんちゅう》を超えているわ、斜め上に。だから報告書をギルド長に回して後は任せるわよ。ただでさえ異常な事態なんだし」

「なんかその割にマリーンは冷静ね」

「冷静なわけないでしょ！　なんなのよ、こんな立て続けに変異種って！　しかも出てすぐ倒されて、もう意味がわからないわよ！　だから――もう考えるのやめたの。でもナガレはある程度予想はしていたけど凄すぎね」ナガレへ感嘆の言葉を添え肩を竦める。

それに、ありがとうマリーン、という言葉と女性を虜にしてしまいそうな（本人に自覚はないが）微笑みを添えるとマリーンの頬がピンク色に染まった。

「と、とにかく、そういうわけだから、報酬を渡しておくわね。今回の依頼の報酬二〇〇ジェリーと、ププラウルススの討伐報酬が一〇〇万ジェリー……魔核が五〇万ジェリー……毛皮が二万ジェリー……これで合計が一五二万二〇〇ジェリーね……なんか凄すぎるわね――昨日のと合わせたら冒険者が平均で稼ぐ年単位の収入を遥かに超えてるわよ。二日でこれって驚異的だわ」

マリーンに半ば呆れたように言われてしまう。ちなみに冒険者の平均月収は大体二万ジェリー程度である。

勿論これはAランクやSランクに限定すると全く異なるようだが、つまりそれだけ下のランクで燻《くすぶ》っている冒険者が多いということだろう。

「やったわナガレ！　凄い！　一気にお金持ちよ！」

「う、うんありがとう。それにしてもこんな大金になるとは思わなかったな……」

ナガレも少々驚きつつ頭を擦る。

「グレイトゴブリンと較べてここまで違うものなんだね」

「そうね。グレイトゴブリンも脅威的だけど、ベアグリーの変異種程ではないし、それに魔核なんかは結構差が出たわね。グレイトゴブリンは変異種にしては魔核の価値は低いほうだから」

そう言えばグレイトゴブリンの魔核は七〇〇〇ジェリーだったなと思い出す。この辺りは魔核に含まれる魔力の質や量などの差で違いが出てくるそうだ。

マリーンからの説明を聞き納得したナガレは受け取りのサインをし、報酬を受け取る。

すると、そのうちの半分をピーチに手渡した。

「えぇぇぇぇ！　いや、こんなには貰えないよ！」

「何言ってるんだよピーチ。一緒に依頼をこなしたんだからこれぐらい当然だよ。はい」

しかしナガレは引っ込めようとしない。仲間と言ってくれたピーチとはしっかり報酬を分け合いたいのである。

「なんか、本当にありがとう」

そして結局ナガレに押し負けピーチは報酬を受け取った。

大金を手に取り感慨深そうに瞳をうるうるさせている。

「う～ん、でもふたりともそこまできたらもうパーティーを組んでみたら？」

「え？　パーティーですか？」

「そう、ギルドにはパーティー登録というのがあってね。それを登録しておくとメンバーと一緒に行動した依頼なんかはパーティーの功績として認められるわ。報酬もギルド側で予《あらかじ》め分割できるし、それにパーティーでしか請けられない依頼なんかも請け負えるようになるのよ。それにパーティーだと依頼にランク制限があった場合なんかも平均ランクで見てワンランク上の依頼を請け負えることもあるわ」

ナガレはその話に興味を持った。確かに今後ピーチと行動をともにするなら登録しておいて損はないかもしれない。

「何か制限はあるのかな？」

「あまりランクが離れてると無理ね。でもDランクとCランクなら問題ないし、そもそもナガレは間違いなくもうランクアップするしね。後はパーティーの場合は最大で登録できるのは五人まで。それ以上の場合はクランとして登録されるわ。クランも概要はパーティーと一緒だけど、要は大所帯になったパーティーって事ね。ただクランの場合は拠点を決めて貰う必要があったりとパーティーより手続きが少し大変だけどね」

そしてパーティーに関しては書類一つで登録は完了するらしい。

一応リーダーを決める必要があるようだが、これは本当に一応という形で、リーダーに特別責任が生じるなどといった話ではないようだ。

「パーティーか、僕はいいと思うけどどうだろうピーチ？」

一通り話を聞く限り特に断る理由も見受けられない。

それにナガレの中ではピーチを出来るだけ見守って行きたいという感情が芽生え始めている。

尤もこれは本人も気づいていない事であろうが。

「……ごめんナガレ、ちょっと考える時間もらってもいい？」

だが、ピーチから発せられた言葉はナガレにとっても意外なものだった。

思わず、え？　と声に出してしまう。

別に絶対に組んでくれる、と自惚れていたわけではないのだが、ピーチの表情がどこか暗く、まさかそこまで嫌なのかと少し動揺してしまったのだ。

「ちょ！　お手洗い借りるね！」

そして今度はピーチは逃げるようにしてその場を離れる。

その背中を見ながら呆けたように立ち尽くすナガレであったが。

「……嫌だあの子、まだあの時の事――」

マリーンの呟きがナガレの耳に届く。

そしてナガレは、あのゴッフォ達を相手にした時のピーチの怯えようを思い出した。

「……もしかして、ピーチがパーティーを拒む理由に心当たりが？」

「……そうね。ナガレになら話してもいいと思うけど、あの子、まだ冒険者に登録したての頃にね
一度パーティーを組んだことがあるのよ」

どうやらその頃はピーチもパーティーを組むことを嫌がっていた様子はなかったらしい。

「それでね、その組んだのがピーチより少し上の男で……シギーサって奴だったんだけど、最初はいい感じにふたりで依頼をこなしていたの。それでそいつも人当たりも良かったしピーチも頼りにしていたから、私も安心していたんだけど――」

普通に話してるように思えるが、言葉の端々にその男を嫌悪する響きが感じられる。

「でもね――ある依頼にふたりが出向いた時、そいつピーチを置いて消えちゃったの。おまけにまるで狙いすましたようにゲスな連中が現れてピーチを囲い……乱暴しようとしたのよ」

ギリッという擬音が聞こえそうな程に唇を噛み締めマリーンが口にした。

それにナガレも目を見張り。

「それで……ピーチは？」

「え？　あ、勘違いしないでね。確かに危なかったんだけど、その時たまたま近くにいたという冒険者が彼女を助けてくれたのよ。凄腕の魔術師だったみたいで、フードで顔はよく見えなかったみたいだけどね」

マリーンの補足で、ナガレもほっと胸を撫で下ろした。

「……でもね、確かに肉体的には無事だったんだけど心がね――だからピーチもそれからはソロで行動するようになってたの。魔術師がソロなんて無謀だって馬鹿にされながらもね」

「そんな事があったんだ……あ、でも」

「うん、だから誰かと行動するってナガレが久しぶりだったのよ。それで私もそれを見て、もう吹っ切れたのかなと思ったんだけどね――」

ここまでのマリーンの説明でナガレには見えた事もあった。

何故ピーチがあの状況であそこまで怯えたのか……それは過去に下衆な男に囲まれ危ない目にあったことが原因だろう。しかも信じていた仲間に裏切られたという事が大きかったのだ。

そしてゴッフォの事で、ピーチの中でその時の事が思い起こされてしまった。

だから――パーティーを組むという話も素直に受け入れられないのだろう。

「……パーティーの件は難しいかもしれないかな」

改めてピーチの事を思い出しそう呟くナガレ。心の傷はそう簡単に治るものではない。ナガレとて、こればっかりは無理強いするわけにもいかない。

「……ナガレ、私はね貴方を信じているから。だから――ピーチの事をしっかり見守ってあげてね」

「――マリーン。ありがとう、そう言って貰えて嬉しいよ。うん、勿論ピーチの事は――」

「ふたりで何話してるの？」

「うわっ！」

ピーチの声が背中に届き思わずナガレが叫んだ。

振り返るとピーチが怪訝な顔でふたりを見ている。

「あ、うん。ナガレも今回ので昇格は間違いないわねって話をしていたのよ」

そしてマリーンが咄嗟《とっさ》にごまかすように言った。

流石にピーチの件を話していたとは言いづらかったのだろう。

「……そうなんだ。でも確かにそうよね。だってこれだけの魔物を倒してるんだもの」

ピーチはいつもの感じに戻っていた。どうやら一度席を離れた事で気持ちも落ち着いたのかもしれない。

なので、とにかくナガレは一旦パーティーの事に触れるのはやめておこうと、そう考えていたのだが――

「――ねぇナガレ。さっきのパーティーの件だけど、あのね」

「あ、うん！　ごめんねピーチ。あれはもういいんだ」

しかし、そう思った矢先にピーチから切り出されてしまい、ナガレは慌てて返す。

それに、もういい？　と怪訝そうに眉を顰めるピーチだが。

「僕もピーチの意見も訊かず勝手に進めちゃったしね。だから、もういいんだ。もしこれからピーチが組みたいと思ったら――その時にまたお願いするよ」

「……ふ～ん、そう、なんだ」

その後、何故か微妙な空気がふたりの間に流れる。

それに、あれ？　と思うナガレだが。

「と、とにかく今回の報告も含めてギルド長が見たら、きっと関心を抱くわよ」

それを察したのか空気を変えようと話を変え始めたマリーンだが。

「ふむふむ、なるほどねぇ。いや、確かにこれは大したものです。十分関心を持ちましたよ」

その時、マリーンの背後から覗き込むようにして、一人の男性が声を発した。

「て、え？　ギ、ギルド長⁉」

マリーンが目を見張って驚愕する。

ナガレも誰か強い力を持った者が近づいているのは判っていたが、まさかそれがギルド長だとは思わなかった。

「おいおい、ギルド長のお出ましかよ」

「大体いつも上に篭ってて姿見せないんだけどな」

「いや、俺なんて初めて見たぜ」

「う〜ん、でもあまり強そうに見えないわね」

「おいおい失礼だろ」

ギルド長の登場で周囲の冒険者の視線が一気に集まり、彼について囁かれ始める。

ギルド長は、見た目には四〇そこそこといった感じの壮年の男性で、癖のあるエンジ色の髪を生やし、若干面長の顔立ちをした穏やかそうな人物である。

眼鏡を掛けていて、その奥の瞳が糸のように細いのも、そう感じさせる要因となっているのかもしれない。

「私もギルド長と会うのは初めてね――」

ナガレの横に立ったピーチも驚いたような顔で口にする。

他の冒険者が口にしている通り、あまり皆の前には姿を見せないタイプなのかもしれない。

「それにしてもどうなさったのですか？　確か領主様の屋敷まで報告に向かっていた筈では？」

「うん、それはもう行ってきたよ。でも、グレイトゴブリンが出たといってもすぐに倒されたから街に被害はないし、さほど報告することもなかったからね。ただゴッフォ一味の件は騎士団に嫌味を言われたけど、それぐらいかな」

なんてことはないように柔和な笑みを浮かべギルド長が告げる。

しかし会話の流れでいくと、どうやらギルド長は今丁度戻ってきたところなようだ。

カウンター側から入ってきたあたり、ギルドには他に裏口のようなものがあるのかもしれない。

「でもナガレくんとピーチくんだったかな。ふたりのおかげで随分と助かったよ。あぁ申し遅れたけど私はハイル・ミシュバーン。一応この街でギルド長を務めてる者だ」

自己紹介を受けたのでナガレとピーチもそれに倣って返礼する。

「初めまして、ナガレ・カミナギです。どうぞ宜しくお願いします」

「ピーチ・ザ・ファンタスキーです。ギルド長にお会いできるなんて光栄です。宜しくお願いします」

「うん、宜しくね。それと、あまり堅苦しくしなくていいからね。気軽にハイルと呼んでくれて構わないし、いつも通りで接してくれていいから」

ふたりを交互に見やりながら、親しみやすそうな笑顔で応える。少し話した限りではあるが、かなり穏やかそうな人ではある。

ただ、魔法の腕はかなりのもののようだ。流石ギルド長というだけはある。

「それにしても、ふたりの活躍であのゴッフォという無法者達も捕らえられて随分と助かったよ。あのまま野放しにしていたら何をしでかすか判ったものじゃなかったからね。一般人に危害を加えたりしたら冒険者ギルドの評判も地に落ちるし、騎士団からも嫌味程度じゃ済まないからねぇ」

ギルド長の会話に所々入ってくる騎士団という言葉。

どうやら冒険者とは別に街を守る戦力がいるようだ。

尤も特に不思議な事ではない。門を守る衛兵もいることだし、彼らの装備品には同じ紋章が刻まれていた。そういった兵士がいる以上、その上に騎士がいるのは寧ろ当然とも言えるだろう。

そして騎士が領主に忠義を誓う立場にあるなら、今回のような冒険者が絡んでいた事件の場合(直接の責任はないとはいえ)問題として取り上げられてもおかしくないというわけだ。

「振りかかる火の粉を払ったまでの事でしたが、結果的に街の為になったのであれば嬉しい限りです」

ナガレは改めてそう言ってハイルに笑みを返した。

ははっ、とハイルは眼鏡を直す。

「それでね、当然ゴッフォ一味を捕まえる助けとなった分、報酬はギルドから出るんだけど明日まで待ってもらっていいかな？　まだ少しバタバタしていて金額も出ていないからね」

「勿論です。事件も昨日の事ですから、こちらも無茶を言う気はありませんので」

ナガレは気軽に接してくれとは言われたが、流石に最低限の礼節を持ってギルド長と接する事を心がける。今の状態のナガレからしたら、年齢も立場も上なのだから当然と言えるだろう。

「うん、うん、ありがとうね。じゃあ報酬は明日には精算しておくとして、明日は何か予定はある？　できれば午前中にギルドに顔を出して貰えると嬉しいんだけど」

「明日ですか？　今のところ予定はありませんが、ピーチはどうかな？」

「私も特にはないですね」

ふたりの回答を聞き、それは良かったと軽く笑いつつ。

「それじゃあ明日の午前中にふたりともBランクの昇格試験を受けてもらおうと思うんだけど、それも問題ないよね？」

え!?　とナガレとピーチの声が揃ってギルド内にこだました。

そして周囲で聞き耳を立てていた冒険者達もざわめき始める。

「お、おいおいもうBランクかよ……」

「でも納得といえば納得だがな。あれだけの魔物を倒してるんだぜ？」

「ゴッフォの件もあるしね。でも凄いわよ」

「しっかし、この早さでのBランク昇格とか異例すぎだろ……」

「いや、気が早いって。まだ試験に受かったわけじゃねぇんだから」

いろいろな感情の篭った視線がふたりに注がれる。

しかしその原因を作ったギルド長は平然としたものである。

「ギルド長、ナガレ君はまだDランクなのですけど、いきなりBランク試験ですか？」

マリーンが目をパチクリさせつつも、問いかける。

するとハイルが一笑し。

「確かに異例中の異例だけどね。グレイトゴブリンと既に伝説に近かったププラウルススまで倒してしまったのだよ？　ゴッフォ一味の件もあるし、これだけの逸材をCランク程度に留めておくのは流石に勿体無いしね。だから私としては是非とも試験を受けて合格し、ギルドに貢献して欲しいと思っているんだけどどうかな？」

マリーンへ応じつつ、ハイルはナガレとピーチに身体を向け改めて問いかけてきた。

ナガレとしてはいきなりBランクというのも評価されすぎな気がしないでもないが、断るような話でもないと感じている。

ピーチも一緒であればなおさらだろう。

「……あの、私はなんでですか？」

だが、そこでピーチが意外な質問をした。

マリーンが目を見開いて驚いている。

「ピーチどうしたの？　Bランクになりたがっていたじゃない？」

「そりゃ、そうだけど……」

「う～ん、何か迷ってるのかな？　しかし報告では君はナガレくんと行動をともにしていたとあるしね。確かにC1級になったばかりですぐに試験というのも珍しいけど、でもナガレくん程異例って話ではないと思うけどね」

「そうだよピーチ。それにギルド長もこう言ってくれてるんだし、受けることにも十分意義があると思うしね」

ナガレは渋るピーチを不思議に思いつつ彼女を促す。

するとナガレの顔をジッと見た後、少し考えてる様子ではあったが。

「……そうですね。折角のお話ですしお受けしたいと思います」

そう言って頭を下げた。

「ナガレくんはどうかな？」

「はい、ピーチが受けるなら僕も受けさせて頂ければと思います」

ナガレの返事を聞くとハイルは満足そうな笑みを浮かべた。

「うん、じゃあ立会人はそうだね。マリーン君にお願いするよ。明日ふたりが来たら試験場まで案内して」

「え!?　私？　あ、はい判りました！」

マリーンは突然の任命に戸惑いながらも了承し頭を下げる。

ハイルは頼んだよと返し。

「それじゃあ、私はまだ雑務も残っているのでこの辺で。おふたりには期待してますよ」

そう言って他の冒険者に恐縮されながらも階段を上がっていった。

「ふぅ、全く驚いたわね。でも、そういう事だから明日は宜しくね」

「うん、判ったよマリーン。遅れないようにするから」

「ピーチもね。寝坊しないでよね」

「わ、判ってるわよ」

そんな会話をした後、ふたりはギルドを後にした。依頼で半日費やした事もあり、かなりいい時間になってしまっていたからだ。

そして宿に向かうふたりなのだが――、

「ねぇナガレ……本当に私が合格できると思っている？」

道すがらピーチにそんな質問をぶつけられてしまう。

ナガレは一瞬考える仕草を見せたが、試験が一体どの程度のものなのかが判らないので、いい加減な事は言えない。

「僕も初めてだし絶対とは言えないけどね。でもいいところまではいけるんじゃないかな」

その答えに、そう……と答えるピーチはどこか暗い。

「……ねぇナガレ、もう一つ聞いていい？」

「え？　うん、いいよ僕で答えられることなら――」

「もしかして――マリーンに私の事聞いた？」

え？　と声を漏らし、ピーチの顔を見る。

真剣な目だ。下手にごまかしても逆効果だろう。

「……うん、ごめん聞いちゃったんだ」

「そっか。そうだよね……」

そう答え、そして一拍置き、上目遣いにナガレを見て。

「私って……ナガレの重荷になってないかな？」

不安そうな顔でそう聞いてくる。

勿論それに対する答えなんて決まっていた。

「そんな事あるわけないじゃないか。その話だって、ピーチは何も悪くないわけだし」

もしその事が原因で勘違いしてるとしたら、それは否定しなければいけない。

だけど、ピーチの顔はやはりどこか浮かない様子だった。

「……ごめんね。ナガレは優しいから、でも優しさだけで一緒にいてくれてるのかなって、少し不安になっちゃった」

ナガレは、そんな事は絶対にないと伝えたが、妙なしこりのようなものが残ってしまった。

「ごめんね、変な事を言って」

と少しぎこちない笑みを浮かべ、そして結局その後は言葉数も少なく宿へと戻るふたりであった。


（どうしてあんな事を言っちゃったかな――）

部屋に戻り、一人ピーチはそんな事を考えていた。

本当ならナガレとお風呂まで一緒に行って夕食を摂って何気ない会話して、そんな事でも愉しいと思えたかもしれないのに、どうしてもそんな気になれず、ちょっと一人になりたいなんて言ってしまった。

ピーチはナガレに感謝している。それは間違いがない。

正直自分にあれこれ言う資格なんてないとさえ思っている。

でも、それでもピーチとしてはナガレにも必要とされたい。そう思えるようになっていた。

出会ってまだ日も浅いというのに、なんでそこまでと思ってしまうが――。

ベアグリーを相手にした時は、ピーチにトドメは任せると言ってくれて嬉しかった。レベルが上がったのも嬉しかったが、頼りにされた事が何より嬉しかった。

パーティーの話を聞いた時、ナガレに誘われたのは嬉しかった。でも、その時はどうしてもあの時の事がチラつき、即答は出来なかった。そんな自分が嫌でその場を離れて、そんな行動に出る自分も嫌になった。

でも、それなのに、戻ってからその事に敢えて触れようとしないナガレが悲しかった。

そのせいでアレだけ目指していた昇格試験を受けれると聞いても素直に喜べず、自信もなくなってしまっていた。

ナガレは色々と気を遣ってくれていたが、帰り道、はっきりと合格できるよと言ってくれなかったのは少し悲しくもあった。

ナガレは、優しい。でも今はその優しさが不安にもなっていた。

あの時のシギーサにやられた事は、今でもピーチの心に暗い影を落としていた。

それは裏切られたという事も勿論だが――もしかしたら自分は捨てられたんじゃないか？　役に立たないからと、そう思ってあんな行動に出たのではないかとも考えてしまう。

だからナガレも、今は優しさで一緒にいるだけで――でも本当はそこまで必要とは思ってなくて、いずれまた、捨てられるのでは？

そんな事を不安に思ってしまう。馬鹿な事だと思う。そしてそんな自分がとことん嫌にもなる。

「……お風呂にでも入ろうかな」

このままベッドで横になっていても、陰鬱《いんうつ》な気持ちになるだけではないかと思い——ピーチは少しは気持ちを切り替えようと考えお風呂場に向かった。

ナガレも誘おうかと一瞬思ったが、それはどうしても踏みとどまってしまった。だから結局一人でお風呂に入り、部屋に戻った。

そこで気がついた——部屋の鍵が開いている事に。

そして——大事な杖が、無くなっていることに……。


「……まさか、あんただったなんてね」

部屋に置かれていた手紙に従い、ピーチはハンマの街の比較的外れにある建物にやってきていた。

三階建ての建物で、二階と三階が屋内の階段を使って行き来できるようになっており、一階は店舗となる。ただ店を開くには立地条件があまり良くなく、住居としては平民が借りるにはかなり高いとあって最近は誰も借り手がつかずほぼ放置状態であった場所である。

調度品のようなものも一切なく、そもそも生活感の欠片も感じられないガランとした最上階の部屋の最奥に、ピーチにとって忘れるわけもない男が、彼女の大事にしている杖を持って立っていたのだ。

「おいおい、かつての仲間にあんたはないんじゃない？　それに久しぶりの再会なんだ、もっと喜んでくれてもいいんじゃないかな？」

「誰が！　よくそんな事が言えたわねシギーサ！　裏切ったくせに！」

ピーチが叫ぶ。怒りの篭った声だ。

そしてピーチがお風呂場に行っている間に部屋に侵入し、杖を盗み、それを返すのを条件にここまで誘い出したのもこの男であった。

「……裏切ったか……やっぱりまだ根に持ってたんだね。でもさピーチそれは誤解なんだよ」

「……は？　誤解？　よくそんな事が言えたわね。あんな事して、しかも私の部屋に勝手に入って、杖まで――いいから杖を返してよ！」

怒鳴るピーチ。部屋に残された置き手紙には、杖を返して欲しかったら一人で来いと書かれていた。

さもなければ大事な杖は破壊するとも――。

「いやいや、だから誤解なんだって。それにさ、ここで返したら意味が無いでしょう？　何のために呼んだと思ってるのさ？　ここにピーチを呼んだのはね――」

「おいおいマジで来てるよ」

「――ッ！」

突如階段を上りぞろぞろと現れた集団に、ピーチは声にならない声を上げた。

「へぇ中々可愛いじゃねぇか」

「ちょっと幼すぎね？」

「馬鹿、そこがいいんだろ。その割に胸はあるしな」

「グハハッ！　高い金払った甲斐があるってもんだぜ！」

ピーチを好色漲る目で見る男達は、誰もが屈強で、下卑《げび》た笑みを浮かべていた。その数は八人。

ピーチの脳裏に、過去の出来事がフラッシュバックする。

「おい、見張りは大丈夫か？」

「あぁ、まあこんなところまで誰も来やしねぇだろうが、一応外に立たせてるよ。俺達の分もしっかり残しておいてくださいよってうるさかったけどな」

「何だよそれ食いもんかよ」

「いやいや、間違いないでしょう。だってこれからこの女、俺達に喰われちゃうんだから」

何が面白いのか、一斉にゲラゲラと笑い始める。

その様子に、ピーチは身体の震えを抑える事が出来ない。

だが、それでもなんとかシギーサに目を向け、どういうつもりよ、これ、と絞《しぼ》り出すように告げた。

「うん？　だから言っただろう？　俺はお前を裏切ったつもりはないって。前回も今回も、ただお前を利用しただけだよ。金のためにな！」

その言葉に、愕然となる。勿論ある程度予想はしていたが、かつては信じていた仲間に、ただ利用されていたなんて、自分が情けなくて涙が出そうになる。

「それにしてもここまで上手くいくなんてな。そんなにこの杖が大事なのか？　以前話してくれたっけ？　師匠が旅立つ時にせんべつとしてくれたんだったか？　でもお前、噂じゃその師匠に魔法の才能がないって三行半下されて追い出されたって話じゃないか。それなのに後生大事におめでたい事だよ」

ピーチの目が見開かれる。そして、違う、そんなんじゃ——と、呟き続けるが。

「魔法の才能がない魔術師ほど情けないもんはないよな？　今でもお前、ピンチのピーチとか言われ続けてるんだろ？　全くいい加減気づけよ。魔術師としても、冒険者としても、お前に才能なんてないんだよ。だから俺がわざわざ道を切り開いてやったんだ。身体を売るって道をな！」

悔しさのあまりピーチが唇を噛んだ。ここまで言われても恐怖で身が竦んでしまっている自分がどうしようもなく情けなかった。

「それなのに……前回はお前が素直に身体を男達に差し出さないから、こっちも信用は失うし、ギルドからも抹消されて手配書が回るしで散々だったぜ。全く、おかげで街を追われるはめになっちまった。お前のせいでな！」

シギーサの言っている事には何の正当性も感じられず、やっている事はただの逆恨みである。

「まあ、でも良かったよ。ピーチ、お前に全く成長が見られなくてな。本当に杖の為だからって、笑えるよ。勿論、今回はもう失敗はないけどな。この建物の中じゃ逃げ場はないし誰も助けには——」

「成長がない？」

シギーサのロクでもない言葉の羅列の中で、それだけがピーチの耳の中で繰り返された。

そして思い出すはナガレの言葉。

（——そうだ。これじゃあ昨日と一緒じゃない。何も出来ず、ただ震えて……そんなの、そんなの）

「嫌だ！」

「うぉ！」

「なんだこの女突然叫びやがって」

「て、おい、どこ行く気だテメェ！」

「馬鹿、逃げ場なんてねぇよ。入り口は塞いでるし、そっちは壁だ」

男達の目の前でピーチは走りだした。だが確かに連中の言うように、その先には壁しか待っていないが。

「フェス・バル・メル――」

「!? ちょっと待て！　その女詠唱してやがるぞ！」

「おい、何か魔法を使う気だ！　テメェらさっさと取り押さえて――」

「開け魔導第一〇門の扉、発動せよファイヤーショット！」

しかし男達が行動に出る前に、ピーチの詠唱は完了し、そして振り返ると同時に魔法を行使。

ピーチの頭ぐらいの大きさの火の玉が男どもに向かって突き進み、そして途中で弾け、炎の散弾が扇状《せんじょう》に広がる。それは今のピーチに唯一残された手段。震える身体に鞭を打って、必死に抗った結果。

だが――

「何だよ驚かせやがって」

「ちっ、火傷しちまったぜ。ふざけやがってよ」

ピーチの魔法は全く連中に効いていなかった。

その様子に、シギーサが高笑いを決める。

「はっは！　全くお笑い種だ。まぁ魔法の威力を高める杖だって持ってないんだしな。やっぱり所詮おまえはその程度って事だよ」

その声に倣うように他の男どもも笑い声を上げた。

「それにしても馬鹿な女だぜ。大人しくしとけば少しは優しくしてやったのによ」

「おいお前ら、さっさとあの女ひっ捕まえろ。口も押さえろ、大したことないとはいえ魔法はうざったいからな」

集団がピーチとの距離を詰めてくる。

そして、ピーチは俯《うつむ》き、キュッと瞳を閉じた。

駄目だった——無駄だった。ナガレの事を思い浮かべ必死に勇気を振り絞ったが、それも無駄だった。

そう、結局私は、駄目な——

「何を俯いてるんだいピーチ。諦めるのはまだ早いだろ？」

降り注ぐ声に、え？　とピーチが顔を上げる。

そこにあったのは袴姿の、もう駄目かと思ったピーチの脳裏に浮かび上がった、小さくても誰よりも安心できる大きな背中——

「な!?　なんだテメェは！」

「いつの間に？　おいどっから入りやがった！　外の連中はなにしてるんだ！」

「あの無礼な男共なら、外で眠ってもらってるよ」

はぁ!?　と声を揃える連中を他所にピーチが瞳を潤わせ、口を開く。

「ナガレ、来てくれて――でも、どうしてここが？」

「僕にピーチの場所がわからないわけがないだろ」

凛とした佇まいで語られた言葉は、一瞬にしてピーチを安心させた。

ピーチは、今ほどナガレが頼もしく思えたことはない。

「ふ～ん、まさかピーチを助けにくる馬鹿がいるなんてな」

しかしそこで、静観を決め込んでいたシギーサが声を上げる。

「でもさ、外の連中はどうやったか知らないけど――ナガレって名前はよく知ってるよ。何せ噂のレベル０の冒険者様なんだからね」

薄汚い笑みを浮かべ、嘲るように言う。

すると下衆な男達も顔を見合わせ、そして声を上げて笑った。

「レベル０だあ？　おいおいマジかよ！」

「そんなの聞いたこと無いぜ！」

「で？　そのレベル０冒険者様がわざわざ一人でこんなところまで女を助けに来たってのかよ」

「魔法の才能がない魔術師に、レベル０の冒険者かよ！　ある意味こいつはお似合いだ！」

「滑稽だな――」

しかし連中の嘲笑《ちょうしょう》まじりの声は、ナガレのその一言でやんだ。

「滑稽？　俺たちがか？」

「そう、何せお前たちはその馬鹿にしている魔術師とレベル0冒険者に――あっさり倒されるんだからな」

「――ッ!?」

ほぼ全員が絶句した。それぐらいナガレの言っている意味が理解できなかったのだろう。

これだけの人数相手に、レベル0の分際で何を言っているんだ？　という思いもあったのかもしれない。

「いい度胸だ。おいテメェらは手を出すなよ！　俺はこういう口だけの奴が一番嫌いなんだよ！　ぶっ潰してやる！」

集団の中で最もガタイの良い男が踊り出て、指を鳴らしながらナガレに近づいてきた。

「俺はモブ、この中で最もAランクに近い男よ。どうだ？　ビビったか？　レベル0風情が口だけは達者なようだがな。このAランクに最も近かったモブに掛かればテメェなんざ片手で捻り、ぐふェ！」

不用意に近づいてきたモブは、ナガレの間合いに足を踏み入れた瞬間逆方向の壁にめり込み、歪《いびつ》なオブジェに成り果てた。

「Aランクに最も近いって……要はただのBランクだろ」

呆れたように言い捨て、ナガレが残った男達に顔を向けた。

その瞬間、意識してか無意識か、どちらにしても全員が一斉に一歩退いた。

「お、おいあいつあのモブを……」

「そもそも一体何をしたんだ？　全く見えなかったぞ？」

「マジかよ。本当にレベル0なのかよ」

今までの余裕は消え、男達が明らかな動揺を示した。

「おいおい何をビビってるんだよ。相手はたったふたり、しかもレベル0と女だ、皆さん腕っ節が自慢なのだからそれぐらいなんてことはないでしょう？」

「……てめぇこそただ黙って見てるだけのくせして何言ってんだよ」

「そうだ！　大体俺たちは女を好きにしていいっていうから来たんだ。余計な邪魔が入るだなんて聞いてねぇぞ！」

「そうだ、こっちは金だって払ってんだからな！」

突如矛先が己に向いたことで、シギーサはヤレヤレと肩を竦めた。

「判ったよ。おいピーチ！　お前立場判ってるのか？　大事な杖はこっちにあるんだぞ？　わざわざこれを取り返しに来たんだろう？　だったらお前もその男もおとなしくしろ！　でないとな――」

そこまで言ってシギーサは両手で杖を握りしめ、大きく振り上げた。

「この杖、折るぞ？　それでもいいのか？」

たかが杖で何を言っているのか？　と普通ならそう思うかもしれない。

だが、ピーチにとってそれはとても大事な物。そして人は時に、己の身を投げ出してでも大切な物を守りたいと思うことがある。

だが――

「折れるものなら折ってみろ」

ナガレが放った言葉にピーチが目を丸くする。どうしてナガレがそんな事を？　と思ったかもしれないが。

「ピーチ、大切な杖なら――信じるんだ」

その言葉で、ピーチは杖も、ナガレも信じる事に決めた。

「おい、本当にやらないと思っているのか？」

「やらないんじゃない。お前にはやれないんだ」

「くっ、だったら！　望み通り折ってやるよ！」

ここまでいくと後には引けないと思ったのか、シギーサは杖を床に向けて振り下ろす。

きっと直前には、やめて！　と止めてくるだろうと思ったかもしれないが、それもなく杖は見事に床に叩きつけられた。

――カラン……。

しかし、直後に響く虚音――男の手から杖がこぼれ落ち床を転がった。

「くぅ、な、なんだこの杖、かて、ぇ？」

「はいピーチ、杖を今度はしっかり持っていてね」

杖は折れることもなく、むしろシギーサの方が杖の丈夫さで手がしびれてしまっている様子。

更に、床を転がった筈の杖は、いつの間にか消えておりナガレからピーチの手に渡っていた。

「お、お前どうやって――」

狼狽するシギーサ。この部屋は何も物がない分結構広く、今まで達観を決め込んでいたシギーサとの距離は数メートル程あるにもかかわらず、全くその眼に認識もさせず、ナガレは杖を取り返しピーチのもとへと戻ったのだ。

驚くのも無理はないだろう。

「大体その杖は、なんなんだ！　なんで杖がそんなに堅い！　杖の材料に使われる魔鉱石にそんな強度は無いはずだ！　それなのに――」

「この杖にはピーチの想いが込められている」

ナガレは喚き散らすシギーサに身体を向け口にする。

「お前程度に、この杖も、ピーチの心も、折れやしないさ」

毅然《きぜん》たる態度でそう言い放った。

先程までピーチを嘲りナガレを見くびり、自己の満足を満たすためだけに愉悦に浸っていた男の顔に怒りが灯る。

「おい！　お前ら！　何ぼっとしてんだよ！　さっさとそいつを殺れ！」

「は？　お前何いきなり偉そう――」

「その男はこう言ったんだぞ！　お前らごときやろうと思えば簡単にひねり潰せる、赤子の手をひねるより簡単な事だとな！　悔しくないのかよあんたら。腕に自信のある男どもが雁首《がんくび》揃えてレベル0ごときになめられているんだぞ！」

実際にナガレはそこまでは言っていないのだが、シギーサの焚き付けはどうやら成功したようだ。単純なのかそれとも彼のアビリティ、二枚舌、がそうさせるのか。

とにかく男どもは一様に青筋を額に浮かべ、こんな餓鬼どもに舐められっぱなしでたまるかよと猛りあげる。今の今まで萎縮《いしゅく》していたのが嘘のように、いや、寧ろその反動故か。

「こうなったら一斉に掛かってさっさと終わらすぞ！」

その言葉を皮切りに、荒くれどもがふたりへと押し寄せる。

だが、ナガレの表情は至極落ち着いていた。

「ピーチ、僕はただ君を助けに来たんじゃない。ここには、一緒に戦いに来たんだ」

え？　とナガレに向けられた薄紅色の双眸。

すると、視線を重ね更に言葉が続けられた。

「ピーチにはその杖がある。魔法だけが魔術師の全てじゃないさ。ゴブリンとの事、ベアグリーとの事を思い出すんだ。そして僕は、ピーチがあんな連中に後れを取るようなことはないって、信じてる」

「信じ――」

その言葉が、ストンっとピーチの胸に降りてきた。

「……ありがとうナガレ。判った！　こんな連中、私が叩きのめしてやる！」

「その意気だよピーチ。さあ、行くよ！」

「餓鬼が、調子乗ってん、へ?」

一人の男が手に持ったダガーでナガレに襲いかかるが、その瞬間には天井に頭が突き刺さっていた。

更に三人、ナガレを囲み、やたらめったら剣やメイスを振り回してくるが全て受け流し、軌道を変える事で仲間同士で攻撃し合う事態になってしまう。

神薙流奥義空蝉・乱のなせるわざである。

「てめぇ! なんで俺を攻撃するんだ!」

「いて! ざけんな腕が切れただろうが!」

ナガレに翻弄され、遂には仲間内で揉め始めるその姿に、様子を眺めていたシギーサが、何やってんだ馬鹿と悪態をつく。

そしてピーチの方は、

「やぁあああぁあ!」

「ぐぶぇ! あ、顎が、顎が!」

「な、なんだこいつ! なんで魔術師の癖に、杖を武器に使ってんだよ!」

「こ、この女思ったより、おい馬鹿、そんなもの振り回す、ゴフッ!」

ナガレの言うように、ピーチの杖と魔導具の力があればなんてこともない相手であった。

改めて、メルルの店で購入を勧めておいて良かったと思うナガレである。

同時に、ピーチ自身が気がついていない素質を、ナガレは悟り始めていた。

「さて、じゃあこっちも終わらすよ」

刹那——ナガレの周囲で互いに傷つけ合っていた連中は床にめり込み、天井に突き刺さり、壁の人型と化した。

そしてピーチも最後の一人を杖で殴り飛ばしたところで、シギーサ以外は見事ナガレの宣言通り、駆逐され情けない姿を披露することとなった。

「くっ！」

悔しそうに歯噛みする愚かな男。

「……シギーサ、私は絶対に、あんたを許せない」

そしてピーチが怒りを宿した瞳を奴に向けた。ギュッと杖を握る手も強くなる。

「——ピーチ、あの男は僕にやらせてほしい」

だが、そこに届くナガレの声。ピーチが彼を振り返ると、その表情は真剣そのものだった。

「ピーチの過去も今も、汚そうとしたこの男を、どうしても僕は許しておけないんだ」

それは、この世界に来てナガレが初めてはっきりと表に示した怒りであった。

ピーチを傷つけて、平気な顔して再びその心を抉ろうとしたシギーサの事がどうしても許してはおけなかった。

「ナガレ——うん、判った！　ナガレに任せる！　あんな奴、ぶっ飛ばしちゃって！」

「何を調子に乗ってるんだ？」

言下にシギーサが声を重ねる。

仲間がやられたことで随分と悔しそうにも思えたシギーサであったが、今は随分と落ち着いているようである。

「僕は調子に乗っているつもりはないけどね」

「その余裕ぶった感じが調子に乗っているというんだよ。どうせお前はこう思っているんだろ？　俺は所詮仲間の助けを借りなければ何も出来ない男だと？」

「……違うのかな？」

「くくっ、だとしたらお門違いもいいとこだ。見ろ！」

声を上げ、シギーサは腰のホルダーを外し一本のナイフを取り出した。

柄の部分に蛇に巻きつかれた髑髏《どくろ》の彫刻の施された、間違っても趣味がいいとはいえない代物である。ただ、妙に禍々しい気が、そのナイフからは溢れていた。

「それがどうかしたのか？」

「待ってナガレ！　もしかしてあれって――オーパーツ《迷宮遺物》？」

「はっは！　ご名答！　その通りさ。迷宮、しかも古代迷宮内でしか手に入らない奇跡の道具の数々、その一つがこの呪縛《じゅばく》の短剣だ！　これがどんな武器か判らないよな？　だが、この武器があれば俺は――」

「呪縛の短剣、掠っただけでも呪いが発動し、相手の動きを一切封じるね――でもそんなもの、あたらなければどうってこと無い」

「な!?」

あっさりと看破された事に驚きを隠せないシギーサ。

唇を噛み締め、どうして判った？　という目でナガレを睨みつけてくる。

「ナガレはそういうのを見破るの得意なのよ。残念だったわね」

「見破るだと？　鑑定持ちという事か？　しかし俺には隠蔽のスキルが……」

ぶつぶつと呟き続けるシギーサ。隠蔽《いんぺい》のスキルを持っており、それで安心していたようだが、壱を知り満を知るナガレにそんな物が通用するわけがない。

「ふん、だけどな、それが判っていたからといって避けられはしないさ。何故なら！」

そこまで口にし、かと思えばシギーサの姿が一瞬にして消え去る。

その様子にピーチが驚きの声を上げげた。

「そ、そんなシギーサ、え？　逃げた？」

「違うよピーチ。あいつは擬態のスキルを持っている。ついでにカメレオンリングという擬態の精度を上げる魔導具も身に着けていた」

「チッ、そこまで見破るとはな！」

「え？　姿は見えないのに声が？」

「背景に同化してるからね。それで普通に見ようと思っても無理ってわけだ」

その通りと自信に満ちた声がこだまする。

「どうやら相当優秀な鑑定持ちのようだが、それがどうした！　もう判っていると思うが、今の俺は完全に周囲に溶け込んでいる上に、銀馬の革服と銀馬の革靴の効果で素早さも上がっている！

がむしゃらに攻撃すれば当たると思ってるなら大間違いだ！　それにこっちは一発でも掠れば勝利は決まるんだからな！」

得々と自分の力を誇示し始めたシギーサに、ナガレは辟易とした様子で溜め息をついた。

「ベラベラベラベラと煩わしい奴だな」

「ふん！　余裕ぶっていられるのも今のうちさ！　ここから音が消えた時、それがお前の最後だ！　最後に教えてやる！　利用する物はな、利用されるものより圧倒的に強くなければいけないのさ！　俺はあんな連中より圧倒的に強い！　勿論貴様みたいなレベル０野郎なんかよりもな！」

「……あり得ないな、所詮お前では――僕の一パーセントにも届きはしない」

その瞬間、訪れた沈黙。緊迫した空気が漂う中、ピーチが固唾《かたず》を飲んで見守っていたが。

――終わりだ！

シギーサが壁を蹴り、ナガレの側方から一気に突っ込み、鋭い突きを放ったその瞬間、ナガレが顔を向け、はっきりとシギーサの顔を捉えた。

そもそも擬態など全く意味を成さないことにこの男は気づけなかった。ナガレの合気は、そんなものとっくに見破っていたのである。

刹那――シギーサの突きは空を切り、更にナガレの手で受け流され、何万倍にも増した合気による返しで、宙を何万回と回転しながら床に叩きつけられ、壁にぶち当たり、跳ね返った勢いで天井に穴をあけ、最後にはきりもみ回転しながら三階の床も二階の床をも突き破り一階の床を全て粉砕して、ようやく止まったのだった――

「こ、これって生きているのかしら？」

一階に下り、床（すでに土面が露わになっているが）にめり込んだシギーサを眺めながらピーチが言った。

「大丈夫だよ。気を失ってるだけだから」

「う、うん、だけね……」

手足がおかしな方向に曲がり、歯が全て折れ、女性受けしそうであった中々整った顔立ちも原型を留めていない状況で『気を失っているだけ』と言えるかは甚だ疑問だが、とりあえず僅かに肩などが上下しているので、確かに生きてはいるだろう。

そして——例によってふたりは騒ぎを聞きつけ駆けつけた衛兵に呆れられながらも、事情聴取を受ける事となった。

ただ、今回はそもそもシギーサにしても、その口車に乗せられて集まった連中も、何かしらの罪人であり手配書が回っていたようだ。

その為か、もしくは二度目故か、すっかり日が暮れて時間も遅かったというのもあったのか、とにかくふたりはそこまで長い間拘束される事もなく解放された。

ちなみに壊れた建物の分の責任は全てシギーサとその仲間達に行くそうだ。

持っていた装備品などは全て没収になる上、オーパーツなどが売却された分はしっかりオーナーの手元に行くため、負債に関してもあまり心配する必要はなさそうである。

「でも良かった。勿論私たちは何も悪くないけど、変な疑いかけられなくて。ね、ナガレ？」

しかしナガレはそこで足を止め、真剣な眼差しをピーチに向けた。

「ピーチ、一ついいかな?」

「え? な、何、改まって?」

「……どうして、どうして一人であんな危険な場所に行ったんだ! 何か起きてからでは遅いんだぞ!」

ピーチが問いかけると、ナガレは思わずピーチの肩が竦み上がる程の大声で、怒鳴った。

「心配したんだぞ! 確かに杖が大事なのは判る! でも僕に相談もなしで行くことはないだろ? それともピーチは僕の事は信用してないのか?」

そして怒涛のごとく押し寄せる言葉の波に、ピーチは俯き、涙声で、ごめんなさいと呟いた。

「でも、でもね、違うの、私、ナガレを、ナガレを信じてなかったわけじゃ」

「判ってるよ」

震えた声で、ナガレに訴えようとするピーチであったが、その身体をナガレが優しく包み込んでいた。

「怖かっただろう? でも、ごめん、それなのに怒鳴ったりして。でも言わないと駄目だと思ったんだ。だって、ピーチはもう大切な仲間だから」

泣きじゃくるピーチの頭を数度撫でた後、ナガレはそう続けた。

宿でピーチと離れた後、ナガレも一人部屋で考え、そしてかつての妻の言葉を思い出していた。

『ナガレは凄く優しい。でもそれが時折不安になるの。貴方はなんでも出来ちゃうから、もしかして私が必要じゃないのかなって』

そしてこうも言っていた、もっと頼って欲しい、と。そして、怒る時はちゃんと怒ってとも。

ナガレは、ピーチにどこか遠慮していたのかもしれない。だからピーチもかつての妻と同じように、不安に思っていたのではと。

妻を思い出し、それを思い知った。

年だけとってもこういうところは駄目だな、そんな事を思いながらピーチの部屋に向かい異常に気がつき、そして、彼女を助けに向かった。

ピーチの杖を取り戻した後、ただ助けるのではなく、一緒に戦う事を決めたのはそんな心境の変化があったからだ。反省したと言ってもいい。

同時に、言うべきことは言わなければいけない。そう思い立ったから、ピーチを叱ったのだ。

だけどそれは、ナガレがピーチを大切に思い始めているからだ。

だからこそ、その心の現れ。

「仲間、か――」

しばらくして落ち着いてきたピーチがそう声にし、顔を離しナガレをじっと見てきた。

「……まぁ、仕方ないか。でも、ありがとう。怒ってくれて」

「……怒ってお礼を言われるとは思わなかったかな」

「えへっ、でもそれだけ大切に思ってくれたってことだもんね。それに、信用してるって言われたのも、凄く、嬉しかったよ――」

潤んだ瞳でそう言われ、どきりと心臓が僅かに跳ねるナガレである。

そして、同時にこのタイミングしかないとも思った。

「ピーチ、もう一つ話がある」

そう言って、ピーチから数歩離れる。

「つ、次はなに？」

とどこか緊張した面持ちのピーチの顔を見つめながら——意を決したようにナガレが口を開く。

「ピーチ、僕とパーティーを組んで欲しい。これからも行動を共にしたいから。だからピーチ、いいかな？」

ナガレの目は真剣だった。どっちでもいいなんて曖昧な考えではない。ピーチとパーティーを組みたい、その思いを込めて彼女に願い出たのだ。

そして、それに対するピーチの返事は。

「ご、ごめんなさい！」

なんとノーであった。

「……え？　えええぇぇえええぇぇぇぇえええ!?」

そして、これには流石のナガレも驚き、そして地面に膝をつきがっくりと項垂れた。

正直言えば、よもや断られるとは思わなかったのだろう。

壱を知り満を知るナガレ、まさかまさかの痛恨のミス！　そう思われたが。

「ま、待って待って！　ナガレ違うの、これは今日の返事はごめんなさいって意味で——」

両手を振り、申し訳無さそうに説明するピーチ。

え？　とナガレは顔を上げ、

「あのね、返事は明日にしたいの。だって――」

そこまでピーチが口にし、ナガレも気がついた。

「そうか、試験」

「うん、そう。それが終わってから、出来ればBランクに昇格出来てから、答えたい」

ピーチの真剣な眼差しを目にし、ふっ、とナガレは薄い笑みをこぼした後立ち上がる。

「そうだね。先ずは僕も昇格試験だ。だから、明日はお互い頑張ろう」

ナガレがそう告げ、改めてBランク合格をお互いに誓い合ってから、ふたりは帰路についた。

そして――夜が更け、朝が訪れ……。


「来たわね」

ギルドに着くとマリーンがふたりを出迎えてくれた。

「それにしても聞いたわよ。また昨日一悶着あったんだってね？」

「流石、耳が早いね」

「本当よね昨晩のことなのに」

「受付嬢の情報網を舐めてもらっちゃ困るわね。でも、ザマァ見ろだわ！　あの下衆野郎！」

マリーンは溜飲《りゅういん》が下がったかのような清々しい顔で言った。

よっぽど腹に据《す》えかねていたのだろう。

だが、階段を下り始めると表情を引き締め、そしてふたりを地下の試験場へと誘う。

「ここが試験場よ」

マリーンに案内され、ギルドの地下へと向かったふたり。

ピーチはこの場所に来るのは初めてなのか、お〜と声を上げて驚き、期待に満ちた目でその場所を眺めている。

試験場は円形の空間となっており、どうやらこの場所で試験官と戦い、その腕が昇格に足るものかを判断してもらうようだ。

「よく来たわね〜ひよっこ達。今日は、あ・た・し、がじっくり腕を見極めてあげるわよ、て、あら？」

そして、その試験場に立つ屈強な男が、ナガレの姿を見て驚いたように目を丸くした。

ナガレに気がつき、じ〜っと見つめてくるゲイに若干表情筋を強張らせながらナガレが呟く。

「し、試験官はゲイ、貴方だったのか――」

「ナガレ、ゲイってもしかして宿のお風呂の壁を壊したっていう、あの冒険者？」

その会話で、マリーンが驚いたようにふたりを見やり。

「ふたりともゲイの事を知っているの？　それに壁を壊したって何!?」

「あ、はい。冒険者の憩い亭のお風呂場で偶然出会い、少し話をしたことがあって」

「その時に彼が壁ドンっ！　して壁を壊しちゃったのよね」

ふたりの返答にマリーンは目をパチクリさせた後、ゲイに声を掛ける。

「貴方、まだあの宿を利用してたの？　もう普通に、ヘタしたら王都に屋敷が建つぐらい稼いでいるじゃない。それに壁を壊したって……一体なにしてるのよ！」

腕を組み呆れたようなマリーンの言葉。

するとあら、とゲイが冷静さを取り戻し声を発する。

「壁を壊しちゃったのは失敗だったけど、あそこの宿は料理が美味しいし冒険者の為にもよく考えられてるし、なによりあたし好みのいい男もよく泊まってるのよん。そこのナガレちゃんみ・た・い・に」そう言ってナガレに向けて熱いウィンクを決め腰をくねらせた。

ナガレの背筋に冷たいものが走る。

そしてナガレの隣で彼の様子を見ていたピーチの顔が若干引きつりつつナガレを見やる。

「もしかしてあの人ってば、そういう人なの？」

「多分、ピーチの考えてる通りだね」

「……そう、それにしてもあの人黒いわね。やけにマッチョだし」

「うん、黒いね。マッチョだし」

するとピーチが再びナガレを見やり。

「……もしかして何かした？」

「何を!?　いや！　何もしてないしされてないよ！」

「あらん、あんなに激しかったのに忘れちゃうなんて酷いわん」

瞬時にピーチとマリーンの表情が冷たいものに変わった。

「いや、違う！　貴方もとんでもない嘘ねじ込まないで下さい！」

必死に弁解するナガレである。

「それにしても驚いたわ～噂のレベル0冒険者がよもや貴方だったなんてねぇん。でも、なんとなく理解できたわ。だってあの時の貴方、一見する分には凄く弱そうだったもの」

何故か筋肉を誇示するポージングを次々と決めながら、ゲイがそんな事を言う。

ナガレがレベル0である事は既に多くの冒険者に知れ渡っているようだが、この口ぶりから察するに、実はナガレがかなりの実力を秘めている事は見抜いている様子だ。

あの時、去り際にまたすぐ会うことになりそうと言っていたのもナガレの実力を察していたからかもしれない。

「……でも、こういう形で戦えるなら、試験とはいえ嬉しいかな」

改めて、ナガレは表情を引き締め言う。こういった状況での身体のぶつけ合いなら楽しみのほうが先立つ。勿論、別な意味でならまっぴらごめんだが。

「あら偶然、それはあたしもよん」

ふたり共に、冷静を装った表情で話しつつも、その気は互いの中心で激しくぶつかり合っている。

「と、とにかく試験を始めるわね。内容は試験官と闘ってもらい実力を示す事。別に倒す必要はないからね」

「判りました」

マリーンの話を聴き終えると、ナガレはすっといつもの歩法で試験場に移動してゲイと対峙した。

「へぇ～貴方、変わった歩き方するわね。凄くゆったりしてるように見えるのに」

「貴方もそれに気がつけるとは流石だね」

そのやり取りの後、暫しの沈黙。

そして、ハッとなった表情でマリーンが口を開いた。

「そ、それでは試験開始よ！」

すると、その合図を皮切りにゲイがナガレへと一瞬にして接近した。

その黒光りする身体も相まって、その様相はまるで砲丸のようですらある。

「この速度、流石試験官を務めるだけあるね。ただのBランクとは思えないよ」

ナガレは、ギルド内でも自然と他の冒険者達の実力を察していたので、Bランクとされる冒険者の力がどの程度の物なのかもなんとなく理解している。

そして、今試験官を務めるこのゲイの力は――Bランクの一級としてはかなり抜きん出ていた。

その為か、肉薄するゲイに向け、ナガレは少しだけ口元を緩めてしまう。

何せ折角異世界まで来たというのに、これまでの相手ではとてもナガレを満足させる事は叶わなかったのである。故に、久しぶりの実力者との戦いはナガレの気持ちを高揚させた。

「行くわよ！」

叫び、ゲイの手にいつの間にか握られていた大槌が振り上げられる。

（打撃武器か。でも、やっぱり柄は短いんだな……）

ゲイの手に握られているのがバトルハンマーである事はナガレにも理解できた。

そして、やはりヘッドの部分がやたらと大きいが柄は短い。

この世界の人間は長柄武器に精通していないからだ。

ベアールとも話してみて判ったが、長柄として使用されているのは衛兵が持っているような刺突専用の槍だけなのである。

だが、だからといってこのゲイがベアールの時のように、不格好な形で得物を扱うような事はなかった。確かに柄は短いが、ゲイの肉体は見た目に反して相当に柔らかい。

その柔軟性を活かした振りは、ゲイの人並み外れた膂力を芯に伝えるに十分たるものだ。

「ふんっ！」

オネェ言葉が男のソレに代わり、同時に気勢を乗せた一撃がナガレの脇腹にヒットした。

それを見ていたピーチが思わず悲鳴を上げる。

「ちょ！　ゲイやり過ぎよ！」

マリーンも一緒になって叫んだ。その視界では宙を舞うナガレの姿。

だが――ナガレはクルリと回転し、見事着地を決める。

「ちょ！　ナガレ、大丈夫？」

「心配いらないよこれぐらい」

マリーンが思わずナガレの安否を問うが、涼しい顔で返答したことで、彼女の顔が驚きに満ちた。

「……ちょっぴり傷つくわ、ね！」

そして平然としているナガレに突っ込み、ゲイの更なる一撃。

斜め上からナガレの肩を目がけ槌を振り下ろし、それも淀《よど》みなく命中するが、ナガレの肩がスッ、と下がる。かと思えばそのまま天地が逆となり横回転を見せながらやはり平然と大地に脚をつけた。

「少しはやるみたいね！」

そこからは更に激しくなったゲイのハンマーによる乱舞が続く。

しかし、攻撃は全てナガレに命中しているのだが、どんな攻撃をいくら当てても、ナガレが地面に屈することはなく、おまけに全くダメージを受けた様子が感じられない。

「ど、どうなってるのよ一体――」

ぜいぜいと肩で息をしながら、ゲイはナガレの姿を睨みつける。

試験を開始した当初と違い、その瞳に宿る光は殺意に近いものをも含んでいるが、同時に表情には戸惑いも感じられた。

しかし、それも仕方のない事だろう。ゲイとて既に気がついているはずである。

自分の攻撃をいくら当てようが、まるで暖簾に腕押し、そう、彼の手に全く打撃を加えた感触が伝わらないのだ。まるで空気相手に戦い続けているようなそんな感触、そしてそれ故に、身体に溜まる疲労も増大する。

「全く、長いこと試験官の仕事こなして来たけどこんな事初めてよん。でも、それだけに少しわくわくしてもいるわぁ」

「そう言って貰えるのは嬉しいけど、僕は少しがっかりかな……」

ナガレは眉を落とし、心底残念そうにゲイに告げた。

その言葉に、ゲイは驚愕《きょうがく》をその顔に貼り付ける。

「ず、随分と私も舐められたものね……」

「いやいや、才能は凄く感じられるよ。でも、少々動きに無駄が多い。それと、攻めを筋肉に頼りすぎてるね。そのせいか振りも大きいものが多くて、手の内が判りやすい。折角それだけ柔軟な身体でもあるのだから、もう少しその体質も活かしてみては？」

ナガレは特に悪気もなく、相手を馬鹿にしているつもりもない。あくまで親切心で言っているわけだが、ゲイにとってはまるで小馬鹿にでもされたように感じたのだろう。その顔中に青筋が浮かび上がりピクピクと波打っている。

「ちょ、ちょっとゲイ！　これが試験だって忘れないでよね！」

「判ってるわマリーン。大丈夫よ。ただ、小生意気な新人さんには少々教育が必要なようね」

引きつった笑顔のゲイからは、とても冷静さを感じられない。

ただ、ナガレは敢えて相手を挑発するセリフに切り替えて言っている。今の数手で気がついたからだ。このゲイが、何か壁のような物にぶち当たっていると。それが、凄く勿体なく思えた。

だから――。

「う～ん、どうやら貴方はメンタルの部分でも少々脆いところがありそうだね。勿体ないな、折角の才能なのに――仕方ない、少々稽古を付けてあげるといたしますか」

「抜かしてるんじゃないわよーーーー！」

事もなげに、とても試験を受ける側とは思えない発言を繰り返すナガレに、遂に切れたゲイが怒髪天を衝く勢いで飛び出した。

そして、ナガレに向かってハンマーを振るうが、横薙ぎに打たれたそれを今度はその勢いを逆手に取り、受け流し、反転しながらゲイの背中に回る。

「さっき言いましたよね？　振りが大きすぎる。貴方ならもっとコンパクトに、インパクトの瞬間、力を開放したほうが効果的です」

「このっ！」

「腰の使い方がなっていない。こんな事ではいずれ腰を痛めるだけですよ？　それともっと膝を柔らかく使ったほうがいいと思う」

「だから！」

「攻撃の瞬間相手を見過ぎ。出来るだけ全体を見るようにしないから、あっさり相手を見失うんだ」

「なんなのよあんた！」

「大分良くなってきたね。だけど、持久力が少々足りないようです。呼吸法の問題だね、もう少し――」

「い、いい加減にしなさいよ！　あんた判ってるの!?　試験官はあたしなのよ！」

左手で顎を拭い、遂に我慢ができなくなったのかゲイがそんな事を叫んだ。

するとナガレは一旦距離を取り、あぁ、と一言発し。

「すみません、つい師範だった時の癖が出てしまって――冒険者になる前は人に教える立場でもあったので」

ナガレの説明にゲイはその目を丸くした。

何せ彼から見ればナガレはまだ一五かそこらの若造であるにもかかわらず人に教えてるなどと宣っているのだ、耳を疑わずにはいられないというものだろう。

「だけど、貴方は荒削りな部分も多いけど、やっぱり筋はいいね。この短い間でも随分と動きが良くなったよ」

「……そりゃどうも」

ゲイはブスッとした表情で言葉を返す。

しかし、自分より遙かに年が下（彼から見れば）な男にここまで言われるのは癪でもあったゲイだが、同時にありがたくもあった。

何せこの試験の最中、ナガレがゲイに伝えてきた助言は全て適切であり、そのおかげか、確かにゲイは自分の動きが良くなっていくのを肌で感じていたのである。

ゲイは、実を言えばここ最近のレベル上昇に限界を感じていた。これは、この世界の人間であれば誰にでも立ち塞がる壁でもある。

レベルというものは、誰にでも分け隔てなく平等に与えられるものではない。人によってはレベル20で成長が打ち止めになる場合もあれば、２００までいってもまだ向上する者もいる。

それでもゲイがここまで頑張ってこれたのは、勿論レベルがそれだけ高く上昇していた事によるところが大きい。それは底辺の冒険者からしてみれば酷く羨《うらや》ましく思えることだろう。

しかし、彼には彼なりの悩みがあった。どうしても超えられない、トップクラスの冒険者になるため、それこそA級S級で名を馳せるのに必要なレベルの壁である。

それを乗り越えようと、これまでも彼とて努力を重ねた。自分のレベルより手強い相手に挑み死にかけたことだって数知れず。

しかし、それでもどうしても上手くいかなかった。いくら強敵を倒しても、筋肉を付けても、限界を突破する術は見つからなかった。

しかし、今、このナガレとの短い時間手合わせしただけで、そう、ただそれだけにもかかわらず、彼は今まで感じていた壁に亀裂が生じるのを感じ取ることが出来たのである。

そう、まさにナガレの察した通りであり、だからこそナガレは彼の攻撃を受け流すことに専念し、実力の違いを見せつけた後で、稽古に切り替えたのである。

ナガレは、異世界に来て吹っ切れたことで、まだ見ぬ強敵と戦う事も夢見てはいる。が、同時に才能ある者であれば、その芽を伸ばす事にも喜びを感じる男である。

そしてゲイにはその才能が十分にあった。壁だと感じていたのは些細なきっかけで瓦解し崩れ去る程度の物だ。きっとこの戦いを通じて、彼はさらなる高みへと己を引き上げることだろう。

「……さて、ところで試験はどうしましょうか？」

お互い若干の沈黙を続けた後、ナガレはゲイに尋ねた。

何せ、これは本来ナガレがB級たる資格を有するかを見定める為の試験である。

「……そうね、このままでは貴方を認めるわけにはいかないわね」

「……そう、ですか」

「えぇ、だって貴方さっきから受けばかりで一度も攻めていないじゃない。あたしは貴方の攻めも見てみたいのよ。そうでなければ昇格はとても認められないわん」

「……私の気のせいかしら？　何か卑猥《ひわい》な、しかも凄く悍ましい感じの卑猥さを感じるわ」

「……ナガレ、本当にそっちの世界には行ってないのよね？」

ピーチとマリーンが些《いささ》か冷ややかな目で見守る中――遂にゲイが動いた。

「さぁ！　あなたの攻め手を見せてちょうだい、そしてあたしを、逝かせてみせてーーーー！」

ナガレを捉えられる位置まで飛び込んだゲイのハンマーが、その顎を目がけ跳ね上がる。

しかしナガレは落ち着いた様子で、そのヘッドに優しく手を添えた。

「だから！　受けだけじゃ、て、え？」

ゲイの一撃によってナガレの肉体が浮き上がり、その身が頂点に差し掛かったその瞬間、彼の身体がぐるりと縦に回転した。

それはまるで荒れ狂う馬車の車輪のごとき勢いで、そして手はしっかりヘッドに触れたまま、ゲイの巨体をその回転に巻き込んだ。

そう、ナガレは相手の攻撃の軌道を完全に見取り、力の流れを完全掌握した上で、静かなる心を持ってそれを受け流し、力を逆転させ、そこに己が高めた気を刹那の間に叩きつけ衝撃を跳ね返したのである。

「グハッ！」

その瞬間――天井に叩きつけられた彼の口から呻き声が漏れる。

一応ナガレが込める力を抑えたとはいえ、その身が天井に埋もれるほどの衝撃である。ダメージはかなりのものだろう。

天井からは石片もパラパラと零れ落ちてきている。

だが――

「ふふっ、効いたわん、もう逝きそうよん。でもね、あたしにだって試験官としての意地があるのよん！　せめて一撃ぐらい、決めさせてもらわないとね！」

その瞬間――ゲイの闘気が爆発した。

「ちょ、ちょっと待って！　ゲイ、その技はいくらなんでも――」

「さぁ受けてみなさい！　このゲイ・マキシアム最大のスキル！」

マリーンが、彼の行為を止めようと必死に叫び上げるが時既に遅し、埋もれた身体を天井から引き剥がし、その流れで蹴り飛ばし、ハンマー片手にナガレに向けて急降下――そして。

「ビューティフル・ストーン・デンジャラスローズ《美しき岩薔薇にも棘はある》！」

技名を叫び上げ、着地と同時にハンマーをナガレではなく大地に向けて叩きつける。

その瞬間、試験場の床に罅《ひび》が入り、それが放射状に伸長し、かと思えば鋭利な棘付きの岩薔薇が周囲に咲き乱れた。それは、確かにそれぞれが花びらのようでもあり、だが、槍のようでもある。

どちらにせよ、まともに喰らったなら体中に風穴があくこと必死な必殺の一撃であった。

そう、本来であれば――

「なるほど。いや、これには流石に驚いたよ。上からと見せかけて下からの一斉攻撃――見事、流石に試験官です」

ゲイの目が驚きに見開かれる。ナガレのその声は、彼の頭上から降り注いでいた。

そして当然だが、ナガレには傷一つ負った様子がない。

何せナガレは、突き上げられたその鋭利な薔薇の上に余裕の表情を見せ爪先立ちで乗っていたのである。

「……ふふっ、あはっ、あはははっははは――――！　判った、判ったわよもう。負け、あたしの完敗、もう本当、流石に認めるしかないわね。勝者はナガレ、貴方よ――」

そしてひとしきり笑い終えた後、ゲイは遂に己の敗北を認め――ナガレの試験は終了を迎えたのだった……。

「もうっ、参ったじゃないわよ――――！　一体何考えてるのよふたりとも――――！」

試験が終わり、どことなく清々しい表情すら見せるゲイであったが、その直後、正気を取り戻したマリーンが憤慨の声を上げた。

「やだん、何怒ってるのよマリーン」

「そりゃ怒るわよ！　てか、何？　何よ負けたって！　ゲイ貴方判っているの？　これは試験よ！　別に命をかけて競い合えってそういう事言ってるわけじゃないのよ！　それなのにあんな大技まで使って、見てよこの有様！　試験場が滅茶苦茶じゃないの！」

　切れたマリーンが捲し立てるように一気に言い放つ。

　そんな彼女の視線の先には、ゲイの手によって生み出された岩の薔薇によって散々な有様となった試験場の姿。

「……嫌だ、つい熱くなっちゃったわねん」

「ついじゃないわよついじゃ！　それにナガレ！　貴方も立場判っているの？　貴方は受験者よ！　試験を受ける方なの！　なのになんで途中からゲイを指導しちゃったりしてるのよ！　これじゃあ立場が逆じゃない！」

「いや、ごめんよマリーン。年甲斐もなく、つい熱くなってしまいました」

　謝罪の言葉を述べつつ、微笑みながら返すナガレ。

　しかし、今度ばかりはマリーンも笑顔にはごまかされない。

「貴方まで何言ってるのよ！　てか、年甲斐って私より若いくせに何言ってるのよ！」

「あぁ、確かにそうだね」

　ナガレは面目なさげに後頭部を掻きながら述べるが、すぐに微笑みを湛える。

「だけど、ありがとうマリーン。君が最後まで見守っていてくれたからこそ、試験を楽しむことが出来た」

　それを聞いたマリーンの頬が紅潮し、眼をパチクリさせた。二度目の微笑みには彼女も流石に耐えられなかったようである。

「貴方結構やるわねぇ……第一、楽しんだって全然本気なんて出してなかったじゃない――」

「いやいや、久しぶりに気持ちが高鳴ったのは確かだよ」

そんな言葉を交わすふたりに、もう！　とマリーンが声を張り上げ。

「ナガレはずるい！　なんかもうずるい！」

「え？　あ、はぁ」

やはりやり過ぎてしまったかな？　と頬を掻くナガレである。

「はぁ、もういいわ。で、試験の結果は……聞くまでもないわね」

「えぇ、文句なしの合格よん。Bランクというのが申し訳ないぐらいよん。そうだ！　いっその事ナガレも特級にしてしまえばいいと思うわん」

「へ？　特級？」

ゲイの思わぬ提案に、ピーチが目を丸くし、マリーンの整った顔が引き攣った。

「ちょっとゲイ！　それは秘匿事項でしょ！」

「……あら、そうだったわねん。ごめんなさい。でも言ってしまったものは仕方ないわね」

呆れるマリーンと軽い調子で笑うゲイ。

そしてその後、頭を抱えるマリーンを他所に、ゲイが特級について教えてくれた。

どうやらSランクAランクBランクには一級の上に特級という特殊な階級があり、試験管を務めるのはこの特級らしい。

また特級はこの他にも文字通り特殊任務に就くことが多いようなのだが、流石にそれについては詳しくは教えてもらえなかった。

「もういいわ……でもナガレもピーチもこの事は絶対に他言無用よ！」

「わ、判ったわ」

「勿論外では漏らさないよ」

ふたりの返事を聞き、とりあえずほっと胸をなでおろすマリーンだが。

「とにかく、ナガレはどっちにしろBランクは間違いないわね。何級かはギルド長の判断に任せるわよ。てか、ゲイは後でしっかり直してよね。壊したのは貴方なんだから」

「はいはい、本当マリーンはそういうところは厳しいわよね」

「当然よ！　全く……」

マリーンはゲイを叱咤した後、ナガレに顔を向け語りかける。

「さて、じゃあこれで試験も終わったしナガレも一旦上に――」

「て！　ちょっと待ってよ！」

すると、話が纏まりかけたところで、ピーチが大声で叫んだ。

マリーンとゲイの視線が桃色髪の彼女に向けられる。

すると、自らを指さし若干涙目になったピーチの姿。

「私！　私のこと忘れないでよ！　私も試験受ける為に来てるんだからね！」

あ……、とマリーンが声を漏らし口元に手を添えた。どうやら完全にピーチの事を失念していたようだ。

「……そう言えば試験受けるのふたりだったわねぇ」

ピーチをチラリと見やり、その目を眇めつつゲイが零す。

「忘れるのは流石に酷いよ。ピーチもBランクになる為にここに来ているんだし、お疲れでしょうが宜しくお願いします」

苦笑しつつナガレがそれを願うと、ゲイはヤレヤレといった顔を見せながらも、仕事だし仕方ないわね、と述べ再び試験場の中心に戻っていった。

「でも、ここはもうぐしゃぐしゃじゃない」

眉を顰め、マリーンがゲイに告げるが、大丈夫よ、と一言発し。

「その娘、魔術師でしょ？　だったらあたしは魔法を受けるだけ。それで判断できるわん。だから問題無いわよ」

バトルハンマーをどこぞへしまい、ゲイは左手を差し上げた。

流石にナガレと相対した時のような戦いになるわけがないと踏んでいるのだろう。

「な、なんか私舐められてるわね……まぁナガレの後じゃ仕方ないかもだけど」

「ピーチ」

溜息混じりにピーチがこぼしていると、後ろからナガレが声を掛けた。

「え？」

そしてピーチが振り返ると、すぐ目の前にナガレの顔があり、思わず彼女が仰け反る。

「ちょ！　な、何、ナガレ！」

「うん、一つ試験のコツを教えてあげようと思ってね……」

コツ？　と首を傾げるピーチにナガレが耳打ちして囁いた。

若干擽《くすぐ》ったそうに身を捩らせるピーチであったが、ナガレの話を聞きその眼を丸くさせた。

「それで……本当に？」

「うん、寧ろそのほうが好印象だと思うよ。昨日の戦いを見ても十分いけると思うし」

相変わらずの笑顔で答えるナガレに、照れながらもピーチは表情を引き締める。

「判った！　ナガレとの約束もあるし、私もBランクに昇格できるよう頑張るわね！」

そう言って、ピーチはゲイから数メートルほど離れた位置に立ち、杖を正面に構えた。

「ねぇナガレ、ピーチに何を言っていたの？　それに約束って？」

「や、約束はまぁこれからの冒険者としての事だけど――」

昨晩の事を思い出し、照れくさそうにナガレがごまかした。

それには怪訝な顔を見せるマリーンだが、すぐにもう一つの話しにナガレが切り替える。

「試験についてマリーンに一つ確認したいのだけど、確か冊子では昇格には将来性も考慮して判定されると書いてたと思うけど、間違いないよね？」

「えぇ、その通りよ。その時点の実力が多少伴ってなくても、将来性があれば昇格出来ることもあるわ。でも、それがどうかした？」

「いや、ただ僕はその辺を考慮してちょっと伝えたから」

そこまで言うと、マリーンは不思議そうな顔でナガレを見た。

「でも、ナガレ。魔術師はあまり将来性を見てもらうことは期待できないわよ。魔術師は使える魔法で判断されるから、中々将来性を加味するような事にはならないのよ」

確かにナガレのように直接手を合わせる戦士タイプは過程も見られる為、将来性も考慮されやすい。しかし魔術師は使用する魔法という結果だけ見られがちなので魔法だけでは、将来性までは反映されないことが多いのだろう。

ただ、それでもナガレはピーチも一緒に合格できると信じ、その闘いに集中する。

「さ、いつでもいいわよん。貴方の最も得意としてる魔法を撃ち込んできなさい。受け止めてあげるわよん」

マッチョのポージングを決めつつ、余裕の表情でピーチを見るゲイ。

流石にナガレと違い、彼女相手に警戒心を抱いている様子はない。寧ろ先の相手がナガレだっただけに、どこか冷めた様子で見ている節もあるほどだ。

「わ、判ったわ。じゃあ遠慮無くいくわね」

若干の戸惑いの表情を見せつつも、ピーチは杖を前に突き出し詠唱を開始した。

以前、ナガレも目にした炎術式第一〇門を開き行使する魔法である。

「――フレイムランス！」唱えると同時に杖の先端から焔の槍が飛び出し、ゲイに向かって突き進む。

しかしゲイは特に気にする様子も見せず、ピーチの最も得意とするそれを片手で受け止めた。

ドスンッ！　という破裂音。ゲイの手が一瞬炎に染まるも、軽く手を振ると瞬時に掻き消された。

彼の手には傷どころかちょっとした火傷の痕すら残っていない。

「……で？　まさか貴方、これで終わりなのん？」

先程までの感情丸出しの声音から一転、どこか淡々とした口ぶりで告げられた言葉に、うぅ、とピーチが喉を詰まらせる。

「……思ったんだけど、先にナガレが試験を受けたのはまずかったんじゃないかしら？　試験官たるもの常に平等な判断を下すのは当然なんだけど……それでも直前のナガレの戦いが凄すぎて、あれじゃあピーチの魔法が霞んで見えてしまうわ」

「……確かに魔法に関して言えばそうかもしれない。僕も魔法だけならピーチはBランクに上がるのは厳しいと思ってるし」

え？　と目を見張りマリーンがナガレを見やった。

まさかそんな言葉が彼から発せられるとは思わなかったのだろう。

「それって……ナガレはピーチの昇格が無理だと思っているという事？」

「それは違うよマリーン。それでも僕はピーチが合格できると信じてる」

ナガレは言下にそれを否定し、マリーンはますますわけがわからないといった顔を見せるが。

「ウィンドカッター！」

ピーチの魔法が再びゲイに向けられた。が、今度はそれを真正面から受け止める。

にもかかわらず、全くダメージを受けた様子も見せず欠伸を噛み殺す仕草さえ確認できた。

「……ねぇ？　貴方さっきの炎の魔法でさえ私に通じなかったのに、こんなので認めてもらえるって本気で思ってるのかしらん？」

　ゲイが少々キツイ口調でピーチに問いかけた。ピーチは悔しそうに唇を噛みしめる。

「……ここまでかしらね。ナガレちゃんの腕が素晴らしかっただけに残念だけど――」

「ちょっと待ってよ！」

　だが、ゲイが終了の宣言をしようとしかけたその時、ピーチが吠えた。

「私にはまだとっておきがあるわ！　それを見てから判断してほしいわね！」

　ビシッ！　と指を突きつけ、ピーチが自信をその顔に覗かせる。

「……へぇ、面白いじゃない。だったらいいわ。だけどこれが最後ね。それで納得できなかったら……はっきりと言っておくわん、貴方の昇格は見送りよん」

「わ、判ってるわよ……」

　それはとても残酷な宣告であったが、ピーチには諦めている様子は感じられない。真剣な表情で、今度は更にゲイに向かって前進しながらも詠唱の言葉を紡いていく。

「……ふ〜ん、それって――」

「ファイヤーショット！」

　ゲイの言葉に重ねるようにピーチの魔法が発動。

　ナガレもこれは見たことがないが、使用できることは知っていた。この魔法もフレイムランスと同じく第一〇門の魔法であり、ゲイに向けて直進した火の玉が弾け炎の散弾と化しゲイに向かう。

　しかし、散弾は全て顔目がけて進んでいるが、一発一発の威力がとても低い。

「ちょっとは変えてきたわね。でも、この程度で試験に合格できるとでも？　馬鹿にしないでよ、ね！」

声を上げゲイは顔の前で両手を交互に振り、全てを受けきった。その時の細かい破裂で一瞬ゲイの視界が遮られるが気にする様子はない。

「……全く、この程度とはね、本当がっか、て、え？」

しかし視界が開けた直後、ゲイの黒目が戸惑いに揺れた。

なぜなら、彼の視界からピーチが消え失せたからだ。

そして――

「はぁああぁああ！」

直後、ゲイの背後からピーチの気勢が上がり、そして彼の臀部に衝撃が伝わる。

「な、何これ！」

「まだまだよ！」

動揺するゲイ、しかしピーチは構うことなく、両手でしっかり杖を握りしめ、今度は自らを回転させながら遠心力を活かし、勢いに乗せてその尻を何度も叩き続けた。

「な!?　ちょ！　貴方何してるのよ！　なんで……なんで杖であたしを殴ってるのよーーーー！」

「あら、もしかしてBランクの特級冒険者ともあろう方が知らなかったの？　杖は、武器としても使えるのよ！」

更に、パン！　パン！　パーーーーン！　と快音が鳴り響く。

その様子にマリーンも目を見張った。

「そんな……杖を武器として扱うなんてあり得ないわ！　杖が持たないし、そもそも魔術師が接近戦なんて！」

「それがあり得るんだよマリーン。それに、ピーチも中々様になっていると思わない？　杖で近接戦闘が出来る魔術師――そんなのがいてもいいんじゃないかな？」

顎に指を添え諭すように述べるナガレ。

すると、遂にゲイの口から。

「ストップ！　ストップよ！　判った、もう判ったわ！　もうこれで試験は終了よ！」

そんな叫びが試験場内に響き渡るのだった――

「全く、女にお尻を叩かれるなんてほんと屈辱的だわん」

試験が終わり、己の臀部を擦りながらゲイが不機嫌そうに述べる。

その姿にピーチの顔色が蒼白になった。

「お、お尻はまずかった？　で、でも身長的に……」

どうやら機嫌を損ねたばかりに、試験の合否に関わるのではと思っているようだ。

「大丈夫だよピーチ。彼はそういった判断に私情を挟むようなことはしないと思う」

試験の結果を待つピーチの横に並びナガレが言った。

その言葉で、ホッ、とピーチが安堵の表情を浮かべる。

「で？　どうなのゲイ。ピーチの昇格は？」

「……そうね、魔法だけならとても褒められたものじゃなかったけど――」

ゲイの話を耳にし、ピーチががっくりと肩を落とす。

だが――

「……でも、最後の杖で攻撃というのには可能性を感じたわん。全く、魔法がメインの魔術師がよりにもよって杖なんかを武器になんてねぇ。でも、何か面白いしねぇ、だから今回は――合格よん」

ゲイからそれを通達されるまで、俯き気味だったピーチだが、彼の合格発言によって、ガバッ！と顔を上げ。

「え？　ご、合格？」

目を白黒させて問いなおすように口にした。

「そうよん、良かったわねん。ナガレちゃんと一緒にBランク昇格よん」

改めて宣言された昇格の言葉で、やったーーーー！　とぴょんぴょん飛び跳ね、遂にはナガレに抱きついた。

「やったわナガレーーーー！」

「良かったねピーチ」

少し紅くなりながらも、優しく頭を撫でるナガレ。

その横では、ジト目のマリーンがどことなく不機嫌そうだ。

「よ、良かったわねピーチ。でもちょっとはしゃぎ過ぎじゃないかしら～？」

え？　と顔を離し、自分が何をしているかに気がついたのか、キャッ！　と可愛らしい悲鳴を上げてピーチが飛びのく。

「ご、ごめんナガレ、つい嬉しくて」

照れくさそうに頬を掻きながらそんな事を言うピーチだが。

「だ、大丈夫だよ。それに女の子に抱きつかれて嬉しくない男はいないしね」

ナガレのこの発言で、再び頬を染めるピーチである。

「全く、あたしだって許されるならナガレちゃんに抱きついてキスの一つでもしたいわよん」

それに関しては、あはは、と乾いた笑いを浮かべながらごまかすナガレである。

「……ところでちょっといいいん？」

すると、ふと、ゲイがナガレを手招きした。

それに、どうしたの？　と尋ねるマリーンだが。

「いやね、野暮なこと聞かないの」

そんな事を言いつつ、ゲイはナガレと、女性ふたりには聞こえない位置に場所を移した。

「どうかしましたか？」

「うふん、デートのお誘いよん」

「いや、それは、ごめん、期待に応えられないよ」

なんとか平静を保ちつつ断りを入れるナガレである。

むん
じ～

ゲイの熱い視線が痛い。だが、ゲイは、連れないわねん、と返しつつも。

「でも、本題は別よん。貴方に確認しておきたい事があってねん」

「確認ですか？」

「そうよん。ねぇ貴方、もしかして最初から全てこうする気だったのん？」

「……と言うと？」

ナガレは表情を変えず問い返す。

「……正直あたしねぇ、あのピーチって娘を貴方の後にしたのは失敗だと思っていたのよ。だって、多分あの子に限ったことじゃないけど、ナガレちゃんとやり合った後じゃ、どんな相手でも霞んで見えるわん。私情を挟むつもりはないけど、それでもどうしても採点は厳しくなっちゃうわよねん」

そうですか、とナガレは得心した。

「実際あの娘、魔法だけで見ればその実力は凡庸なものでしかないわん。確かに魔法が使えるだけで凄いとも言えるけど、正直Bランクともなればあれぐらい、息を吐くように使いこなす者で溢れているわん」

「魔法に関しては――そうなのかもしれないですね」

ナガレもそれについては相槌を打つ。ごまかすつもりはなかった。

種類がどうなのかと言われるとナガレにもわからない部分が多いが、威力が重視されるであろう攻撃魔法として見るなら明らかに火力不足なのである。

そしてナガレの双眸をゲイはじっと見つめた。

「だけどね、杖を使って殴ってきたのには私も驚いたわん。今まで魔術師で杖を武器として使おうなんて考える者はいなかったもの」

「だからこそ、ピーチの将来性を感じとって貰えたのですよね？」

ニコリと微笑みをゲイにぶつける。その姿に彼の厳つい顔が若干朱色に染まるが。

「そこよ、あの杖での戦法は確かに面白かったけど、もしあれが貴方との戦いの前だったら、奇抜な事をする娘程度の認識でとても合格を言い渡すことは出来なかったわん」

更に続くゲイの言い分をナガレは黙って聞き続ける。

「つまりあの娘、ピーチが合格出来たのも前もってナガレちゃん、貴方と戦いその実力を知ったからよん。勿論それはただ強いという意味じゃないわん。あたしもはっきり感じたもの、あなたの言った事を参考にするだけで明らかに動きが良くなったわん。だからこそ判ったの、あの杖での戦い方――教えたのはナガレちゃんよね？」

問いかけるゲイの言葉に、ナガレは一旦瞑目し、否定はしませんと返した。

そしてすっと瞼を開くと、得心がいったように笑みを零すゲイの姿。

「やっぱりね。だから、あたしはあなたとあの子がこれからも行動をともにするなら、まだまだ伸び代があると思ったのよ」

「……そうですか。ピーチの将来性を買ってくれたのですね。ただ、僕に関しては少々買い被り過ぎな気もしますけどね」

「うふん、あたしだってあなたに負けないぐらい見る目は持ち合わせてるつもりよん。でも良かった、やっぱりあたしの予想は当たっていたわん」

「……こちらもありがとうございます。それをわざわざピーチに聞こえない位置で確認したのは、彼女に気を遣ってですよね？」

ピーチは今、自分の力が認められたと喜んでいる。

だが、ゲイの話を聞くと、この合格はナガレと一緒にいる影響がかなり大きい。

それをピーチに聞かせては、折角合格を喜んでいるピーチの気持ちに水をさすことになるかもしれない。だからゲイは敢えて彼女には聞こえない位置までナガレを連れてきたのである。

「……ふふっ、男姫としてはナガレちゃんと一緒だなんて嫉妬しちゃうけど、冒険者としてならふたりの事は応援したいしね」

そう言ってにっこりと微笑むゲイに、改めて頭を下げた。

「ところであなた達、勿論今後パーティーは組むのよね？」

ゲイにそう問われ、ナガレは改めてゲイの顔を見て言った。

「勿論そのつもりです」

「……うふん、やっぱり焼けちゃうわん。でも、それならあの子は大切にしてあげるのねん。なんとなくだけど、貴方にはあの子が、そしてあの子には貴方が必要な気がするわん」

そう言って浮かべたゲイのほほ笑みは――何故か凄く女性らしくも感じられた。

「ふたりで一体何を話していたの？」

「あらん、男と女の睦言《むつごと》を聞くものじゃないわよん」

え!?　とピーチが驚き戦いた。

そんなんじゃないから！　とナガレが慌てて弁解する。

「どうせゲイの方から一方的に口説いていたんでしょ？　本当懲りないわね」

「あらバレバレかしらん？　でも残念、女としては振られちゃったわん」

そしてそんな返しをするゲイを見て、ピーチが今度はほっと胸をなでおろした。

ナガレからすれば、一体自分はどう思われているのか、と不安になるが。

「さてっと、じゃああたしはギルド長に試験の事を報告してくるわん。結果はすぐに反映されると思うから、受付で待っててねん」

そう言って一足早く階段を駆け上がるゲイに頭を下げつつ、三人は最終的な結果を待つべく一階に戻るのだった――

エピローグ

試験が終わり、受付に戻ってきたふたりはマリーンと何気ない会話をしながら結果を待つ。

その会話の中で、どうやらゴッフォの件があって試験を少々厳しくしようという提案があったことを知った。今回の試験にゲイが選ばれたのも、そういった事情からだったようだ。

確かにナガレはともかく、ピーチに関しては中々判定が厳しかった気もする。

「それとあのナガレの提案、王都のギルドに書類が回るそうよ。それでとりあえずこの領内では試験的に左耳を討伐部位として、どうしても耳が難しい場合は魔核で見るという形になるようね」

「そう、これで不正は大分減りそうだね」

そんな事を話しつつ、更にナガレ達にはゴッフォ一味とあのピーチを酷い目にあわせようとしていたシギーサ達の報奨金として二五万ジェリーを受け取る事となった。

そしてナガレはこれもピーチと半々に分ける。

相変わらずピーチには感謝されっぱなしだが、これからの事を考えれば報酬は半々になるのは当然だろうとナガレは考えている。

そして――

「コホン、では、ナガレ・カミナギ、本日を以って貴方をBランク5級の冒険者と認定いたします」

改まってマリーンがそう述べると、周囲の職員から何故か拍手された。本当はこんな事までしないようだが、今は冒険者の数も少ないし特別らしい。とは言え、ナガレも、ありがとうございます、とお礼を述べ素直に拝命した。

「そして、ピーチ・ザ・ファンタスキー、貴方も本日を以ってBランク5級の冒険者と認定いたします」

そして再びの拍手に顔を紅くさせるピーチである。こういうのにあまり慣れていないようだ。

「でも、良かったわねピーチ。それにナガレとも一緒に昇格できて」

「う、うん、ただ、ナガレが5級というのは低い気もするけど」

「それはゲイも文句たらたらだったけどね。でもあまりに異例で、ここで下手に高い級をつけてもやっかみの対象になるかもしれないからって、これでもギルド長、気を遣ってるつもりみたい」

肩を竦めながらマリーンが言う。

だが、ナガレには特に不満はない。

「それでいいと思う、僕も気分的にはまだまだ新人冒険者だからね」

「……よく言うわね。まあいいわ。じゃあタグを貸して、書き換えるから」

いよいよね、とピーチが感慨深くCランクのタグを眺めた後、ナガレと一緒にマリーンに手渡した。

そしてそれから少しして。

「はい、じゃあこれが改めて、ふたりのBランカーとしてのタグよ」

タグに刻まれているBランクと5級の文字。

それにピーチは感動している模様。

そしてナガレは改めて、ピーチに身体を向け真剣な表情で言った。

「それじゃあピーチ、改めて昨日の続き。僕とパーテ――」

「待って！」

と、ここでピーチの制止を受けズッコケそうになるナガレである。

「ピ、ピーチ～」

「ご、ごめんね。でも、ね。うん、そう」

そう言った後、ピーチは照れくさそうに頬を掻きながらナガレに向けてこう言った。

「ナガレ、私と、パーティーを組んでくれる？」

ナガレに向けて手を差し出してくるその姿に、ナガレは、やれやれと頭を擦りながら立ち上がり。

「全く。ずるいなピーチは。それは僕が言いたかったのに。でも、そうだね――うん、こちらこそ宜しくお願いします、ピーチ」

彼女の小さな手を握り返し、いつもの優しい微笑みで、ナガレがそう答えた。

「……ふたりとも、よくここでそんな事が出来たわね。何それ愛の告白？」

何故か甘ったるささえ感じられる現場に遭遇したマリーンは、少々不機嫌そうにそう言った。

直後、

「ち、違うわよ！　だからパーティーを組むって話なの！」

と大慌てで応えるピーチに苦笑いのナガレでもある。

「全く仲がいいことだなおふたりさん。そこでだ、ふたりとも丁度Bランクに上がったという事だし、実はふたり分キャンセルが出た依頼があるんだが、折角だしどうだい？　請けてみる気はないかい？」

ふと横から口を挟んできた男性職員から、とある依頼が舞い込んでいた。

そしてそれを見たピーチが目をキラキラさせて、ナ〜ガレ〜この依頼、と、そのまま音符でも奏でそうな勢いで言ってくる。

だからナガレは答えた。

「そうだね、僕達のパーティーの初任務は、これで行こう！」

ナガレの答えに無邪気に喜ぶピーチ。

その姿にナガレは思う。この世界での旅はきっと彼女となら愉しい物になるだろうと——

『……え？　順調かって？　どうかな。でも能力は少しずつ上がってきてるよ。でもね、何か邪魔が入っているみたいなんだよ。折角作った変異種が二体もやられてしまったしね』

——大丈夫なのか？

『問題ないさ。まだ力が完全に使いきれてないだけだ。これからレベルを上げればもっと強力なものも生み出せるだろう。それに既に一匹かなり強力なのを例の森に放ってるしね』

——あまり調子に乗るなよ。

『心配症だな、大丈夫だよ。せっかくこうやってあんたが覚醒させてくれた力だ。その分の働きはするよ』

――ならばいい。いい知らせを待つ。

『……ふん、やっと行ったか。全く、きっかけを作ったぐらいで煩わしい奴だ。まあいい、僕がもっと力をつければ、きっとあれだって――』

男は、フードの中で口角を不気味に吊り上げ、そして森の中へと姿を消した――

番外編 エルミールの日常

「ふぁ〜」

可愛らしい欠伸をかき、エルフの店主はベッドから身体を起こし瞼をゴシゴシと擦った。

薬師のエルミールの朝は早い。調合する薬の材料となる植物の管理は薬師にとって重要な仕事の一つだ。

多くの植物はとても繊細である為、その日の天候にも左右される。

晴れなのか曇りなのかそれとも雨なのか。空気は乾燥していないか？　気温は？　これらを仔細《しさい》に判断し、水やりや肥料の量を調整する必要があるのである。

エルミールは店舗の裏口から庭に出て、鉢植えに実ったそれらに声掛けをし調子を確かめる。エルフの血も受け継いでいるエルミールは、植物の精霊とある程度の対話が可能だ。

「う〜ん、今日もいい天気」

薬の材料となる植物に水をやりながら、空を見上げ彼女は呟いた。

庭といっても北地区のような高級住宅街程広いわけではない。それでも庭付きの店舗が格安で借りることが出来たのは僥倖《ぎょうこう》とも言えるだろう。

この辺りは日当たりも悪くないので、薬の材料となる薬草などを育てるにも適している。

勿論エルミールにとっては庭に咲く草花はただの材料としてではなく、しっかりと愛情を注いで育てている。

その気持ちがあるからこそ、精霊を通じて植物に伝わり、すくすくと育っていくのである。

そして、しっかり草花の健康状態をチェックし、栄養を与えた後、エルミールは簡単に朝食を済ませ店を開けた。

身に纏った可愛らしい緑色のチュニックは彼女のお気に入りだ。毎日の洗濯も欠かさず清潔感もある。店を開けた後も店内の掃除は欠かせない。店内に陳列されている薬や鉢植えもチェックしお客さんが来るまでを過ごす。

「やあエルミール。この間購入した塗り薬、切り傷によく効くね。また買いに来たよ」

今日初めて来店してくれたお客様は、東地区で肉屋を営むミートだ。

恰幅がよく丸っこい顔をしている。中々いい肉質のものを揃えていると評判のお店でもある。

ミートは肉を扱う事にかけては当然長けているが、それでも時には捌く際に誤って傷を負ってしまう事もあるし、彼に何もなくても使用人などが怪我をする場合もある。

なので、怪我した時にいい薬がないかと知り合いに尋ね、エルミールの店を紹介されやってきた。

どうやら話を聞く分には、その時購入した薬を大分気に入ってくれたようだ。

「お気に召したようで何よりです。それに再度わざわざ足を運んで頂きありがとうございます」

「いやいや、そんなかしこまられるような事じゃないよ。でも気に入ったから定期的に購入しようとは思うよ。とりあえず今日もこの間のと同じのを一つ。あとちょっと嫁が喉を痛めているようでね。それに効く薬なんかもあるかな？」

「喉ですか？　どのような症状で――」

エルミールはお客様が今必要としているものをしっかり見極めようと一生懸命相手の話を聞く。

ちょっと聞いただけで適当に薬を薦めたりはしない。

当たり前の事のようだが、存外こういうことを疎かにする薬師は多い。

本来必要のない薬もまとめて売りつけてしまえなどということを考える輩だって少なくない。

しかしエルミールは、相手の必要としているものだけをしっかり選定して薦めるようにしている。

薬は使用法を間違えば毒にもなる。その事をエルミールはよく理解していた。

「ありがとう。エルミールはしっかり話も聞いてくれるからこっちも安心できるね。また寄らせてもらうよ」

そう言ってミートは購入した薬を手に店を後にした。

エルミールも笑顔で彼を見送る。やはり人に感謝されるのは嬉しいようで、お礼を言われるとエルミールもつい顔が緩んでしまう。

それからも午前中に何人かのお客に応対し、薬を選んであげたりする。

ハンマの街ではエルフが経営する店というのはこの薬店だけなので、中には珍しがって見に来る人もいるが、どんな相手でもエルミールは嫌な顔一つしない。

世間話好きなおばあちゃんも覗きに来たりするが、エルミールはニコニコとしながらその話を聞いてあげたりもする。

無理に薬を買わせたりするような事もしない。エルミールからすれば、たとえ何も買わなかったとしてもお店に足を運んでくれるだけでありがたいのだ。

そしてこの性格が結果的に呼び水となる。

親切丁寧な接客。見た目にも愛らしく性格も良いエルフだ。薬の知識も豊富で彼女の調合する薬はどこよりもよく効く。故に一度店に来たお客のリピート率も高く、更にエルミールを気に入ったお客が他の人々にも紹介してくれる。

おかげでエルミールもお客様にとって必要な分の薬だけを提供するという姿勢でありながらも、生活に困らない程度の収入を得ることが出来ていた。エルミールからすればありがたい話でもある。

こうして接客に努めているとあっという間に時間が過ぎ、もう間もなくお昼といった時間帯だ。エルミールの店にも置き時計が飾られているのでそれで時間が判るようになっている。

「……あの――」

すると、扉を開けて随分と小さなお客さんが店の中に入ってきた。

エルミールも小柄な方だが、その人物は更に小さい。

つまり子供だ。黄色味の強いおさげ髪をした女の子で年齢的には五歳か六歳といったところか。

そんな幼女の表情は、笑顔がなくどこか沈んだ様子。俯いたまま、次の言葉が出てこない。

なので、エルミールはできるだけ彼女を安心させようとニッコリと微笑み、腰を落として目線を合わせ、私はエルミール。貴方は？　と優しく尋ねた。

先ずは自分の名前を伝え、そして相手の名前も確認する事で親近感を抱いてもらおうと考えた。そうすることで事情も話しやすくなる事だろう。

するとも小さなお客は、顎を上げ、

「ク、クルルです」

と返答した。

「そう、クルルちゃんね。それでクルルちゃんは今日はどうしたのかな?」

できるだけ同じ目線に立って語りかける。勿論笑顔も絶やさない。

するとクルルはエルミールの笑顔に安堵した様子で口を開き話し始める。

「く、薬を分けて欲しいのです。お母さんが、お母さんが病気で、でも、でも——」

だが、そこまで口にするも、途中で口篭り、また表情を暗くさせ俯いてしまった。

すると、エルミールは彼女の頭に手を置き、そして優しく撫でながら、

「そっか、クルルちゃんはお母さんの為に頑張ってお店まで来てくれたんだね。偉いね」

エルミールは無理に話をさせようとせず、先ずは彼女の気持ちを解す為、その行動を褒めた。

きっと母親が病気で不安で仕方なくて、でも自分が助けてあげないと、と思い立ち薬を探して駆け回っていたのだろう。

足を見れば判る。疲れからか足はパンパン、どこかで転んでしまったのか膝小僧も擦りむけてしまっていた。

「ちょっと待っててね」

エルミールはそう言うと、棚から擦り傷によく効く薬と、足の疲れを取るのに効果的な薬の二つを持って幼女の前に戻る。

「この薬はね、擦り傷にもよく効くの。こっちは足に塗ると凄く気持ちいいの。だからちょっとだけ足を触らせてもらってもいいかな?」

すると彼女は目に涙を溜め、ふるふると肩を震わせ、決心したようにエルミールに言った。

「あ、あの、実は、お金がないんです。お母さんが動けないから、で、でも、必ず、必ず後で――」

「大丈夫だよ」

エルミールは再び優しくその頭を撫で、微笑みながら告げた。

なんとなくそんな予感はしていた。

「この薬は頑張ったクルルちゃんへのご褒美。それにお母さんのお薬代も、すぐじゃなくて大丈夫だからね」

え？　と小さなお客がその目をパチクリさせ、

「……それじゃあ、お母さんのお薬を分けてくれるの？」

と確認するように口にする。

それに頷き、

「だから、この薬を塗ったらお母さんのところまで案内して欲しいな。直接症状を見てお薬選ばないといけないからね」

と答えると、彼女の顔に明るさが取り戻された。

今度こそ本当に安心したのだろう。

エルミールが思うに、恐らくここに来るまでに他の薬店にも頼みに行ったのだろうが、良い返事は貰えなかったのだろう。

だからエルミールを前にしても、中々お金がないとは切り出しにくかったのだと思う。

「う、うん！　お母さんのところまで、私、お姉ちゃんを案内する！」

張り切った声で、小さなお客が言った。

なのでエルミールも手早くクルルの足に薬を塗布し、そして入り口に少しの間留守にする旨を表記したボードを掛け、クルルと彼女の母親が暮らす家にまで赴いた。

クルルにエルミールを紹介され、簡素なベッドに横たわりながらも、母親は随分と驚いていた。

まさか薬師が家まで直接赴くとは思わなかったのだろう。

実際多くの薬師は貴族などといった特別な相手以外でそこまですることは少ない。

しかし今回のようなケースの場合は、何かしらの病を患っている可能性が高く、症状に合わせた薬の調合が大事になる。こういった場合はエルミールはどんな相手でも直接家に赴くようにしていた。

クルルからある程度どんな症状かは聞いていたので、必要と思われる道具と材料を揃え、籠に入れて持参した。

そして改めて直接容体を確認した後、薬研《やげん》で必要な薬を調合していく。

症状を見るにエルミールの予想した通り熱病にかかっているようだ。高熱と喉の痛み、吐き気も伴う病である。

放っておくと体力も徐々に奪われていくし、食欲も失せ、無理して食べてもすぐに戻してしまうような厄介な病気だ。すぐに命に別状があるようなものではないが、放っておいて悪化すれば当然危険度は増す。

ただ、これであればエルミールの調合する薬で対処できる。

材料も予想して持参したものがピッタリはまったので、すぐに薬を用意することが出来た。

「はい、この薬を朝、昼、晩と飲んで頂ければ症状は良くなっていくと思いますよ。四日分処方致しますので、これは全部飲みきってください。それと、症状が軽くなっても無理はしないでくださいね。とにかく薬を飲み終えるまでは安静にしていてください」

「あ、ありがとうございます。本当になんとお礼を言ってよいか――でも、本当にお代は？」

「はい、それは余裕が出来てからで結構ですので。それよりも今はクルルちゃんの為にも、病気を治す事に専念してください」

エルミールの言葉に母親は何度も何度もありがとうございますと頭を下げた。

エルミールは両手を振りながら、そんな気にしないで下さい、これも私の仕事ですから、と伝える。

「エルミールお姉ちゃん。本当にありがとう」

とりあえず簡単な食事を摂ってもらい、調合した薬を飲ませると、母親もかなり楽になったようですやすやと眠りについた。薬には睡眠を促す効果もある。

それを見てクルルもすっかり安心したようだ。

「栄養のあるものを食べてお薬を飲めば元気になると思うけど、また様子を見にくるね」

腰を落とし、クルルの頭を撫でながら微笑み伝える。

ただ、栄養のあるもの――と呟き、ちょっと不安そうな表情を見せた。

実際、昼食に何か食べられるものがないかと部屋を見させてもらったが、残っている食材はかなり乏しかった。

薬を買うにもお金がないと言っていたぐらいだ、まともに食材を購入するのも厳しいのだろう。暮らしぶりを見るに母一人娘一人の生活のようであり、父親はいないようだ。だからこそ苦しいのだと思う。

「心配しなくても大丈夫だよ」

しかしエルミールはどこかホッとするような表情を見せながらクルルに告げる。

そして手を振って彼女と別れた。

するとその足でエルミールはこの近くの常連さんの家に顔を出しに行く。

「あらエルミールちゃん。この間もらった薬、腰の痛みによく効いたわ！　本当にありがとう」

「いえ、喜んで貰えて何よりです」

「うんうん、エルミールちゃんのその謙虚というか、慎ましいというか、その感じがまたいいわね。それで今日は薬を持ってきてくれたのかい？　まだ余ってるけどそういう事なら……」

「あ、いえ、違うんです、違うんです！」

エルミールは右手を左右に振って、薬を売りに来たわけではない事を伝える。

そして――クルルとその母親について相談を持ちかけた。

「クルルちゃんなら知ってるよ！　うちの孫ともよく遊んでるからね。そうかい……そんな大変な事になってたとはねぇ」

左手を頬に添え、心配そうに眉を落とした。

そして、だったら！　と両手を合わせる。

パンッ、という軽快な響きがエルミールの耳朶を打った。

「私が一肌脱ぐよ！　その件はこっちに任せておいて。近所の友達にも声を掛けて、回復するまでしっかり面倒見るよ。勿論、食事の事だって心配しなくていいからね」

「あ、ありがとうございます！　でも、こんな急なお話にそこまでして頂けて本当に――」

「何を言ってるのさ。困ってる時にはお互い様だしね。でもエルミールちゃんは本当に優しいね。おばちゃんは益々貴方のことが気に入ったよ。そうだ！　エルフってのは人間よりずっと長生きなんだろ？　だったら将来うちの孫の嫁に来ておくれよ」

えぇ!?　とエルミールが思わず驚きの声を上げた。

すると、あははは、と哄笑し。

「まあ、それは冗談だけどね、でもこれからも薬を買う時はエルミールちゃんの店に必ず寄らせて貰うよ。ま、とにかくクルルちゃんとお母さんの件は私に任せておきなって」

ドンッと胸を叩くおばちゃんを心強く思いながらも、エルミールは改めてお礼を述べ、そして辞去した。

クルルの件についてはこれで安心である。栄養のある食事を摂る事もできれば、母親の回復も順調に進むことだろう。

お店まで頑張って来てくれた小さなお客さんの問題もとりあえず解決し安堵すると、エルミールのお腹が、グ～と鳴った。思わず赤面してしまうエルミールだが、よく考えてみると既にお昼というには結構な時間が経ってしまっている。なので帰りに市場の方へと向かい、お気に入りのパン屋でサンドウィッチを購入した。

「エルミールちゃん。いつもうちのお母さんの話し相手になってくれてありがとうね。これ少しおまけしておいたから」

どうやら普通よりも量を多めにしてくれたようだ。

少し申し訳なく思えてしまうエルミールだが、いいからいいから、と笑顔で言われ、折角の好意を無下にも出来ないとしっかりお礼を述べてサンドウィッチを受け取った。

パン屋を出たエルミールは軽い足取りで店に向かった。

やはりこういった親切を受けるのは嬉しいものなのだ。

市場から自分の店に戻るには表通りよりは裏通りを通り途中の路地を抜けた方が早い。一応外出中である旨を伝えるためのボードはぶら下げてきているが、どうしても気になってしまうので、近道の方を通っていく事にするエルミールだが――

「ちっ、なんだよドワーフと言っても大した事ねぇな」

「全くだ。殴られっぱなしで張り合いがないぜ」

「ふんっ、まぁこの辺でいいだろ。おい！　新参者のくせにあんまり調子に乗ってんじゃねぇぞ？この街にはこの街のルールってもんがあるんだからな！」

路地に入ると、そんな声がどこかから聞こえてきた。

一体何が？　とエルミールも気になってしまい、声のした方へと足を向ける。すると路地から更に脇道に入ったところに、一人のドワーフが倒れていた。

顔にははっきりと殴られた痕が残っており、鼻血も出て唇も切れている。

「だ、大丈夫ですか⁉」

思わず慌てて彼に駆け寄るエルミール。

すると彼はぎょろりと丸みの強い眼で彼女を見上げ、なんだエルフか——とにべもない口調で言った。

ずんぐりむっくりとした体型に鼻の下から顎にかけて伸ばされた豊富な髭。そして直前に聞こえた何者か（恐らくは彼に危害を加えた者）の声から、彼がドワーフである事は理解できる。無愛想なのもドワーフ族の特徴だ。

するとそのドワーフは、ゆっくりと立ち上がり、背中を向け蹌踉《そうろう》とした足取りで立ち去ろうとする。

「ちょ、ちょっと待って下さい！」

しかし、その背中に思わずエルミールが声をぶつける。

すると彼もピタリと足を止め、彼女を振り返り、何なんだ？ といった怪訝そうな視線をぶつけてくる。

「貴方、怪我してるじゃないですか！」

「……そんなの別にあんたに関係ないだろ」

「関係なくないです！ 私は薬師です。放ってはおけません」

表情をキリッとさせてエルミールが訴える。

するとドワーフの彼はやれやれと溜め息をつき。

「別にこの程度で薬なんていらねぇよ。それに俺はドワーフだ。エルフの助けになんざ――」

「だから何ですか！　エルフとかドワーフとか、怪我してる時にそんな事関係ありません！」

普段は可愛らしい顔立ちのエルミールだが、この時ばかりは細い眉を吊り上げ、初対面だろうと遠慮無く彼を叱咤《しった》した。

「いや……関係ないって――第一なんで俺怒られて――」

「いいから！　とにかく一緒に来てください！」

「へ？　お、おい一緒にって、ちょっ！　どこへ連れて行く気だよ、コラ！」

エルミールに腕を掴まれ、そのまま引っ張られるような形で彼は彼女の店まで連れて行かれた。

本来なら、エルミールぐらいはドワーフの力で振りほどくことも可能だったであろうが、彼女の妙な迫力に気圧され、結局店まで連れてこられた形である。

「はい、大人しくしていてくださいね」

店に戻るなりエルミールは彼の手当てを行った。

街なかでは身を守る為など特別な理由がない限り、武器の使用は認められない。抜くだけでも衛兵に見つかればそのまま詰め所まで連行される。

その為か、彼の怪我は全て打撲痕――つまり素手でボコボコにされたという事だ。

「全く……大丈夫だって言ってんのによ」

「駄目ですよ。そうやって軽く考えて後で酷くなることだってあるんですから、処置できるうちにしておかないと」

面倒くさそうにそんな事を言うドワーフの顔に、エルミールは薬を染みこませた綿を当てていく。

「染みますか？」

軽く首を傾け、大きな金色の瞳で覗き込むようにしながら尋ねる。

すると彼はどこか照れたように顔を背けた。

「……こんなの大したことはねえ」

「そうですか。それなら良かったです」

ニッコリとほほ笑み、更に手当を続ける。

「ところで――どうしてこんな目に？」

エルミールは訊いていいものか迷ったが、やはりどうしても気になってしまい尋ねる。

だが、その問い掛けで彼は押し黙ってしまった。

「あ、あの言い難いことなら、ごめんなさい変な事を――」

「俺は最近になってこの街で鍛冶屋を始めてな。俺はただきっちり仕事してただけなんだが――」

余計な事を訊いてしまったかもしれないと、エルミールが謝ろうとするが、そこにドワーフの彼が言葉を重ねる。

「だが、一部の連中は俺の店に客が入るのも、俺のやり方も気に入らないらしくてな。この街にはこの街のルールがあるんだって、この様さ」

自虐的な笑みを浮かべドワーフが語る。

「……そうなんですか。酷いことをする人がいるんですね」

すると、エルミールはしゅんとした顔でそう言った。

この街の事をエルミールは気に入っている。

薬を買いに来てくれる人は皆エルミールに良くしてくれるし、エルフだと多少は好奇な目で見てくる者もいるが、多くの人はエルミールを種族の差など関係ないと、分け隔てなく接してくれた。

だから彼の話を聞き、この街にも暴力で訴える人がいるのだと、少し悲しかった。

勿論、多くの人々が暮らし外からの出入りも多い街だ。良い人ばかりではない事を、エルミールだって理解しているつもりではあったのだが——

「……あんた変わってるな」

え？　と彼の目を見る。

「エルフの癖にドワーフの俺の話を糞真面目に聞いて、しかもそんな顔をするなんて。これだってそうだ。放っておけばいいのにわざわざ店に連れて来て貴重な薬まで使ってよ。それにエルフが人と一緒に暮らしてるのも珍しいだろ。俺たちドワーフが商売の為に出てくるのはよくあるが……」

「……えい！」

「——ッ！　な、何しやがるんだ！」

彼の言葉に妙に苛立ってしまい、エルミールは薬の染みこんだ綿を強くその大きな顔に押し付けた。

そして、む～、と不機嫌な表情で彼を見やる。

「これは罰です」

「へ？　ば、罰？」

「そうです。エルフの癖にとか、そういうの何か嫌です。私はそんな事気にしたことありません。ドワーフさんでも怪我をしていたら放ってはおけないですし――仲良くなれるなら仲良くしたいです」

その発言に、暫くポカンっとするドワーフだが――

「……なんだかよく判らねぇが。まぁ、怪我の治療をしてくれたのは、う、嬉しかった、ぜ」

彼が照れくさそうにそう応えると、エルミールはニッコリと微笑んだ。

「でも、まだ手当は終わってませんよ。はい、じゃあこの服をちょっと脱いでもらえますか？」

「は、はあ!?　ふ、服を脱げってお前！　何考えてるんだ！」

続けて出たエルミールの言葉に慌てるドワーフ。

その様子にきょとんとした顔を見せたエルミールだったが、何って――と口にし、その意味を理解した彼女の顔が真っ赤に染まった。

「ち、違います！　身体にも薬を塗りますから、その部分だけです！　変な誤解しないで下さい！」

目を閉じ慌てた口調で彼の考えてる事を否定した。

すると彼はとりあえず納得したようで、上半身を露わにする。

ドワーフという種族は上背が低い事が多く、ともすればエルミールよりも更に低い。

だが、そのぶん内側に筋肉が凝縮されたような体付きが特徴であり、肌を晒したドワーフの肉体は見事なまでにそれを顕現したものであった。

そう、形容するならまさに筋肉の鎧。

膨張された筋肉の塊は見る者を圧倒する。

この強壮な肉体のおかげでたとえ背が低かろうとも、実際より大きく見えてしまう。

まさに小さな巨人と言えよう。

その体付きにエルミールも思わず目を奪われそうになるが、すぐに落ち着きを取り戻し薬を塗布していく。

ただ、この鍛え上げられた筋肉に守られていたおかげか、顔に比べると身体の傷は大したことはないようだ。なので手当もすぐに終わり、ドワーフもそれを認め服を着直した。

「……でも強そうなのに、手出しはしなかったのですね」

手当ても終わり、少し落ち着いたところでエルミールが問うように言う。

するとドワーフは鼻を鳴らし。

「そりゃお前、俺は鍛冶師だ。この肉体はその為の商売道具だ。それをあんなくだらない連中の為に使えるかよ。大体拳を痛めでもしたら仕事に差し支える」

その答えに、エルミールは口元に指を添え、ふふっ、と笑みをこぼす。

「な、何がおかしいんだよ」

「いえ、ただ……ドワーフさんはいい人だなと思って」

「は、はあ!?　俺がいい人だと？」

「はい、いい人です。それに確かに暴力に訴える人は許せませんが、安易にやり返さなかったドワーフさんは凄いです。……それだけ仕事に誇りを持っているという事なんですね。尊敬します」

驚き目を見張ったドワーフに、エルミールは正直な気持ちを伝えた。

するとドワーフは照れくさそうに頬を掻きそして呟く。

「……スチールだ」

え？　とエルミールは声を上げ、彼に視線を合わせた。

「だから、俺の名前。スチールって言うんだ。その、それで、あんたの名前も訊いていいか？」

その問い掛けに、エルミールは嬉しそうな表情で、

「判りました。スチールさんですね。私はエルミールです。改めて、宜しくお願いします」

と木漏れ日のような笑顔で答えた。

「エルミールか……いい名だな――」

「え、何か言いました？」

囁くように口にしたスチール。だがはっきりとは聞き取れなかったようで聞き返すエルミールに、顔を紅くさせてそっぽを向き。

「な、なんでもねぇよ。と、とにかく手当てしてくれてありがとな。それじゃあ俺も仕事があるしもう戻るぜ」

そう言って席を立つ。

エルミールもそうですか、と答える。

「でも怪我には気をつけてくださいね」

彼の身を案じたエルミールの言葉に、どこか素っ気なくそれでいて照れくさそうに、あぁ、と応え。

「ま、まぁ、何か必要なものあったら今度は、か、買いに来るよ」

そう言い残しスチールは店を出て行った。

そして、この事をきっかけにしてスチールもこの店の常連となった――


「エルミールさん、ありがとうね。この間調合して貰った薬のおかげで、足の方も大分良くなったわ。うちの主人も感謝していて――」

「エルミールお姉ちゃん！　あのね、あのね、お姉ちゃんのお薬でお母さんもすっかり元気になったの！　本当にありがとう！」

「その節は本当にありがとうございました。近所の皆さんも良くしてくれて、それもエルミールさんが声を掛けてくれたからとか――おかげで仕事にも復帰できましたし、感謝してもしきれません」

「……あ、あんたが調合した薬、火傷によく効くんだ。本当に助かってるぜ――」

ハンマの街で唯一のエルフであるエルミールが経営する薬店。

そこにはいつも感謝の言葉が溢れていた。

そしてエルミールもまた、良くしてくれる街の人々に感謝している。

いい人ばかりなどでは決してないかもしれない。でも、エルミールはこの街で薬店を開けて本当に良かったと思っている。

だから今日もまたエルミールは訪れたお客様に心を込めて対応する。
そして感謝されて感謝しての日々――それがエルミールの日常である。

あとがき

この度は本書を手にとって頂きありがとうございます。著者の空地大乃でございます。

さて、本作は日本で生まれ合気柔術を愛し、そして鍛錬を重ね最強となった合気道家がひょんなことから自力で異世界に向かい冒険者として活躍するというお話となっております。

ただ、この地球では最強として名を馳せた主人公、勿論異世界でも最強ではあるのですがどういうわけか能力鑑定ではレベル0と判断されてしまいます。つまり、間違いなく本人は最強なのですが、レベル0というレッテルを貼られてしまったおかげで、他の冒険者から馬鹿にされ、更にそれが元で色々とトラブルに巻き込まれていくわけですが一体どのようなトラブルに巻き込まれ、最強の合気道家がどのような行動に出るのか、まだ本編をご覧になられていない御方はその辺りも楽しんで頂けると幸いです。

勿論主人公だけではなく、元気いっぱいの美少女魔術師ピーチ（巨乳）、美人女教師のような大人の雰囲気漂う美人受付嬢のマリーン（美乳）、色気漂う妖艶な魔導具師メルル（巨乳）、生真面目で思わず守ってやりたくなるような可憐な美少女エルフのエルミール（微乳）、等の豊富なヒロイン達も気に入って頂けるとこんな嬉しいことはありません！

さて、本書は元は小説家になろう様にて連載していた作品の書籍版となりますが……まさかこの私が本当に出版出来る日が来るとは、本当に感慨深いです。何せ実は私、目の障害を抱えている身でもありましたので、最初はその事が問題になるかもしれないという不安もあったのですが……。

しかし初めてご連絡を頂いた際、そんな自分でも快く受け入れて貰え、心強いお言葉も頂き頑張ってみようと決意する事が出来ました。本当にありがたい限りです。

今回の書籍化にあたり色々な方にお世話になりました。編集のY様。お声を掛けて頂きありがとうございます。編集のD様。担当について頂き修正などでお世話になりました。今後もどうぞ宜しくお願い致します。イラストを担当して頂きました多門結之様。素敵な絵を描いて頂きありがとうございます。イメージ以上の出来に感無量です！　小説家になろうにて応援下さった読者様。無事出版出来たのも皆様の応援あってこそです本当にありがとうございます。そして今この本を手にとり読んでいただいている皆様、心から感謝です。これからもどうぞ宜しくお願い致します。

緊急クエスト！
巨大蜂からお姫様を守れ！
発売決定！
レベル0で最強の合気道家、
いざ、異世界へ参る！2

モテモテが止まらない!?
あま～いラブロマンス!

TOブックス
II
蜂蜜の月
の笑顔のために
を作るんだ!
・ファンタジー!
http://www.tobooks.jp/sweets
シリーズ続刊予定!

I
アップルパイは笑顔と共に
4
おかしな
転生
著 古流望
イラスト 結賀さとる
みんな
お菓子
王道スイーツ

sStabber
1994-2014
~20th Anniversary~
phen
Author
Yoshinobu Akita
Illustrator
Yuuya Kusaka

御身に捧ぐは我が心
祈りと感謝を捧げて
聖なる御加護を賜わらん
本好きの下剋上
司書になるためには
手段を選んでいられません
第二部 神殿の巫女見習いⅣ
香月美夜
miya kazuki
イラスト：椎名 優
you shiina
2016年6月発売予定!
www.tobooks.jp/booklove

痛みを癒す力を
目標に進み続ける力を
悪意を撥ね退ける力を
苦難に耐える力を
我が愛する者達へ
第二部、
衝撃と
感動の
完結編！

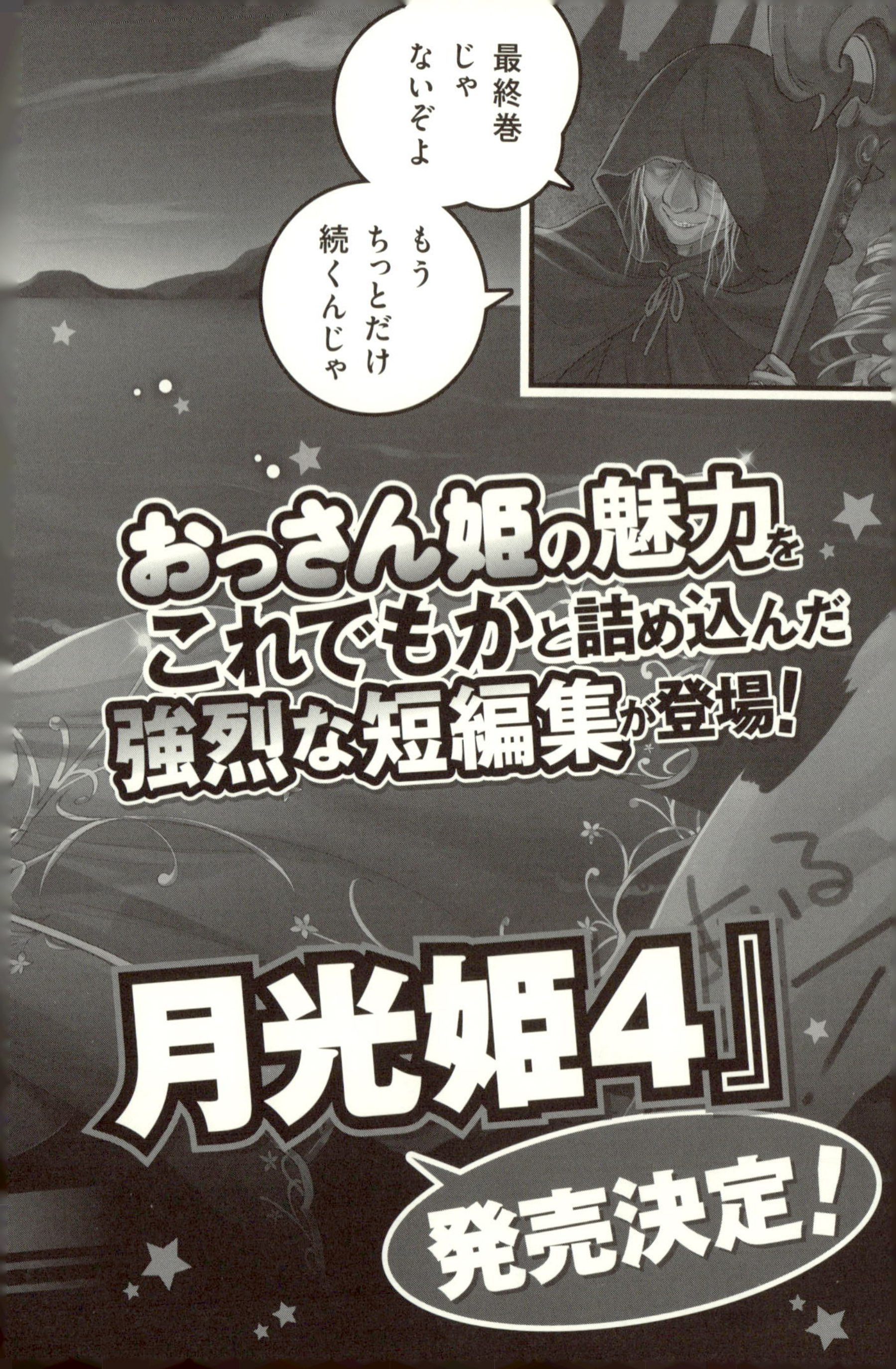
最終巻じゃないぞよ
もうちっとだけ続くんじゃ
おっさん姫の魅力をこれでもかと詰め込んだ強烈な短編集が登場！
月光姫4』
発売決定！

『夜伽の国の
Umidori Aono
青野海鳥
Illustration miyo.N

レベル０で最強の合気道家、いざ、異世界へ参る！

2016年5月1日　第1刷発行

著　者　空地大乃

発行者　深澤晴彦

発行所　TOブックス
〒150-0045
東京都渋谷区神泉町18-8　松濤ハイツ2F
TEL 03-6452-5678（編集）
0120-933-772（営業フリーダイヤル）
FAX 03-6452-5680
ホームページ　http://www.tobooks.jp
メール　info@tobooks.jp

印刷・製本　中央精版印刷株式会社

ISBN978-4-86472-477-7